講談社文庫

揺籠のアディポクル

市川憂人

講談社

目次

揺籠のアディポクル

『都内の病院で院内感染か
東京都は二十六日、■■市のA病院で患者や看護師が体調不良を訴え、一名が死亡したと発表した。A病院はホームページに声明文を掲載し、外来の受付を休止している。都は院内感染の疑いがあるとみて感染経路の調査を進めている。……』

（二〇二四年八月二十七日　T新聞より）

Monologue

——タケル。病気が治ったらどうしたい？

コノハの言葉を——小鳥のように高く柔らかな、それでいて大人びた声を、ぼくは今も鮮明に憶えている。

嵌め殺しの窓から差し込む暖かな日差し、絶え間なく響く空調機の音、病衣とベッドのシーツから漂うかすかな消毒臭——忘れてしまったはずの他愛ない情景が、コノハの声を引き金に浮かび上がる。

彼女がいつも浮かべていた、どこか寂しげな微笑みも。

細い眉にかかる前髪。わずかに伏せられた眼。長い睫毛。小さく紅い唇。……けれど、全体の印象はどこかぼんやりとして、これが本当にコノハの顔なのかと訊かれたら、言葉に詰まる。

残っているのは写真だけだ。

少し間隔を空けてベッドに座り、正面を向いて笑顔を見せる少年と少女。緊張気味のぼくと、柔らかな雰囲気のコノハ。

無菌病棟で彼女と過ごした、二人きりの時間のすべてを、いつまでも、余すところなく記憶に留めておくことができたら、どれほどよかっただろうと思う。

もう、決して叶わない。

《クレイドル》に入った頃のぼくは、想像さえできなかった。

ぼくにとってコノハが、誰よりかけがえのない存在になることを。

一緒に病気を治して、二人で外の世界を見たい。それがぼくにとって一番の願いになることを。

彼女の手を取って、芝生の上を、砂浜を、森の中を一緒に歩いて、何も怖がることなく、外の世界の空気を思いきり味わいたい。そんな夢を抱くようになることを。

そして――

こんな風に、コノハを永遠に喪ってしまうことを。

※

嵐(あらし)は過ぎ去る気配もなかった。

雨が窓を激しく叩(たた)く。風の唸(うな)りが聞こえる。

深夜二時過ぎ。無菌病棟に人の気配はない。ほかの患者も、医師や看護師の姿もない。

渡り廊下が押し潰されて、ナースコールも繋(つな)がらなくなった。ぼくたちは取り残され、助けを求めることも、誰かに駆けつけてもらうことも不可能になった。

そのはずだった。

なら、この光景は何なのか。

コノハの病衣が血に染まっている。

ベッドから病室のドアへ、そして廊下へ、血痕(けっこん)が点々と続いている。

死んでいた。

二人きりのはずの無菌病棟で、コノハが刺し殺されていた。

Part 1: Cradle

「終了です。手の力を抜いてください」

冷たくくぐもった声とともに、若林看護師がぼくの左腕から注射針を抜いた。

針痕にガーゼを当てて止血バンドを巻き、ぼくの腕を締め付けていたゴムチューブを外す。血液の溜まった採血管を注射器から取り出し、手早くキャップを取り付ける。小さな筒状のステンレス容器に採血管を差し入れ、ねじ込み式の蓋を閉める。壁に埋め込まれたセンサーに左手をかざす。センサーの隣、縦幅十センチメートル強の小さな扉——ダストシュートが開き、紫色の光が漏れ出す。ダストシュートへ注射器本体を放り込む。……機械のように無駄なく正確な、淡々とした手つきだった。

「お疲れさま、タケル君」

柳先生が労いの笑顔を向けた。「最低でも五分、血が止まるまでしっかり巻いておいてね。傷口をぐりぐりしないこと。使い終わったガーゼはダストシュートに捨てて。止血バンドは次の診察で回収するから、この机の上に置いておいて。

血が止まっても、今日一日は針痕に触らないようにね。シャワーを浴びるときも身体を拭くときも、ごしごし擦ったりしないこと。皮膚が破けて菌が入るといけないから。解った？」

「解ってるよ」

子供扱いされているようで不本意だ。……まあ実際、柳先生から見たら十三歳のぼくなんて明らかに子供だろうし、主治医として注意事項を丁寧に説明しているだけなのも解るし、先生の口調も穏やかだから、あまり腹は立たなかったけれど。

「痛んできたりかぶれたりしたら、すぐナースコールボタンを押して。普通の人には些細な傷でも、あなたたちには一大事になりかねないんだから」

柳先生の表情が真剣味を帯びる。さっきの若林看護師と同じようにくぐもった声だ。

二人の全身は、頭のてっぺんから爪先まで、無菌服ですっぽり覆われていた。

――都内の無菌病棟、通称《クレイドル》の診察室だった。

肌着の上に病衣を羽織っただけのぼく。薄緑色の無菌服に全身を包んだ柳先生。同じく全身薄緑ずくめで、聴診器と筒状のステンレス容器を黙々とアルコール拭きする若林看護師。シュール極まりない光景だ。でもこれが、ぼくの生活空間となった無菌病棟での、ごく普通の診療風景だった。

柳先生と若林看護師の無菌服は、作業性を考慮してか、両腕の肘の辺りから指先までがびちっと肌に張り付いている。それ以外の部分はゆったりした作りで、細かな身体つきの違いは解らない。首に引っかけたIDカードと、頭部のビニール部分から覗く顔つきで一応見分けはつくのだけれど。

柳先生は、目尻の下がった穏やかな丸顔の「優しいおばさん」だ。診察中も笑顔なのでとっつきやすい。真剣な表情になってもきりっとした感じはあまりせず、心配げな印象が先に立つ。年齢は聞いたことがなかった。見た目は三十代後半くらいだろうか。

一方の若林看護師は、柳先生とはまるっきり正反対だった。

鋭く吊り上がった目尻、尖った顎。「蛇」という表現がぴったりの、冷ややかな無表情。笑っているところを見たことがない。顔立ちは整っているんだろうけど、正直に言ってあまりお近付きになりたくないタイプだ。背も、ぼくより十センチくらい高い。見た目の年齢は柳先生より下だろうか。訊くつもりもなかったので、正確なところは解らなかった。

若林看護師が聴診器と容器を拭き終え、ガーゼをダストシュートへ放り込む。再びセンサーに左手をかざし、扉を閉める。器具類をプラスチック製の小さな籠に入れるのに合わせて、柳先生が立ち上がった。若林看護師より七、八センチ低い背丈。といっても、ぼくの叔母と同じくらいだから、大人の女性としてはごく普通なんだろう。

「次は三日後ね。さっきも言ったけど、体調がおかしくなったらいつでもナースコールして。

――それと」

無菌服越しの柳先生の顔に、一瞬、辛そうな表情がよぎった。

タブレットコンピュータくらいの大きさの、平たいプラスチックケースが二箱、机の上に重ねて置かれている。柳先生はそれらを手に取り、ぼくに差し出した。

薬箱だ。蓋は透明で、内側が五×七マスに仕切られている。上部に『朝』『午前』『昼』『午後』『夕』、左側に『月』から『日』の曜日が記されている。それぞれのマスに錠剤やカプセルが詰まっていた。

「コノハちゃんに渡してくれる？　今日か、遅くても明日のうちに。

さっきは受け取ってもらえなくて……決められた量を欠かさず飲むよう、タケル君から伝えてもらえると嬉しいわ」

「……一応、やってみるけど」

期待しないでほしい、とは続けられなかった。二段に重なった箱をまとめて受け取る。上の箱の蓋に、彼女の名前がラベル張りされていた。下の箱はぼくの分だ。

柳先生は微笑み、若林看護師を伴って診察室を出た。ぼくも椅子を立ち、二人の後に続いた。

　診察室から廊下へ出る。真向かいは、トレーニングルームを兼ねた患者用の談話室だ。ガラス張りの壁を覗いてみたけれど、中には誰もいない。……彼女は病室に引きこもっているようだ。

　診察室を出て右手、ほんの十歩足らずの距離に、ガラス張りの自動ドアがあった。同じ形のドアが、一メートルほど奥にもう一枚。二重扉だ。ここが患者の居住スペースの出入口になる。

　外は普通の人たちの領域だ。空を真上に仰げる、どこまでも広い世界。今のぼくが外へ出たいとどんなに願っても、足を踏み出すことは絶対に許されない。

　柳先生がＩＤカードを掲げ、ドアの右脇（わき）の、濃い灰色のパネルへ押し当てる。短いアラームと同時に、パネル上部のランプがオレンジから緑色に変わる。ロックの外れる音とともに、手前側の自動ドアが開いた。

　柳先生と若林看護師がくぐり終えるのに合わせて、ドアが閉まる。施錠音が響き、パネルのランプがオレンジに戻った。

　二人が奥側の自動ドアを通り抜け、外へ出る。柳先生がガラス越しに小さく片手を振る。若林看護師は振り返りもしなかった。

　二重扉の向こう側は、面会者用の待機室だ。居住スペースから見て奥側の壁の左手

診察室
リネン室
六号室
（空室）
七号室
（空室）
八号室
（空室）
九号室
（コノハ）
待機室
備蓄庫
（※施錠中）
二重扉
談話室
一号室
（タケル）
二号室
（空室）
三号室
（空室）
五号室
（空室）
（←出入口）

＝…自動ドア

《クレイドル》見取り図

に、さらにもう一枚ドアがある。その先は、ぼくにとって未知の領域だ。柳先生と若林看護師がドアの向こうへ消えるのを、ぼくはガラス越しに見送った。

二人が行ってしまうと、《クレイドル》はとたんに、がらんとした空気になった。聞こえるのは空調機の唸りだけ。普通の病棟ではたぶん耳にすることのない、大きな換気音だ。

廊下の壁時計が『16：32』を告げている。夕食までは少し時間があった。

……さて、どうしよう。

手元の薬箱に目を落とす。気が進まなかったけど、柳先生の頼み事を無視するわけにもいかない。

溜息（ためいき）をひとつ吐（は）き出して、ぼくは談話室へ入った。とりあえず、血が止まってからにしよう。

※

ガーゼを診察室のダストシュートに放り込み、止血バンドを机に置いた後、ぼくは廊下の奥へ歩を進めた。

《クレイドル》の居住スペースの造りはシンプルだ。

二重扉から奥に向かって一直線に廊下が伸び、両脇に部屋が並んでいる。一番手前の右側に談話室、左側に診察室とリネン室。病室はこれらの部屋の奥だ。

廊下の両側に四部屋ずつ、計八部屋。すべて個室だ。向かって右側が、手前から一、二、三、五号室。同じく左側が六、七、八、九号室。四号室はない。

廊下の突き当たりに、壁と同じ乳白色の扉がひとつ。半円状のノブが付いている。何の部屋かは知らない。普段は鍵(かぎ)がかかって開かない。備蓄庫だと聞いた気がするけどよく憶えていなかった。

最大八人の患者が共同生活を送れる無菌病棟。けれど今は、賑(にぎ)やかさとは程遠い。住人はぼくを含めて二人だけだ。

もうひとりの住人——彼女の病室は九号室。向かって左手の一番奥だった。

ドアの向こう側に、部屋の主の気配を感じた。やっぱり引きこもっていたらしい。『赤川湖乃葉(アカガワコノハ)』と記されたネームプレートを横目に、ぼくは軽く深呼吸し、声を投げた。

「コノハ。いる?」

返事はない。

いつものことだ。初めて顔を合わせてから約二週間。コノハが一度の呼びかけで応えてくれた日をぼくは知らない。

「いるなら入るし、いなくても入るよ。五、四、三、に——」

「……来ないで」

気だるげなソプラノが耳に届いた。「レディの部屋に勝手に入らないでって……いつも言ってるのに。お子様。おせっかい。鳥頭（とりあたま）」

何がレディだよ、自分だってお子様じゃないか——と返したくなる衝動をぐっとこらえ、ぼくは言葉を続けた。

「柳先生から預かり物だよ。今週分の薬。欠かさず飲むようにって」

「…………」

「ちゃんと飲まないと症状が悪化して、下手したら命に関わるって先生も言ってたよ」

柳先生も脅（おど）かすつもりはなかったんだろうけど、最初に薬の説明をされたときの心底不安そうな顔は、ぼくに鮮烈な恐怖を植え付けるのに充分だった。

「嫌」

コノハが駄々をこねた。「飲むと気持ち悪くてだるくなる。……毎日そんな思いするくらいなら、飲まないで死んだ方がいい……」

「駄目だよ」

思わず強い口調になった。「そんなこと言ったら、治る病気も治らないじゃないか。

気持ち悪くなるのは解るけど……先生に言えば薬を替えてくれると思う。せめて次の診察日の分までは飲もうよ」

薬で気分が悪くなるのはぼくも経験済みだ。柳先生に伝えて——というより半分泣きついて——替えてもらったけど、あれを毎日続けるのはぼくにだって拷問だ。

でも、薬が合わないというだけの理由で、生きることを放棄するかのような態度を取ってしまうコノハが——なぜか、ぼくには許せなかった。

皆が心配しているとか、誰が入院費を出しているのかといった、お説教じみた理由じゃない。自分は死んだ方がいいと、同居人が他人事のように口にしてしまう。そんな現実を見せつけられるのが辛かった。そんな会話を交わさなきゃいけないのが苦しかった。

「うるさい」

ドア越しの返答は、気だるく冷たかった。「何も知らないくせに……私が死んだら、自分の寝覚めが悪いだけのくせに……偉そうなこと、言わないで」

頭に血が上った。気付けばぼくは、九号室のドアの間近へ足を踏み出していた。

二秒ほど遅れてドアが開き、中の様子が目に飛び込んだ。

真っ白な肌の女の子が、窓の近くのベッドに身を沈めていた。

——コノハだ。

細い眉、長い睫毛。肩まで伸びた髪。小さな唇は口紅を塗ったように赤い。掛布団の端を右手で摑み、胸の辺りまで引き上げている。胸から上は、ぼくが着ているのと同じ水色の病衣。白いシャツが、襟の合わせ目から覗いていた。

非難に満ちた——けれど、沼のように淀んだ黒い瞳。

怒りの衝動が引き、身体が固まる。

女の子の部屋へ同意なく押し入るという、まことに犯罪的な行動に走ってしまったけれどもう遅い。頭を下げて退散することもできず、ベッドの上の少女を見つめる。

コノハの姿は、健康的とはとても言えなかった。

肌は色白というより、「血の気のない」と表現した方が近い。掛布団を摑む右手は、指も手首も折れそうなほどに細い。髪の毛は艶がなく、櫛も通していないのかあちこち乱れている。

何より目立つのが、身体の横にだらりと投げ出された左腕——に似せた樹脂。

義手だ。

球体関節を模した手首や肘。生身の部分との繫ぎ目は、病衣の袖に隠れて見えない。蠟人形のような肌のせいで、身体からそのまま生えたようにさえ見える。

半人形——それが、コノハという少女の端的な印象だった。

かろうじて人間らしさを思わせるのは、薄く赤らんだ頰だけ。それさえ塗料を塗ったと言われれば信じてしまうかもしれない。

「入ってこないで……出ていって」

コノハの唇が動く。窓の景色を見ていたのだろうか、リクライニングベッドの上半分が斜めに持ち上がっている。コノハはベッドから背を離しもせず、生気のない非難の視線をぼくに向けていた。

コノハの無気力さは、部屋の様子にも表れていた。本当なら洗濯に出さなきゃいけないはずの病衣や肌着やタオルが、床のあちこちに散らばっていた。

「そんなわけにはいかないよ」

こうなったらやけだ。床から目を逸(そ)らしつつ、ぼくはベッドの脇まで歩み寄り、薬箱のひとつ——コノハの名前が記された方を、彼女のお腹(なか)の辺りへ差し出した。「ほら、受け取って」

「嫌。……どうせ飲んでも飲まなくても」

「わがまま言うなって。先週とは違うみたいだよ、ほら」

コノハの薬箱の中身は、ぼくのそれとは種類も量も別物だ。とはいえ、先週分から変わっているかどうかまではさすがに解らない。こんなに数があったらコノハも憶えていないだろう、という安直な目算から出た台詞(せりふ)だった。

コノハは薬箱に視線を落とした。やや目を見開き、しばらくして「要らない」と顔を背ける。ぼくの下手な嘘はあっさり見透かされてしまった。

しくじった。……でも、今さら引き下がれない。ぼくは自分の薬箱を床に置いた。

「嫌でも何でも、ちゃんと受け取ってもらうからな」

薬箱を右手に掲げたまま、空いた左手を、コノハの右手に伸ばした——その瞬間だった。

「触らないで！」

彼女の右手がぼくの左手を叩き払った。

先程までの無気力が弾け飛んだような勢いだった。左の手のひらの痛みに、ぼくはしばらく気付くことができなかった。

沈黙が流れた。

コノハは自分の右手を呆然と見つめ、はっとしたようにぼくへ視線を移した。蠟人形のような青白い顔が、今にも泣き出しそうに歪む。凍り付いたままのぼくの右手から、コノハは薬箱をひったくって投げつけた。平たい底面がぼくの胸にぶつかった。

薬箱が胸板をずり落ち、足元の床で跳ねた。

「……出ていって」

コノハの声が震えた。「出ていって！　もう、ここに来ないで……顔も見たくない」

涙を浮かべながら、コノハは枕元に右手を伸ばす。『消毒液』と記されたプッシュ式容器を掴んで布団越しに両脚に挟み、右腕を持ち上げ、義手で容器の上を叩く。透明な液体がスプレーのように吐き出され、コノハの右手の甲を濡らした。汚らわしいものに触れてしまったような動作だった。

「——解ったよ。

ああ来るもんか。頼まれたって来るもんか！」

ぼくはコノハに背を向け、自分の薬箱を掴むと、床を踏みにじるようにして九号室を出た。叩かれた左手と、薬箱をぶつけられた胸が、今になって鈍く痛み出した。

だから嫌だったんだ。コノハと顔を合わせるのは。

※

そもそも、最初の対面からしてろくなものじゃなかった。

「コノハちゃん、タケル君よ。仲良くしてあげてね。……ほら、二人とも挨拶して？」

二週間前、柳先生によって談話室でコノハと引き合わされたとき、ぼくはしばらくの間、会釈をすることもできなかった。

異様に白い肌、赤い唇。球体関節人形のような義手。今まで見てきたどの女の子とも全く違う、異界じみた少女。

そんなコノハを目の当たりにして、ぼくが最初に抱いたのは——少しの恐怖と、圧倒的な近寄りがたさだった。

死神に憑かれたような生気のなさ。暗い瞳。仲良くなんてとてもなれそうになかった。

それでもどうにか自分の名前を口にし、「ええと、よろしく」と付け加えた。我ながらぎこちない愛想笑いだった。

義手の少女は、暗く淀んだ、ひどく悲しげな瞳を向け、奇妙な問いを発した。高くか細く、気だるげな声だった。

「あなた、今までに食べたパンの数を憶えてる？」

「え」

それが、有名な漫画の一節だと——要するにからかわれていたのだと、このときのぼくは気付けなかった。「憶えてるわけないだろ」と馬鹿正直に答えるしかなかった。

「なら、この一週間、夕食に何を食べたかは？」

「あ……ええと」

いつの間にか少女のペースに巻き込まれていた。柳先生もあっけに取られたようで、ぼくらの会話に口を挟めずにいた。

夕食と言われても、一週間前のメニューなんて完全に記憶から消えている。それに、一昨日までは手術で丸二日も眠り込んでいて（と柳先生から聞いた）、目が覚めたのは昨日の朝だった。憶えているのはその後の夕食くらいだ。

ぼくの回答に、義手の少女は「そう」と俯き、思い出したように「……赤川湖乃葉」と自分の名を付け加え、ゆらりと背を向けた。よろしくの一言もなかった。

「コノハちゃん!?」

柳先生が慌てて呼び止める。コノハは振り向きもせず、「興味ないから。……昨日の夕食しか憶えられない鳥頭なんて」と言い残し、自動ドアの向こうへ去ってしまった。

「ごめんなさいね。……コノハちゃん、少し気難しいところがあって」

柳先生の謝罪を、ぼくはほとんど聞いていなかった。台風のような混乱が過ぎ、後に残ったのは純粋な怒りだった。

鳥頭？　馬鹿にするな。昨日の分ならちゃんと憶えてるぞ。あまり美味しくない煮魚だったぞ。

……我ながら阿呆な反論だった。

同い年の女の子と、同じ建物で二人暮らし。

ぼくも普通の男子だ。あれやこれやの期待が全然なかったと言ったら嘘になる。けれどコノハとのやり取りは、密（ひそ）かな妄想を粉々にぶち壊した。

……何様だよ、あの女。

初顔合わせの後に残ったのは、学校のクラスの男女が忌（い）み嫌い合うのに似た、幼稚な嫌悪の感情と――

それでも放っておけない、コノハという少女の危うい雰囲気だった。

※

夕食の時間になっても、コノハは談話室に姿を現さなかった。

談話室の固定テーブルの前に座りながら、ぼくは先割れスプーンを右手に握り、トレーの上の温野菜を突いた。

フォークやナイフはない。患者に怪我をさせないようにか、《クレイドル》に刃物や尖った金属類は常備されていない。

無菌病棟の食事は、正直に言ってあまり美味しくない。たぶん、普通の入院食に輪をかけて味気ないと思う。

何しろ生モノがない。肉も野菜も全部、必要以上に火が通ったものばかりだ。生のサラダは見た憶えがないし、刺身なんて論外だ。煮込んだ肉に煮込んだ野菜。それらが手を替え品を替え、朝昼晩×七日のローテーションで病室に運ばれる。

「運ばれる」といっても、看護師が手渡しで配ってくれるわけじゃない。各病室の隅に小さなブースがあって、毎日決まった時間に、下の階から小型エレベータ経由で運ばれる。食べ終わった後は、トレーをブースに戻して扉を閉めれば勝手に片付けられる。入居案内によると、調理も食材を装置に入れるだけらしい。SFさながらの全自動方式だ。

ちなみに今日の夕食は、徹底的に薄味のハンバーグ、煮込みすぎてふやけたキャベツとニンジン、白いご飯と水。味気なさを絵に描いたようなメニューだ。量がそれなりにあるのがせめてもの救い——なんだろうか。

ともあれ、こんな味気ない食事を、ひとりきりの病室で黙々と摂るのはとても耐えられず、ぼくはいつもトレーごと談話室に運んでいた。病室より単純に広いし、廊下側、待機室側、そして窓側の三方がガラス張りなので開放感が段違いだ。

これで見晴らしがもっとよければ言うことはなかったんだけど——無菌病棟全体が隔離されているらしく、背の高い木々が窓の十数メートル先に立ち並んでいる。居住スペースは二階にあるけれど、敷地の外どころか一般病棟も見えなかった。

まあ、ぜいたくを言っても始まらない。下手に救急車や墓場が目に入るよりずっとましだ。

コノハも、普段は食事を持って談話室にやって来る。

そんなときの彼女は、生身の右手と関節を曲げた義手で、器用にトレーを支えながら自動ドアをくぐる。ぼくを見つけると、露骨に無視して別のテーブルへ向かい、ご丁寧に背を向けて食事を済ませ——半分くらい残していたけれど——先に来ていたぼくより早く談話室を出ていってしまう。

いただきますもごちそうさまも言わず、こちらに声をかけることさえなく、感情の失せた目で去っていくコノハを、ぼくは無言で見送る。

それが、《クレイドル》に入ってからの食事の風景だった。

……というのに、コノハがいつまで経っても訪れない。「顔も見たくない」という言葉を早速実践しているらしい。

窓の外はすっかり暗くなっていた。街の灯りさえ見えない。

広い談話室でのぼっち夕食。三方ガラス張りの開放感が、余計にわびしさを増幅させる。残りの温野菜と白米を無理やり片付けると、ぼくは食後分の薬を水で胃に流し込んだ。

談話室を出て廊下を進み、最も右手前にある一号室が、ぼくの病室だ。

『尾藤健(ビトウタケル)』のネームプレートを横目に自動ドアをくぐり、部屋の隅に向かう。強化ガラス付きの小さな横長の扉が、壁に取り付けられている。配膳(はいぜん)用のブースだ。扉を開け、トレーを放り込んで閉じる。ガスの抜けるような音に続いて、扉のすぐ奥でシャッターが閉まり、ブースの中が見えなくなった。

モーターの駆動音がかすかに聞こえる。詳しい機構はぼくも知らないけど、ブース全体が小さなエレベータになっていて、食後のトレーは自動的に洗浄・消毒に回されるらしい。明日の朝には、小扉を開ければ朝食の載ったトレーが中に入っている寸法だ。

廊下側の壁に、大きめのデジタル時計が埋め込まれている。表示は『19:04』。消灯時間の二十一時までだいぶ間があった。

配膳ブースの向かい——二号室側の壁にドアが二つ並んでいる。廊下側がシャワールーム、その隣が洗面所とトイレだ。

さらに隣は、扉のないクローゼット。壁全体が凹(へこ)んでいて、柵(さく)状の棚が二段設けられている。上の棚には未使用の下着と病衣とタオル、下の段にはベッドのシーツと枕カバー、それからスリッパが載っている。

身体を清潔に保(たも)つため、入浴と、衣類やシーツの交換を毎日行うのが《クレイドル》でのルールだ。ぼくは病衣と下着を脱いでベッドに放ると、新しいスリッパに履き替え、棚から着替えとタオルを摑んでシャワールームへ入った。

前室の網棚にタオルと着替えを置き、引き戸を開けて中へ。一番奥の壁にシャワーと水栓、ボディーソープとシャンプーの吐出口(はきだしぐち)が据え付けられている。水栓を思い切り捻(ひね)ると、シャワーヘッドから水が降り注ぎ、やがて湯気を立てた。シャワーの真下に飛び込むと、湯の熱い流れがあっという間に髪と全身を濡らしていった。

とっくに痛みが引いたはずの左手と胸が、鈍く疼(うず)いた。

――出ていって！　もう、ここに来ないで。

「……頼まれたって行くもんか」

いくら湯を浴びても、胸の中の重苦しさは洗い流されなかった。

身体を拭き、替えの下着と病衣を身に着けてシャワールームを出る。病衣は少し大きめだったけど、すぐ背が伸びてぴったりになるのを考慮してくれたんだろう。たぶん。

クローゼットの横、窓際の壁の一角に、『洗濯物』と記された横長の扉が嵌め込まれている。近くのセンサーに手をかざすと、扉が上側にスライドし、縦幅二十センチくらいの口が開いた。診察室のダストシュートに似た造りだ。

扉の奥は真っ暗な大穴――じゃなく、床板の設けられた箱状の空間になっている。要は埋め込み式の洗濯籠だ。シーツと枕カバーを引っぺがし、使用済みの衣類とタオル、スリッパと一緒にまとめて放り込む。センサーに再び手をかざすと、扉がゆっくり閉まり、続いてがたんと音が響いた。約十秒後、再び同じ音が聞こえた。

洗い物を入れた状態で扉を閉めると、底板が開いて下に落ちる仕組みになっているらしい。底板が再び閉じるまで扉がロックされてしまうので、その日の洗い物は一度にまとめて放り込んだ方が効率的だ。

洗い物はトレー同様、全自動で洗濯、乾燥、消毒され、種類ごとに綺麗に畳まれて、次の日には診察室の隣のリネン室へ戻る。病室まで運ぶのは患者自身の役目だ。

調理と洗濯が下の階で一緒に行われるのは不衛生に思えるけど、入居案内によれば、『両者は厳格に区画分けされているので安全です』とのことだった。

洗面所に入って手を洗い、新しいシーツと枕カバーを棚から取ってベッドメイキングを終える。洗面所に戻って歯磨きを済ませると――歯ブラシと歯磨き粉は定期的に新しいものと交換してくれるらしい――今日すべきことはほとんどなくなってしまった。

壁時計は二十時前。消灯まで一時間以上もあった。今さら談話室へ戻ってサイクリングマシンを漕(こ)ぐ気にもなれない。ぼくはベッドに入り、枕元の小テーブルに置いてあったタブレットコンピュータを、充電器から外した。

《クレイドル》の病室には、なぜかテレビがない。『医療用精密機器に悪影響を及ぼす恐れが――』云々(うんぬん)で、携帯電話も持ち込み禁止だ。

代わりに支給されたのが、このタブレットだ。

ただし、ネットには繋がらない。ワイヤレス接続機能はあるらしいけど、肝心のネットアプリが全然入っていない。自力でアプリを作る知識もないし、そもそもアプリの製作環境がない。

できることといえば、インストール済みのゲームで遊ぶか、動画や写真を撮るか、電子教科書でお勉強するか、後は日記をつけることくらいだ。

ゲームは、数だけなら充分すぎるくらい揃(そろ)っていたけれど、多すぎて趣味の合うソフトがなかなか見つからない。適当に二、三本プレイしてみたけどすぐ飽きてしまった。動画や写真も、これといって撮るものがない。勉強に至っては何をか言わんやだ。

そんなわけで、残る選択肢はひとつ。ぼくはタブレットの画面に触れ、日記アプリを起動した。「毎日続けるようにね。どんなに些細な出来事でも、後で貴重な思い出になったりするものだから」と柳先生に言われている。

今日一日を振り返りながら日記を打ち込み——けれど、診察を終えた辺りのところで指が止まってしまった。

——触らないで！

——もう、ここに来ないで……顔も見たくない。

廊下側の壁に目を移す。壁時計の下に、患者向けの注意事項を記したプレートが貼り付けられている。その一項目に、嫌でも目が吸い寄せられた。

『ほかの患者さんの身体に触るのは控えましょう。触ったり触られたりしたら、すぐに消毒しましょう』

ここは無菌病棟だ。

外界にうじゃうじゃいる菌をシャットアウトして、ぼくやコノハのような『病原体にものすごく弱くなってしまう病気』にかかった患者を守るための施設だ。

病名はよく憶えていない。解っているのは、病気がぼくを外での生活に耐えられない身体にしてしまったこと、そして、完治には長い時間がかかると言われたことだけだ。

コノハも、事情は似たようなものらしい。

何の病気かは知らないけれど、ぼくと同じように『病原体に弱くなる病気』になって、ぼくより長い時間をこの場所で、外界の菌から守られながら過ごしている。

けれど、菌は外界だけじゃなく、人間の身体にもたくさん住んでいる。

ある人には無害な菌でも、ほかの人には致命的な病気をもたらしてしまうことがある――と、入居案内にも書かれている。

だからぼくたちは、身体の菌が悪さをしないよう、毎日たくさんの薬を飲む。肌の上の菌を増やさないよう、毎日着替えをしてシャワーを浴びる。

ほかの患者に触るのは、お互いの皮膚にくっついた菌を交換するのと同じだ。手に菌がついたまま食事をしたり目をこすったりしたら、余計な菌が侵入してしまう。

だから――コノハに薬箱を渡す際、彼女の手を掴もうとしたのは、実はかなり軽率だった。頭に血が上っていたとはいえ、まずい行いだったと思う。

けれど、あそこまで露骨に「ケガラワシイ」という態度を取ることはないじゃないか。ぼくの手をひっぱたいておいて、これ見よがしに消毒液を自分の手に振りかけるなんて。

しかも、せっかく持ってきた薬箱を投げつけさえしたのだ。ぼくが怪我したらどうするつもりだったんだ。おまけに謝りもしないで「顔も見たくない」だって？

思い出すうちにむかむかしてきた。気付けば、日記の後半はコノハの悪口だらけになっていた。消すのも面倒くさかったので、ぼくはそのまま日記をセーブした。

と、部屋が暗くなった。タブレットの右隅の日時表示は『5月9日　21：00』。消灯だ。

《クレイドル》の居住スペースは、消灯時間になると自動的に『おやすみモード』に入る。翌朝の起床時間——午前六時まで、電灯は弱い橙色の光しか点かない。スイッチを切ったらもちろん真っ暗だ。面倒なのでぼくはいつも入れっぱなしにしている。

暗い中でタブレットを操作するのは目に悪い、と柳先生に言われている。要するに時間切れだった。ぼくはタブレットを充電器に戻し、掛布団を被った。

……顔も見たくないだって？　なら、こっちだって知るもんか。

明日からずっと、お前なんかいないふりをしてやる。もしばったり会っても「お前、誰だっけ？」と言ってやるからな。

※

簡単にいないことにできるなら苦労はなかった。

　それから二週間以上、ぼくは毎日、コノハの歪んだ顔と痛々しい声を思い出し続けることになった。

　互いに互いを避け続けたせいか、談話室でも診察室でも、彼女と顔を合わせる機会はなかった。けれど、消灯時間が来てベッドで目をつぶっても、コノハの姿が瞼(まぶた)の裏を駆け巡って消えなかった。

　柳先生も柳先生で、「診察は三日後」と言いながら、二日後にはナースコールの回線経由で「コノハちゃんの様子はどう?」などと訊いてくるものだから、余計に意識せずにいられなかった。


　この頃のぼくとコノハの関係は、「冷戦」の一言だった。

　コノハは自分の病室に閉じこもり、診察のとき以外はほとんど外に出なかった。廊下から彼女の足音が聞こえると、ぼくはベッドで目をつぶり、足音が再び九号室の方へ消えるまで狸寝入り(たぬきねいり)を決め込んだ。彼女とうっかり遭遇するのを避けるため、一日中病室で過ごすことも多くなった。洗濯物の回収は、診察が終わった後にしかやらなくなった。

　コノハも同じことを考えていたようで、ぼくが診察を受けるときや談話室で食事を摂（と）るときは全然姿を現さなかったらしい。

とはいえ、完全な無視を決め込んだわけでもなかった。

冷戦が三週間目に差し掛かったある日、診察を受けるために廊下へ出ると、一号室のぼくのネームプレートがなくなっていた。

コノハの奴（やつ）……「お前はもう死んだ」とでも言いたいのか？

怒りが態度に出ていたらしい。

直後の診察で、柳先生から「コノハちゃんと喧嘩（けんか）してるの？」と尋（たず）ねられ、ぼくは噎（む）せそうになった。

診察室にはいつものように、無菌服姿の柳先生と若林看護師、そしてぼくの三人。コノハはいない。ぼくより先に診察を済ませ、九号室に引き上げてしまった。――顔は見ていない。足音で判断しただけだ。

「何で、そんなこと訊くのさ」

「あなたたち二人とも、しばらく前から様子が変だもの。お互いのことを話に出さないし。気になるわ」

「……別に」

ぼくたちの冷戦を、柳先生には一言も伝えていない。けれど、ずっと前から見透かされていたらしかった。

「あいつが『顔も見たくない』って言うから、そうしてるだけで」

「それを喧嘩って言うの」

無菌服の内側から、柳先生が呆れ顔を覗かせる。くぐもった声は柔らかだけど、ぼくは子供扱いされているようでむっとした。

「だから喧嘩じゃないって。今はコノハのことなんか関係ないだろ」

「大ありよ。

心の状態が身体に与える影響はとても大きいの。鬱になると肩凝りや食欲不振の症状が現れるのと同じ。タケル君の心の調子が乱れたら、治る病気も治らないわ。

コノハちゃんもそう。……私は主治医として、タケル君とコノハちゃんに仲違いしてほしくないの。月並みな言い方だけど、同じ《クレイドル》で過ごす仲間なんだから。……ね？」

しつこいよ、と返そうとして、柳先生の言い回しに引っ掛かりを覚えた。――『コノハちゃんも』？

「先生、コノハの症状って」

「……万全とは言えないわ。

新しい薬のおかげでどうにかなっているけど、二週間前と比べて、検査の数値が全体的に悪化傾向。……あまりよくない兆候よ」

心臓を締め付けられたようだった。二週間前――

病状が悪化して……それから、どうなる。

外に出られないまま、あいつはずっと《クレイドル》のベッドに縛り付けられて、
下手をしたら――

「心配？」

柳先生が小首を傾げながら問う。若林看護師は、ぼくたちのやりとりなど小耳にも
入っていないかのように、無言で器具の片付けを行っていた。

「――別に。あいつのことなんか関係ないってさっきから」

「タケル君」

柳先生の声は厳しくも甲高くもなかったけれど、ぼくの口を噤ませるのには充分だった。

「コノハちゃんと何があったかは訊かないわ。彼女に謝れとも言わない。

けれどせめて、一度でいいから、彼女と顔を合わせて話してほしいの。これは主治医としてだけじゃない、あなたたちの知人としてのお願いよ。

コノハちゃんにも――あなたにも、辛い思いを味わってほしくないの」

……直接話せ、と言われても。

診察が終わり、柳先生と若林看護師が去った後、ぼくは病室のベッドの上で悶々と転がり回った。

意図的なすれ違いを二週間以上も続けて、何事もなかったように「やあ、元気？」と挨拶できるなら苦労はない。大体、最初に拒絶したのはコノハなのに、なぜぼくから歩み寄らなきゃいけないのか。理不尽にも程がある。

けど。

――検査の数値が全体的に悪化傾向。……あまりよくない兆候よ。

死ぬなら勝手に死ねばいい、と思っていた。「顔も見たくない」ならその通りにしてやる、お前のことなんか知るもんか、とも。

なのに……どうしてこんな、重苦しい気分になるんだ。

柳先生も柳先生だ。あの言い方はまるで、ぼくのせいでコノハの病気が悪くなったみたいじゃないか。……

ベッドでごろごろのたうち回っていると、ゴミ収集車から流れる曲に似たメロディが、廊下から聞こえた。

もちろん、こんなところにゴミ収集車は走らない。自動掃除機だ。

一日おきにリネン室からやって来て、部屋や廊下を動き回って埃を吸い取り、またリネン室に戻っていく。

　無菌病棟は、ものすごく目の細かいフィルターが空調設備に取り付けられていて、これが外界の病原菌をシャットアウトしているという。だから埃も入ってこないし掃除機も要らない……はずなんだけど、柳先生によると、人間――要するにぼくたち患者が塵の要因になっているためらしい。髪の毛や垢、病衣やシーツからほつれて落ちた細かい繊維などが、知らず知らずのうちに溜まってしまうのだとか。

　厳重に空調管理された無菌病棟も、内部から湧き出る塵を完全に取り除くことはできない。かといって、患者に掃除させたり業者を入らせたりするのも負担が大きい。そんなわけで自動掃除機のご登場と相成った――らしい。ちなみに吸い取られた塵は定期的に、診察のタイミングで捨てられる。今日も若林看護師がカートリッジを入れ替えていた。

　問題は、この自動掃除機が勝手に病室に入ってくることだった。

《クレイドル》の居住スペースのドアは、ほぼすべて自動式だ。うっかりほかの患者の病室を開けてしまわないよう、二秒ほど正面に立たないと動作しないようになっている。が、自動掃除機はこれをしっかりわきまえて、ドアの前まで来るとぴたりと動きを止め、開くと同時に無神経な親のごとく病室に押し入ってくる。

　ドアのレールは廊下側にあるのでつっかい棒を立てることもできない。そもそもそんな棒がない。要するに、物言わぬ侵入者を食い止める方法がない。

まずい。

ドアが開いた瞬間にコノハと顔を合わせてしまったら大変まずい。何がまずいのか自分でも解らなかったけど、ぼくは急いでベッドを整え、音を立てないようシャワールームに滑り込んだ。

しばらくして、一号室のドアの開閉音が聞こえた。シャワールームのドアを薄く開ける。正方形の分厚い板状の機械が、ぴろぴろメロディを奏でつつ病室を蹂躙していた。

小さい頃、テレビのCMで見たものとは見た目がだいぶ違う。上面のほぼ全体を太陽電池パネルが覆っている。入居案内によると、リネン室の滅菌ブースで紫外線を浴びるついでに充電する仕組みらしい。誰だか知らないけど上手いことを考えたものだ。

太陽電池パネルの格子模様が、銀色の四角い亀を思わせる――のだが、その『亀』が手足と首を引っ込めたまま、身体の向きを変えずにカクカクと正確な軌道を描いて床の上を動き回るのは、ある意味不気味な光景だった。

自動掃除機の側面に、細長い液晶ディスプレイといくつかのボタンが並んでいる。適当にボタンを押せば止まってくれそうだけど、下手にいじって壊したらと思うと、うかつに触ることもできなかった。

数分後、ようやく気が済んだのか、自動掃除機は入ってきたのと同じように病室を出ていった。自動ドアが閉まるのを確認し、ぼくはバスルームを出てベッドへ戻った。

自動掃除機は空き部屋も律儀に掃除しているらしく、気の抜けたメロディがリネン室の方へ戻って鳴り止むまで、三十分ほどかかった。最後の方で「ちょっと、入ってこないで……」と悲鳴が響いた気がしたけど聞かなかったことにした。

……それから数刻。

軽く寝入ってしまったらしく、気付けば窓の外はすっかり暗くなっていた。十九時。夕食の配膳時間をとっくに過ぎている。

慌てて起き上がったそのとき、かすかな足音が、ドアの外から漏れ聞こえた。空調機の唸りの中、耳を澄まさないと聞き落としそうな弱々しい歩み。

コノハだ。

《クレイドル》の奥――九号室の方から、ぼくのいる一号室側へ向かって、足音が徐々に近付いてくる。

心臓が跳ねた。まさか、コノハの方から？

しかし、ぼくの狼狽を鼻で笑うように、足音は一号室の前を通り過ぎた。続いて、自動ドアの開閉音。……談話室で食事を摂るつもりらしい。

息が漏れた。ベッドに倒れ込む。脱力したのも束の間、ぼくの心拍数は再び上昇を開始した。

今、コノハが談話室にいる。ぼくはまだ夕食に手をつけていない。

コノハと自然に顔を合わせる機会として、今以上のタイミングはないんじゃないか？

彼女が夕食を終えるまでどれくらいだろう。十分か二十分か。いや、食べ切らずに残してしまうなら、もっと早いかもしれない。そもそも夕食かどうかも解らない。気まぐれで談話室に行っただけだったら――

色々な考えが頭をぐるぐると巡る。慌てるな。別に今が最後のチャンスというわけじゃない。会って話すなら、明日にでも九号室に行けばいい。

でも――もし、この前のように拒絶されたら。

……ぼくはベッドから脱け出ると、夕食のトレーを持って廊下へ出た。なるべく音を立てないように、静かに歩を進める。

やがて、談話室のガラスの壁越しに、コノハの背中が見えた。

左の義手をだらりと下げ、椅子に腰かけながら右腕を動かしている。やはり夕食らしい。

ただ、食事のペースは緩慢だった。時折、右手がテーブルに置かれ、首が俯く。こちらに気付いた様子はない。

ぼくは息を整え、談話室の自動ドアをくぐった。コノハが弾かれたようにこちらを向いた。

久しぶりに見るコノハの顔は、二週間前よりさらにやつれていた。瞳の光は弱く、頬もこけている。ぼくは動揺を隠しつつ声を発した。

「あー……や、やあ。その、ひ、久しぶり」

全然隠せていなかった。

次の台詞が出てこない。『気まずい対面』の題名で写真に撮ったら金賞間違いなしの硬直ぶりだった。

コノハは無言だった。放心した顔でこちらを見つめている。

「な、何だよ」

「……どうして」

彼女の声は震えていた。「何で？　……何でタケルが、ここに」

二週間ぶりの挨拶がそれか。

駄目だ。会って話せと頼まれたけど、こんな態度を取られたら話の進めようがない。

「夕飯だよ。来ちゃ悪いなら帰るけど」

トレーを持ったまま背を向けようとして、ぼくは思わぬ光景を目の当たりにした。

コノハの両目から大粒のしずくが溢(あふ)れ出した。

「何で……どうして？」と繰り返しながら、ぼろぼろと涙をこぼしている。驚きと怒り、喜びと悲しみがぐちゃぐちゃに混ざった顔。こんなに大泣きするコノハは初めてだった。

「どうして、って……コノハこそ」

何をそんなに泣きじゃくってるのさ。

問いは声にならなかった。ぼくに遭遇したのがそんなに嫌か、と憎まれ口を返せる雰囲気じゃなかった。

「違う……違うの」

コノハは駄々をこねるように首を振った。「そうじゃなくて……だって」

支離滅裂な嗚咽(おえつ)を漏らしながら、右の手のひらで顔を覆うコノハ。けれどやせ細った小さな片手で涙をせき止められるわけもなく、顎まで伝ったしずくが病衣へ、そして床へと落ちていった。

訳が解らなかった。慌ててトレーをテーブルに置き、リネン室から新しいタオルを持ってきてコノハに差し出した。

ぼくの手が触れたタオルを、コノハは嫌がることなく受け取った。

コノハが泣き止んだのは十分後だった。

両目と鼻は真っ赤だけど、タオルのおかげか、涙まみれの顔はすっかり元通りになっていた。

「どうして、タケルがここにいるの？」

落ち着いた後の第一声がこれだった。またか。

「ずっと《クレイドル》にいたよ。訊きたいのはこっちだって。何をどうしたらそういう質問が飛び出すのさ」

「だって、一昨日から部屋のネームプレートがなくなってたから、てっきり」

え!?

「あれって、コノハの仕業（しわざ）じゃなかったの？」

「――違う」

コノハの顔に、驚きと、少し傷ついた表情が浮かんだ。「そんなことしない。いくら何でも……そんなこと」

一昨日といえば、前回の診察があった日の翌日だ。ぼくは冷戦で病室に籠（こも）りきりで、最近は談話室にも行かず、洗濯物の回収も診察日に合わせていたから、今日の診察までネームプレートの件は気付かなかった。

……もしかして。

柳先生か若林看護師が、ぼくとコノハの冷戦に気付き、ショック療法として前回の診察のときにぼくのネームプレートをこっそり外したのだろうか。人のいい柳先生がそんなことをするとは思えないから、残る容疑者は若林看護師だけだ。まったく、無表情なふりして悪趣味なことをしてくれる。

粗だらけの推理だったけど、コノハは「そっか……そうなのかな」と息を吐いた。

初めて見る、コノハの柔らかな表情だった。――なぜか急に気恥ずかしさがこみ上げて、ぼくは顔を逸らした。

ともかく事情は解った。一号室からネームプレートが消えたのを見て、コノハは、ぼくが《クレイドル》を出ていったと――死んでしまったのかもしれないと――思い込んだ。

前回の診察からぼくはずっと病室を出なかったし、診察の呼び出しは、ナースコールボタンの下のスピーカーで個別に行われるので、九号室のコノハにはぼくへの呼び出しアナウンスが聞こえない。ぼくが一号室やリネン室を出入りする足音も、柳先生たちの足音と思い込んでしまったか、空調機の音に掻き消されて聞こえなかったんだろう。彼女が一号室の前を通り過ぎるのをぼくは聞き取れても、ぼくの方はそもそも九号室へめったに近寄らない。

——様子が変だもの。お互いのことを話に出さないし。ぼくのことが全然話題に上らなかった

今日の診察でも、コノハと柳先生の間では、ぼくのことが全然話題に上らなかった

のかもしれない。勘違いを修正する機会を逃したまま、いなくなったはずのぼくに出

くわし、驚いて泣いてしまったのか。

……ん？

驚くのは解る。でも、泣くほどのことだろうか。二言目には「死にたい」と気だる

げに口にしていたはずのコノハが、久しぶりにぼくの顔を見ただけで。

脈拍が急上昇した。

ぼくが生きてると知って赤ん坊みたいに号泣する？　それって……まさか、いやい

や。

「違う。違うから」

こっちの内心を読んだかのように、コノハが真っ赤な顔でまなじりを吊り上げた。

「ゾンビが現れたと思って、びっくりしただけだから。……レディを脅かして怖がら

せるなんて、最低。自意識過剰」

「自意識過剰はどっちだよ!?」

口喧嘩は二十分以上続いた。夕食はすっかり冷めていた。「顔も見たくない」から

始まった二人の冷戦は、綺麗さっぱりどこかへ行ってしまった。

※

ぼくとコノハの、本当の意味での《クレイドル》での日常は、ここからようやく始まったのだと思う。

冷戦明けから数日間は、顔を合わせれば口喧嘩を繰り返していたけど、お互いが存在しないかのような冷たくじめじめした雰囲気は、もうなかった。

「コノハ。洗い物は溜めないで、すぐ洗濯に出しなよ」

談話室のテーブルの前にはす向かいに座り、昼食——メインメニューは蒸した鶏肉だった——を口に運びながら、ぼくはコノハと洗濯物の出し方を議論していた。「病室の注意書きにも書いてあるじゃんか」

「めんどくさい……」

見かけによらずというか、半周回って見かけ通りというか、コノハは結構ずぼらなところがあった。

「いや、そういう問題じゃなくて」

「タケルは知らないだろうけど、《クレイドル》の自動洗濯機は、病室が満員でも全員分をいっぺんに洗えるの。だからまとめて出した方が合理的――」

コノハの右手が、先割れスプーンを持ったままぴたりと止まった。頬がみるみる赤く染まる。「ど……どうして、私の洗濯物のこと知ってるの。変態。覗き魔」

「知ってるも何も、床の上が洗い物だらけだったじゃないか。この前部屋へ入ったとき」

「そういうところをいちいち見るのが変態の証拠よ。この変態っ」

「アレを見るなと言う方が無理だろ!?」

「……女の子の部屋に勝手に入る方が悪いと思う」

至極もっともだったので、ぼくは「ごめん……」とうなだれるしかなかった。

とまあ、こんな調子だ。

けど、他愛のない日々を過ごすうちに、コノハの様子が少しずつ変わっていった。

食事を残すことがあまりなくなり、こけていた頬は元に戻った。肌の白さは相変わらずだったけど、初対面のときに感じた生気のない雰囲気は、いつの間にか薄れていった。

薬もちゃんと飲むようになったらしい。柳先生は「コノハちゃん、元気になってきたみたい。よかったわ」と瞳を潤ませた。

「タケル君のおかげね。ありがとう」

「別に、何もしてないと思うけど」

「それでいいのよ。何事もなく毎日を過ごしてくれるのが、コノハちゃん——それとタケル君にとって、一番の薬なんだから。これからも仲良くしてあげてね」

「『仲良く』？」

「あら、そうだったわね」

柳先生は悪戯っぽく微笑んだ。「病室のネームプレートを隠して、コノハちゃんを泣かせちゃうくらいだもの。ちっとも仲良しじゃなかったわよね」

「だから違うって！」

ちなみに、ぼくのネームプレートは、診察室の机の引き出しの中から見つかった。

若林看護師が柳先生に叱られる——ことはなく、なぜかぼくのせいにされた。「そこまで悪趣味なショック療法はしないわ、いくら何でも」とのことだった。

当の若林看護師は終始すまし顔を貫き、挙句の果てに「コノハさんも可哀想に……」と、まるでぼくが自分のしたことを忘れてしまったかのような呟きを漏らしてくれた。……理不尽だ。

うん。別に仲良くなってはない。

朝昼晩の食事を談話室の同じテーブルで摂って、食後に適当な会話を交わすようになったけど、ぼくとコノハの間柄はあくまで「同じ無菌病棟で過ごす同い年の患者」のままだった。

「ねえタケル。それ、楽しい？」

夕食後、サイクリングマシンを漕いでいると、コノハが不意に尋ねてきた。

談話室はトレーニングルームを兼ねていて、待機室側にテーブルが、病室側にリハビリ用のトレーニング器具が置いてある。サイクリングマシンはそのひとつだった。

「シートにまたがるのが待ち遠しくて仕方ない……ってほどじゃないよ」

ハンドルに掛けてあったタオルで汗を拭き、ぼくは返した。残り三分。「ベッドで寝てばかりだと筋肉が弱るから……少しずつでも運動するように、って先生にも言われてるし。

けどまあ……終わった後は、割とすっきりするかな」

無菌病棟に入る前のぼくは、あまり積極的に運動するタイプじゃなかった。

スポーツクラブの類には入ったことがない。身体を動かす機会と言えば、片道十五分の徒歩通学と体育の授業と運動会くらいだった。遊びに出かけるときも、ゲームセンターに行くか友達の家でゲームするのがせいぜいだった。

そんな、スポーツと縁の薄い生活を送ってきたぼくも、外に全然出られない《クレイドル》での日々には息が詰まることがある。ほんの気まぐれでサイクリングマシンを始めて、最初は一分もしないうちに息切れしたけど、今はそこそこ漕ぎ続けられるようになっていた。……本気でやりだしたのが冷戦の最中だったのは内緒だ。

コノハはやらないの——と言いかけて、ぼくは慌てて口をつぐんだ。彼女の左腕の義手が網膜を焼いた。

「無理」

ぼくの心を読んだのかどうか、コノハがぽつりと呟いた。「小さい頃からベッドに入ってばかりだったから……運動なんてしたことない」

コノハの身の上話を聞くのは初めてだった。どう返したものか解らなくて、ぼくは「身体、弱かったの？」とストレートに尋ねてしまった。

無菌病棟に入院中の女の子にする質問じゃなかった。案の定、コノハは呆れ顔になり、続いて目を伏せた。

「昔から体調を崩しやすくて……退院しても数週間後に再入院、なんてしょっちゅうだった。

そんなことが続いてたら、ある日、ものすごく具合が悪くなって」

義手の左腕を、コノハは右手でぎゅっと摑んだ。「手術して、色々検査したけど、よくならなくて……だから、パパが私をここに入れたの」

家族の話を聞くのも初めてだ。軽く流すべきだったかもしれないけど、彼女の台詞の中に気になる言い回しがあった。

「お父さんが、コノハを《クレイドル》に？」

「パパの病院だから。ここ」

「え」

仰天の告白だった。こんな、真新しい無菌病棟を持つ病院の院長が父親って……もしかしてコノハ、凄い大病院のお嬢様だったのか。

ぼくがよほど変な顔をしていたのだろう。コノハは「あ、信じてないでしょ」と目を細くした。

「嘘だと思ったら柳のおばさんに訊いてみて。あの人、私が子供の頃からパパの病院にいたから」

「いや……普通に驚いただけだよ。でも凄いんだね、コノハのお父さん」

「凄くない。いくらお金があったって……いくら大きな病院を経営したって、治せない病気はあるから」

お金がない人たちに比べたらずっと恵まれてるじゃんか——と、以前のぼくなら口にしたかもしれない。

けれど、淡々と語るコノハの表情はひどく寂しげで、ぼくは何も言えなかった。

　そういえば、《クレイドル》に来て結構経つけど、コノハの家族が面会に訪れるのを見た憶えがない。『冷戦』の最中もそれらしい気配すら感じなかった。

　どうしてだろう。会いに来る暇もないほど忙しいんだろうか。それとも、昔からの知り合いらしい柳先生に任せておけば安心だ、とでも考えているんだろうか。

　まあ、誰も面会に来ないのはぼくも同じなんだけど——話を聞く限り、似た事情をコノハが抱えているわけでもなさそうだ。

　どれだけ長い間、コノハはひとりぼっちで《クレイドル》に置き去りにされていたんだろうか。

　サイクリングマシンのブザーが鳴った。残り時間はゼロになっていた。

「タケルは？　どうしてここに来たの。病気とか全然縁がなさそうなのに」

「どういう意味だよ」

　馬鹿は風邪を引かないと言いたいのか。「……中学に上がってしばらくした頃だったかな。朝からちょっと熱っぽくて、授業中にすごく気分が悪くなって、早退して——」

　そこから先は、よく憶えていない。

　帰り道、あまりの気分の悪さに道端にへたり込んで。

　救急車のサイレンが聞こえて、担架に乗せられて——気付けばぼくは、《クレイドル》の住人になっていた。

途中の記憶はごっそり抜け落ちている。具体的にいつ、どうやって無菌病棟へ運ばれたかも解らない。かろうじて記憶にこびりついているのは、ぼやけたスナップショットのような、いくつかの霞がかった場面だけだ。救急車の天井、ここではない病室の壁、大きくうるさい装置……あちこちの病院をたらい回しにされたらしい。

「帰り道にへたり込んで、って……家族の人は迎えに来てくれなかったの？」

「叔父さんと叔母さんは仕事が忙しくてさ。ぼくのことも、内心はお荷物だと思ってたんじゃないかな」

母親は、ぼくが三歳くらいの頃、浮気相手の元へ行ってしまった。

父親はしばらくひとりでぼくを育てていたけれど、やがて自分の妹――叔母さん一家にぼくを押し付け、海外へ転勤した。

電話やメールをくれたことは一度もない。ぼくが自分の子供じゃないと――母の浮気相手の子供だと思ったのかもしれない。

コノハは絶句した様子だった。目を伏せ、「……そう」と呟く。

「じゃあ、タケルの病気は？」

「やたら長ったらしい名前だった気がするけど、よく憶えてない。

急性免疫系うんたらかんたら、だったかな。――コーテンセイメンエキフゼンショーコーグン？」

「それ、エイズ。『後天性免疫不全症候群』。もしそうなら、鳥頭のタケルにも解りやすいように略称で伝えてると思う」

だからどういう意味だよ。

「違う病気かな。急性リンパ性何たら、とか」

「それ、白血病」

コノハは露骨に溜息を吐いた。寂しげな雰囲気は消えていた。「まさか、自分の病名も知らないなんて」

「うるさいな。そういうコノハはどうなのさ」

「……正式名称で教えてあげてもいいけど、ちゃんと憶えられる？」

「う」

言葉に詰まった。

「ところでタケル。早くマシンから降りて消毒して。談話室を菌まみれにしないでね」

彼女が右手で壁を指差す。『マシン使用後はアルコール拭きしてください』の注意書きプレートが留められている。ぼくは渋々、傍らのアルコール入りボトルでタオルを濡らして拭き掃除を始めた。《クレイドル》の内側で守られていても、コノハの言う通り『内側』が菌まみれでは何にもならない。無菌病棟暮らしも楽じゃない。

……いつになるんだろう、退院できるのは。

柳先生は「焦らないでね」と微笑むだけで、具体的な話をしてくれない。完治に時間がかかるのは、診察のたびに言われてきたから理解しているつもりだけど、何の見通しもないまま一ヵ月以上も入院生活を続けていると、自分が重病人だと嫌でも思い知らされて正直しんどい。

けど――

コノハはきっと、ぼくなんかよりずっと辛く長い日々を過ごしてきたんだ。

――ちゃんと憶えられる？

たぶんエイズでも白血病でもない。一度聞いただけじゃ憶えられないほど複雑な名前の病気。まさかぼくと同じじゃないだろうけど……だったら、なおさらきっと、コノハが退院できる可能性はぼくより低い。

……なぜか、胸がちくりと痛んだ。

結局、その日は解散となり。

――ぼくは、コノハの病気の詳細を聞きそびれた。

「だから、36＝2×18だろ？」

コノハの身体に触れないよう気を付けながら、ぼくは彼女のタブレットを覗き込んだ。「足したら20になるじゃんか。だから、答えは『$(x-2)(x-18)$』」

「あ」

失くしものがあっさり見つかったような表情で、コノハは目を見開いた。悔しげに唇を尖らせる。「タケルって、数学は意外とできるのね。意外と」

繰り返すな。

——朝食後の勉強会だった。

《クレイドル》での生活の数少ない利点のひとつが、学校の授業から解放されること……と言えればよかったけど、現実は非情だ。ぼくとコノハに支給されたタブレットには、主要五教科の電子教科書がしっかりインストールされていた。

(練習問題をちゃんと解いたかチェックするから、あまり溜め込まないようにね?)

柳先生の笑顔が、このときばかりは鬼に見えた。

そんなわけでぼくたちは、『溜めていた宿題』をせっせと片付けている。コノハはどの教科も進み具合が遅く、答えをぼくに教えられては悔しがっていた。入院してばかりだったという彼女の言葉を、ぼくは思わぬ形で実感することになった。

ただ、決して頭が悪いわけじゃない。一度解き方を憶えたら、問題を解くスピードはぼくより速いことさえあった。

不思議な感じだった。

出逢った頃の、あるいは冷戦に突入した頃の、無気力で投げやりなコノハはどこにもいない。真剣な表情でタブレットと向かい合う彼女は、白い肌と左腕の義手を除けば、教室で真面目にノートを取る女の子と変わらなかった。

因数分解のコツを摑んだのか、コノハの右手の動きが速まった。しばらくして、

「終わった……」と天井を仰ぐ。

顎から鎖骨の上にかけての、喉の滑らかな曲線——

まただ。

コノハの姿なんて見慣れたはずなのに、時々、彼女の何気ないしぐさから目を離せなくなることがある。そんなときは決まって、ぼくは息をするのに苦労する。

いつからだろう。《クレイドル》で初めて彼女の姿を見たときは、こんな風にならなかったはずなのに。

「どうしたの、タケル?」

気付くと、コノハがきょとんとぼくを見つめていた。

警戒心の消えた無防備な素顔。白い顔立ち。赤い唇——

「何でもない」

ぼくは自分のタブレットへ目を落とした。なぜか心臓が暴れ回っていた。

※

サイクリングマシンを漕ぎながらの会話から何週間か過ぎ、ぼくとコノハは相変わらず「同じ無菌病棟で過ごす患者同士」だった。

……コノハの両親や病気のことを、ぼくは本人からも柳先生からも、未だに訊き出せずにいる。

コノハへ正面切って尋ねようとするたびに、数週間前の悲しげな顔が頭をよぎり、ぼくの口は固まった。柳先生も、診察が二日空くときは決まってナースコール経由で連絡を入れてきたけれど、コノハの病気については「プライバシーに関わることだから」と教えてくれなかった。

ただ、無菌病棟を建てた病院の院長がコノハの父親で、柳先生と顔見知りというのは本当らしい。ある日、診察でぼくが尋ねると、柳先生は「そこまで話してくれるようになったのね」と感慨深げだった。

「コノハの父さんはどうしてるのさ。同じ病院にいるならちょっとくらい会いに来てもいいのに」

「……長期出張中なの。

大丈夫。コノハちゃん宛のメッセージは定期的に届いてるし、私からコノハちゃんにも伝えてるから」

「けど」

「タケル君」

若林看護師が、冷たく鋭い視線をぼくに突き刺した。「コノハさんのご家族にも事情があります。彼女が自発的に話すならともかく、そうでないなら他人が余計な詮索をすべきではありません」

かっとした。言い返そうとしたぼくを柳先生が片手で制し、「若林」と静かな声を発した。

「言い過ぎよ。あなたこそ、余計な口出しをしないで」

「——失礼しました」

若林看護師は無表情に頭を下げた。……やっぱりこいつは好きになれない。

「心配なのね、コノハちゃんのこと」

「あ……別に、そういうわけじゃ」

いいのよ、と柳先生は微笑んだ。

「コノハちゃんの方から話してくれるときが、いつか来るわ。だからタケル君は、コノハちゃんのそばにいてあげて。

それと、日記は毎日ちゃんとつけてる？」

「まあ、一応」

冷戦中は『今日もコノハの顔を見なかった。いい一日だ』といった短い手抜きの文章ばかりだったけど。

「これからも続けて。些細なことでもいいから、コノハちゃんのことをたくさん書いてあげて。きっと大事な記録になるわ。タケル君にとっても、コノハちゃんにとっても」

「あいつに読ませるの？　嫌だよ」

ぼくの抗議に柳先生は答えず、ただ静かな笑みを向けた。

※

勉強会が終わり、昼食の時間までの間、ぼくはベッドの上でタブレットを叩いていた。

コノハも九号室へ戻っている。同じ無菌病棟で暮らすと言っても、ぼくにはぼくの、コノハにはコノハの時間がある。起きてから寝るまでずっと顔を突き合わせているわけじゃない。とはいえ。

——コノハちゃんのことをたくさん書いてあげて。

柳先生に請われて、ぼくはどんな顔をしていただろう。

今さらだった。冷戦明け以降、ぼくの日記は、大半がコノハに関する記述で占められるようになっていた。

「……仕方ないだろ」

コノハ以外に書けるネタといえば、当日の天気か食事のメニューか、柳先生の定期診察くらいだし。

それに、《クレイドル》には娯楽らしい娯楽があまりない。病室ではタブレットでゲームをするか日記をつけるくらいしかすることがない。今も、さっきまでのコノハとの勉強会を、思い出せる限り綴っている最中だった。

「『……数学が苦手だとコノハは言うけど、因数分解のコツを教えたらかなり早く練習問題を解き終わってしまった。何か癪に障る。ぼくの教え方がよかったんだと思うことにする。……』」

続きを打ち込もうとして手が止まった。

天井を仰ぐコノハ。白い喉。病衣から覗く鎖骨——

——些細なことでもいいから。

いや、書くのか？　そんなことまで事細かに書くのか!?

ベッドの上でのたうち回っていると、「タケル、いい？」とドアの外から声が聞こえ、ぼくは文字通り飛び上がった。

「あ、うん」

声が上ずった。急いで日記をセーブし、アプリを閉じてベッドから脚を下ろす。

病衣姿のコノハが、視線を妙にうろうろさせながら一号室に入ってきた。裾の下から、白く細い脛が覗いていた。

「……どうしたのさ」

「何だ、意外に片付いてるのね」

コノハはぼくの質問に直接答えず、つまらなそうに口を尖らせた。「脱ぎっぱなしの下着でカビを育ててるかと思ったのに」

「無菌病棟でそんなことできるわけないだろ」

君じゃあるまいし――という言葉を飲み込む。下手なことを口走ったら藪蛇だ。

どうやら、この間の仕返しでぼくの病室を抜き打ち視察に来たらしい。あいにく、洗い物の類は毎日洗濯に出していたから、室内は至って綺麗なものだ。

というより、がらんとしていると言った方が正しい。あるのはせいぜい、掛布団と枕とシーツ、棚に畳まれた洗濯済みの病衣や下着やタオル、シーツに枕カバーにスリッパ、後は枕元のタブレットと電源コードくらい。あれだけ脱ぎ散らかせるコノハの方が逆に尊敬に値する。

と、思っていたら。

コノハが前触れなく、ベッドの端に腰を下ろした。──手を伸ばしたら、彼女の義手に指が届く距離だった。

「な、何だよ」

脈拍が上がる。コノハはぼくと目を合わせないまま、不意に呟いた。

「ねえ、タケル。病気が治ったらどうしたい？

──無菌病棟を出ていきたい？」

答えに詰まった。急に病室を訪れてそんなことを尋ねるコノハの真意が解らなかった。

「まあ、外へ出られるなら、それに越したことはないけど」

実を言えば、もう出ていけるんじゃないかと思うこともしばしばだ。「越したことはない」どころか、一刻も早く外へ飛び出したい衝動に駆られさえする。柳先生にも告げたことはないけれど。

《クレイドル》の住人になってだいぶ経つ。正直なところ、自分が病を抱えているという感覚はかなり薄れている。

最初に味わった症状──気分の悪さや熱っぽさは、無菌病棟に入って以来、全く感じない。薬の副作用もご無沙汰だった。

「そう……だよね」

コノハの視線が床に落ちた。「普通は、そうだよね」

──あ。

鉛の塊を丸ごと飲み込んだような感覚が、胃に広がった。

ぼくは出られるかもしれない。けれど、コノハも同じだとは限らない。

左腕を喪うほどの大手術を受けたんだ。飲んでいる薬も違う。抱えている症状はぼくよりずっと重いはずだ。ぼくより先に、あるいはぼくと同じタイミングで、コノハが《クレイドル》を出られることがあるんだろうか。

ぼくが出ていったら、コノハはどうなるのか。ひとりぼっちになってしまうんじゃないか。

彼女のくしゃくしゃな泣き顔が蘇った。『冷戦』が終わる前、ぼくと再会したときの泣き顔──

「何言ってるんだよ」

え、とコノハが驚いた顔を向ける。

「『普通は』じゃないだろ。コノハだって同じだろ。

コノハだって、前に比べたらずっと元気になったじゃないか。いつまでも《クレイドル》を出られないなんて誰が決めたんだよ。

ぼくは医者じゃないから適当なことしか言えないけど——コノハの病気が絶対に治らないとは限らないだろ。『治らない』って自分で思い込んでたら、治る病気も治らないよ」

どこかで聞いた台詞だった。柳先生だったろうか。

「それより、『いつか治る』と気楽に構えてた方がずっといいって。いつか、凄く効く薬ができて元気になれる可能性だってゼロじゃないんだしさ」

何を喋(しゃべ)っているのか自分でも解らなかった。どうしてこんなにまくし立てているんだろう、と頭の片隅でぼんやり考えている自分がいた。

ただ——嫌だった。

コノハがここから出られないままひとりぼっちで一生を終える。そんな理不尽があっていいわけがなかった。

彼女は呆然とぼくを見つめていた。

瞳が潤み、頰が歪み、唇が開いては閉じ、やがて俯いて——長い間の後、再び顔を上げた。呆れとからかいの交じった笑みだった。

「今のって、私が不治の病だと思って慰めてくれたの？」

「そ、そんなわけないだろ」

顔に血が上った。「気が滅入(めい)るから暗い顔するなって言いたいだけだよ。自意識過剰だなぁ」

「ふぅん。そうですか。へぇ」

何だよその返事。

似たやり取りをいつかした気がしたけれど、思い出せなかった。ひとしきり言い争った後、コノハはぼくの目を見つめて呟いた。

「ありがとう。タケル」

静かで柔らかい、けれど寂しげな微笑みだった。

ぼくが自分の本心に気付いたのは、たぶんこのときだった。

……ああ、そうだ。

自分の命を投げやりに扱うコノハが許せなかったのも、コノハが《クレイドル》に一生閉じ込められるのを嫌だと感じたのも。

自分が《クレイドル》を出ていけるんじゃないかという思いを、誰にも語らずにいたのも。

コノハと一緒に、外の世界の空気を感じたかったからだ。

コノハの手を取って、外の世界へ連れていきたかったからだ。

結局、何をしに来たのか解らないままコノハは一号室を去り、後は普通に昼食と夕食を経て、身体を洗う時間になった。

浴室でシャワーに打たれながら、長い溜息を漏らす。

……疲れた。

コノハと勉強会をして、コノハが不意に一号室にやって来て――今日の出来事といえばそれくらいのはずなのに、気持ちがあっちへ行ったりこっちへ行ったりで、今も落ち着かない。

――無菌病棟を出ていきたい？

コノハは、どう思っているんだろう。

ロックのかかった二重扉と嵌め殺しのガラスに阻まれて、外の空気も吸えず、窓から見えるといえばただ、木々の上の星空が綺麗なだけの、お世辞にも見晴らしがいいとは言えない景色。そんな閉ざされた空間で、ぼくみたいな男子と毎日顔を合わせながら過ごす――そんな日々を、コノハはどう感じているんだろう。

ぼくの存在を、少しは退屈しのぎに感じてくれているんだろうか。それとも、内心は鬱陶しく思っているのか。

コノハは、ぼくのことをどんな風に――

駄目だ駄目だ。変なこと考えるな。自意識過剰もいいとこじゃないか。

彼女だって今頃は、ぼくのことなんか頭から追い出して、シャワールームで熱いお湯を浴びて、汗を洗い流しているだろうし。

コノハが、シャワーを……

——天井を仰ぐコノハ。白い喉。鎖骨。

あのとき着ていた病衣は、きっと床に脱ぎ捨てられて、下着も——

そこまで想像したとたん、どうしようもなくなった。

シャワールームの壁と床を念入りに洗って、身体を拭いて新しい下着と病衣を着て、ベッドに潜り込んだ後、ぼくは猛烈な恥ずかしさと罪悪感にのたうち回った。

ああ……最悪だ。

まさかコノハのことを考えながら、なんて。今まで一度もなかったのに。

病室が離れているからコノハには気付かれなかったと思うけど……明日からどんな顔すればいいんだよ。というよりこのまま会い続けたら、いつか抑えられなくなってしまわないだろうか。

今日みたいにベッドに並んで座りながら、いつの間にか彼女へ手を伸ばして、頬に触れながら体重をかけて——

――触らないで！

妄想が弾けて消えた。

後に残ったのは、冷たく重い自己嫌悪だった。

……何を考えてるんだ。できるわけないじゃないか。

掛布団から頭を出す。『ほかの患者さんの身体に触るのは控えましょう』と記された壁のプレートが、無言でぼくを責め立てる。

人間の身体にはたくさんの菌が住んでいる。自分には無害な菌が、他人にも無害だとは限らない。

身体を触れ合わせるのは、自分と相手の菌を交換し合うのと同じだ。

コノハとぼくは無菌病棟の住人で――余計な菌が身体に入ったら、冗談抜きで死に至りかねない。

ぼくの身勝手な欲望が、コノハの命を奪ってしまうことになるんだ。そんなこと、絶対にあっちゃいけない。

コノハに外の世界を見せるためにも――ぼくは、コノハとの距離を保たなきゃいけないんだ。

※

頭が冷えたのか、翌朝からは幸い、コノハと普通に挨拶を交わすことができた。

談話室で朝食を摂りながら他愛ない話をし、一緒に勉強し、それぞれの部屋で気ままに時間を潰す。昼食でまた顔を合わせて、週に何度か柳先生の診察を受けて、夕食の後にサイクリングマシンを漕ぐ。汗を流すぼくを、コノハは椅子に座って待っている。お休みの挨拶をしてそれぞれの病室に戻り、シャワーを浴びて着替えて眠る。

単調だけど、穏やかな日々が続いた。

一刻も早く忘れたいシャワールームの夜以来、そういう目でコノハを見ちゃいけないと自分に言い聞かせてきたし、実際、冷静に接していられる――と思う。

とはいえ、どうしても悶々としてしまう夜もある。ある日の診察で、恥を覚悟でそれとなく、ぼかせるだけぼかして相談したら、「思う存分発散すればいいではないですか」と若林看護師が露骨かつ冷ややかに言い放ってくれた。

「健全な生理反応です。コノハさんを想像するもしないも自由。罪悪感を抱く必要はありません」

「ちょ……若林!?」

さすがの柳先生も、無菌服の中で顔を赤らめる。「真面目な話です」若林看護師は無表情を崩さなかった。

「理性のブレーキを過信してはいけません。欲望の箍が一度外れたら、途中で行為を止めることはほぼ無理だという心理学的な実証実験があるほどです。

そうなる前に、適切な手段で発散させた方が安全です。タケル君も、コノハさんを不本意に傷付けたくないでしょう」

ぼくの胸の内を見透かしたような台詞だった。コノハのことは一言も告げていないのに。実に屈辱的だ。

「そういうもの、かしら……」

「そういうものですよ。タケル君。コノハさんで抵抗があるようでしたら、必要な動画や静画を次回の診察でお渡しします。シャワールームにはカメラを設置していませんので、安心して――」

「要らないから！」

コノハに聞かれていないのがせめてもの救いだった。

ちなみに次の診察で、若林看護師はどこで手に入れたのか、『必要な動画や静画』

を本当に持ってきた。

ぼくにタブレットを持ってこさせ、目の前でメモリーカードを差し込んでタブレットにコピーしていった。

ことごとく看護師ものだった。……十八禁画像を十三歳に見せていいのか。

最後の動画ファイルに至っては、『タケル君、ここまでいかがでしたか』と冒頭から自撮り出演する有様だった。秒で再生を叩き切った。あらゆる意味で屈辱的だった。


コノハは気まぐれに——けれどほぼ毎日、ぼくの病室を訪れるようになった。

朝昼晩と話していれば話題なんて尽きてしまいそうなものだけど、不思議とそんなことはなかった。記憶にも残らない些細な出来事、勉強会での宿題の答え合わせ、あるいはクイズなど、日によってトピックは様々だった。

「問題。日本で一番南にある都道府県はどこでしょう？」

「沖縄」

ぶーっ、とコノハは可愛らしく唇を尖らせた。

「日本最南端の沖ノ鳥島は、東京都の管轄なの。だから答えは東京。地理の電子参考書に載ってなかった？」

言われれば一昨日の勉強会で読んだ気がするけど、参考書の細かい記述なんて忘却の彼方だ。相変わらず鳥頭なんだから、とコノハは失礼な講評を述べた。

「何で東京なのさ。島だし南なんだから沖縄でいいじゃんか」

「私に訊かないで。そんなこと言ったら伊豆諸島だって静岡じゃなく東京だし」

コノハは窓へ視線を移した。十数メートル先は木々の群れ。枝や葉が幾重にも折り重なり、視界を遮っている。「ここだって一応、住所は東京都なんだから」

ぐうの音も出なかった。……というより、本当にどこなんだろうここは。実は県境を越えて山梨県に入ってましたなんてオチじゃないだろうな。

ぼくたちが出逢う前のことも話題になった。かつて《クレイドル》にコノハ以外の住人がいたことを、ぼくは雑談の中で知った。

「私が最初に入ったときは、まだ誰もいなくて」

遠い昔話を語るような口調だった。「半月くらいして、ほかの患者さんが少しずつ入ってきたの。一時は八部屋が満室になって……賑やかだったなぁ」

けど、今はぼくとコノハの二人きりだ。仕方ないよ、とコノハは呟いた。

「無菌病棟って、普通はそれほど長居するものじゃないから。白血病の治療とかで免疫力の落ちた患者さんが、一時的に利用する場合が多いし。

それに……《クレイドル》の中で、私は年少の方だったし」

コノハの痛々しい表情が、暗喩の答えを伝えていた。

きっとお年寄りが多かったのだろう。ここで最期を迎えた人も少なくなかったはずだ。せっかく知り合った人たちの死を繰り返し見せつけられて、コノハはどんな気持ちだったのか。

彼女の抱える絶望の深さを、今さらのように垣間見た気がした。

「ごめん……」

「タケルが謝ることじゃないよ。

不謹慎かもしれないけど、あなたが来てくれてよかった、って今は思ってるから」

鼓動が早まった。欲望とは違う、ふわふわした感情が全身を包む。

「それって――」

「うん。一緒に最期を迎える同志が来てくれて嬉しい」

「不吉なこと言うな！」

ぼくは君と一緒にここを出たいのに――とは、恥ずかしくて言い出せなかった。

コノハと一緒に外へ出たい、といくら願っても、今のぼくたちは無菌病棟の重病人だ。

頻繁に診察があるし、採血もされる。月初には、健康状態の目安ということで身体測定がある。

そんな日の夕食は決まって、お互いどれだけ成長したか——しなかったか——が会話のネタになった。

「全然伸びない……」

ぼくはテーブルに突っ伏した。成長期のはずなのに、前回から身長がミリ単位しか変わっていない。「誤差の範囲内ね」とコノハがご丁寧に追い打ちをかけてくれた。

「でも、百五十五センチあるんでしょ。十三歳男子なら充分だと思うけど」

「いや、問題なのは将来性だし」

大人になるまでにはせめて、百八十とは言わずとも百七十センチ台は欲しいのに。このペースだと果たして百六十センチ台にも到達できるかどうか。

「気に病むことないよ。高校生になってからぐんと伸びる子もいるって聞くから。それに、タケルの顔立ちなら、身長はむしろ低めでいいんじゃないかな。結構色白だし……フリフリの衣装とか、似合いそうじゃない？」

「ぼくに女装趣味はないぞ」

今のところ。「というか、そう言うコノハは何センチなのさ」

とたんにコノハは沈んだ顔になった。

「同じ……百四十七センチのまま」

微妙な沈黙が漂った。

「だ、大丈夫だって！　ええと、背の低い子の方がいいって奴らも多かったからさ、前のクラスメイトには」

「そ、そう？　なら……いいのかな」

コノハが俯き、頬にかかった髪を右手の指でいじった。

とても、可愛らしいしぐさだった。


日々の出来事でなく、難しい雑学が話題になることもあった。医者の娘だけあって、コノハの医学関係の知識は豊富だった。

「『思い出す』っていうのは、『憶え直す』ことなんだよ」

ぼくのベッドに座りながら、コノハは歌うように言葉を紡いだ。

病衣やシーツから、消毒液の匂いがかすかに立ち上る。窓から差し込む陽光は暖かく、天井からは空調機の音が絶え間なく響いていた。

「本棚から思い出の本を取り出して、読んだら戻す——のとは違うの。タブレットの日記アプリでファイルを開いて読んで、閉じるときに上書きボタンを押してセーブし直すのが、『思い出す』ことの本質なんだって」

「へぇ」

我ながら間抜けな相槌だった。「よく解んないけど……記憶って、思い返すたびにリフレッシュされるものだってこと?」

「そう言い換えてもいいかな。けど、私たちの脳は、タブレットのハードディスクと違って曖昧で脆弱で……思い出のファイルをずっと同じ形に保ってはくれないの。

知らないうちに編集されたり、上書きセーブを繰り返すうちに少しずつ形を変えたり……アクセスされないファイルは、時間が経てばそのうち消えちゃう。

印刷された本みたいに一文字も変わらない思い出なんて、私たち人間は、絶対に持つことができないの」

ずきりとした痛みが胸を走る。

今、コノハと話している記憶も、いつか消えてしまうんだろうか。

「私たちが持てるのは、錆びてぼろぼろになった古い思い出か、脳の不具合で削除不可になった心的外傷か――

忘れたくないと願って何度も読み出し続けた、大切な想いだけなの」

大切な想い――

コノハに対するぼくの想いも、ずっと変わらずに存在してくれるんだろうか。

解らない。けれど今、そうあってほしいと強く願う自分がいた。

――コノハちゃんのことをたくさん書いてあげて。

――きっと大事な記録になるわ。タケル君にとっても、コノハちゃんにとっても。

ぼくは枕元のタブレットに手を伸ばした。日記アプリを立ち上げて今日のページを開く。

「……何してるの」

「せっかくだからメモしとこうと思ってさ。夜になったら忘れちゃいそうだし、今のうちに書いておけば、後で読み返せるだろ。

というわけでコノハ先生。今の話、もう一回お願い」

「嫌。同じ話を何度もするなんてめんどくさい」

ぼくを睨みながら、コノハの頰は薄く染まっていた。

代わりに、タブレットで写真を撮った。

身体が触れ合わないぎりぎりの距離で並んで、最初にぼくの、次にコノハのタブレットで、カメラアプリのタイマー機能を使って撮影した。

写真の中のぼくはあからさまにぎこちなく、一方のコノハは柔らかな――それでいて寂しさを帯びた微笑を浮かべていた。

※

穏やかな日々が続くのだと思っていた。

顔を合わせるのは、コノハと、柳先生に若林看護師だけ。狭く小さな、けれど平和な世界。

ぼくの、そしてコノハの病気はいつ治るのか。無菌病棟を出られる日がいつ来るのか……不安の種はあったけど、このまま何事もなく治療を続ければ、きっと願いが叶うと無根拠に信じ込んでいた。

けれど、《クレイドル》に入って半年後のある日――

ぼくの愚かさを嘲笑(あざわら)うように、巨大な低気圧が病院を襲った。

※

無数の雨粒が窓を叩く。

一度も耳にしたことがないほどの、強烈な風の唸り。植え込みの木々の枝が大きくしなっている。

――《クレイドル》の診察室だった。

窓の外、無菌病棟の側から植え込みの一角に向かって、渡り廊下が伸びている。地面からの高さは居住スペースと同じ。建物で言うと二階の位置だ。

柳先生によれば、植え込みの奥に一般病棟があって、先生たちは普段はそちらに常駐しているという。ほかの医師や看護師もいるらしい。もっとも、一般病棟の様子は木々に遮られ、はっきり窺(うかが)うことはできない。貯水槽らしき大きなタンクが屋上に見えるだけだった。

「大丈夫、かな」

コノハの声に不安が滲(にじ)んでいる。《クレイドル》の窓は嵌め殺しなので、この強風でもがたがた揺れてはいない。けれど……もし大きな枝や石が飛んできたら、と、ぼくもあらぬ妄想を抱かずにいられなかった。

「平気よ、二人とも」

柳先生が無菌服越しになだめた。「ここの窓は強化ガラスだから。一般病棟にいるよりずっと安全だわ」

いつもなら、ぼくとコノハが診察室で顔を合わせることはない。でも今日は特別だった。普段より前倒しの午前中に診察と採血を済ませると、柳先生はぼくを診察室に留め、先に診察を済ませていたコノハを呼び戻した。

柳先生曰く、台風並みの低気圧が通過中だという。物資の配送にもかなりの遅れが生じているらしい。《クレイドル》で万一があったときの対処の仕方を、ぼくたちに説明したいとのことだった。

「万一、って」

思わず訊き返す。「仮定の話です」若林看護師が淡々と応じた。

「無菌病棟は、一般病棟とは電気系統が独立しています。太陽光、風力、地熱など複数の発電設備が整っていますので、停電の心配は事実上ありません」

地熱発電なんてあったのか。でも考えてみれば、日本は火山大国だ。都心のビル街から温泉が湧き出たというニュースを、小さい頃に観た気がする。

「でも、食事は?」

いくら電気があっても、食材が届かなかったら調理すらできない。ぼくたちの食事はただでさえ制限が多いのに。

「大丈夫。廊下の突き当たりに扉があるでしょう? その奥に保存食が備蓄されてるわ。

あなたたちでも食べられるよう滅菌済みだし、量も十年分くらいあったはずだから安心して。緊急時には自動で鍵が開くようになっているから」

十年はさすがに盛り過ぎじゃないだろうか。

とはいえ、天災に遭っても結構長く過ごせるらしいことは解った。……それくらいの備えをしないと、ぼくたちは停電ひとつで命を落としかねない、という事実も。

コノハは不安げな表情のままだった。

「薬は――」

「持ってきたわ。とりあえず一週間分」

仕切り付きの薬箱を、ぼくとコノハはそれぞれ受け取った。

これも万一に備えて、追加分を早めに持ってきてくれたんだろう。病室には、前回もらった薬箱がまだ置いてあるけれど、残量はあと二日分しかなかった。

コノハの表情が緩み――また険しくなった。透明な蓋の奥をじっと見つめている。

「先週までのと、薬がちょっと違う……？」

「――ごめんなさい、一部のカプセル薬が入荷待ちなの。今日までには届くはずだったんだけど……さっき言った通り、この荒れ模様だと、ね。

大丈夫、ジェネリック薬品だから効き目は変わらないわ。不安だったら、届いた時点で交換するから。ね？」

「……うん」

頷きながらも、コノハの表情は陰りを帯びていた。

「話を戻すわ。『対処の仕方』とは言ったけれど、何かあっても落ち着いて、できる限りいつも通り過ごして。

あなたたちはここから出られない、い、い、い、い、い、い。外気に触れてしまったら、感染のリスクが一気に高まるわ。《クレイドル》の中にいた方がずっと安全だから。

いつも通り、仲良く……ね？」


ぼくたちが柳先生の診察を受けたのは、この日が最後になった。

※

柳先生と若林看護師が帰って、ぼくとコノハは二人きりとなった。

いつもと変わらないはずの時間。けれど強烈な風雨のせいで、穏やかな雰囲気には程遠い。低気圧が通過中らしいけど、ネットもテレビもなく、細かい情報が――嵐がいつまで続くのか、今日中に止むのか、明日も収まらないのか――得られないのは地味にしんどかった。

ベッドに横になりながら……コノハの様子が気になって仕方なかった。

最近の彼女には珍しく、診察が終わると九号室に籠りきりになってしまった。昼食の時間には談話室に現れたけど、口数は少なく、顔色もいいとは言えなかった。

自動掃除機が呑気なメロディを奏でて病室を蹂躙していった際も、いつもの「入ってこないで」という騒ぎ声が全然聞こえなかった。

そのまま時間が過ぎ、夕食になっても、コノハは沈んだ面持ちのままだった。

「コノハ、大丈夫？」

「——え？」

コノハがはっと顔を上げ、視線を手元に落とす。食事の手が止まっていたことにさえ気付いていない様子だった。「あ……うん、何でもない」

「そうかなぁ。本当は怖いんじゃない？」

敢えて軽い調子で尋ねる。いつもの彼女なら「怖くない」と頬を赤くするところだけど、このときは違った。コノハは目を伏せたまま、表情と声に不安を滲ませた。

「ちょっとだけ。……こんなひどい嵐、《クレイドル》に入ってからはなかったから」

思わぬ本音を返され、ぼくは「そ、そう」と間抜けな相槌を打った。

気まずい沈黙が訪れた。皿と先割れスプーンの触れ合う音が、窓を叩く雨音に交じる。

どのくらい過ぎただろうか。コノハが不意に沈黙を破った。

「『嵐の山荘』って、知ってる？」

「え?」

「ミステリ用語。広い意味で『クローズドサークル』と言う人もいるけど……要するに、嵐か何かで外へ逃げられなくなった状況で、殺人が起きるの」

いきなり物騒(ぶっそう)な話が始まった。

「大抵の場合、犠牲者はひとりだけじゃ済まなくて……助けが来ない中、登場人物が次々に殺されて、残された誰かが犯人のはずなのに正体が解らなくて、皆が恐怖と不信にさいなまれて――」

「……それで?」

「後の展開は二通りね。――『誰かが生き残る』か、『誰も生き残らない』か」

ぼくは唾(つば)を飲み込んだ。

「誰も生き残らない、って」

「犯人が最後に自殺した、と思うでしょ? でも調べてみると、どの被害者も他殺としか言いようがないの。誰も出入りできないはずの閉鎖空間に、殺人者が幽霊のように現れて消えてしまったとしか――」

「い、いや待てよ。そんなおかしな話あるわけないだろ!」

一瞬の沈黙の後、コノハがくすくす笑い出した。

「当たり前でしょ……フィクションだよ。推理小説だよ? そういう状況に見せかけるトリックが使われたに決まってるじゃない。

まさか、《クレイドル》で同じことが起きるんじゃないかって思った？　ここには私とタケルしかいないんだよ。どちらかが殺されたら、犯人なんてすぐバレちゃうよ。

怖いんじゃないかとか訊いといて、タケルも本当は怖かったんでしょ」

「違うって！」

からかわれた、と気付いたときには手遅れだった。屈辱の表情もばっちり見られていたと思う。

「……ここで殺人が起きても、残った方が犯人とは限らないだろ。

ぼくたちは《クレイドル》から出られないけど、柳先生たちは自由に出入りできるんだからさ。ええと……『クローズドサークル』だっけ。それとはちょっと違うんじゃないかな」

「とも限らないよ」

「え？」

「無菌病棟の出入口はひとつしかないの」

コノハが視線を横へ向けた。大ガラスを透かして隣の待機室が見える。待機室の奥の壁に、柳先生と若林看護師がいつも出入りする扉が見えた。

「タケルは憶えてないだろうけど、あの扉の向こうが滅菌室になっていて、柳のおばさんたちの更衣室——前室に繫がってるの。前室を出れば渡り廊下。……昼間に窓から見えたでしょ？

《クレイドル》と一般病棟を繫ぐルートは、この一本だけ。一般病棟から《クレイドル》に入るには、二階の渡り廊下から前室へ、さらに滅菌室を通って待機室まで来て、ＩＤカードを使って二重扉を通るしかないわ。

で、最初の関門、渡り廊下から前室への扉を開けるには、担当医のＩＤカードと虹彩認証が必要なの。要するに、柳のおばさんしか解錠できないのね」

いきなり難しい単語が連発した。『虹彩認証』のイメージはぼんやりとしか湧かないけど——

「ほかの先生や看護師じゃ、無菌病棟に入ることもできない、ってこと？」

「正確には、『生きている柳のおばさん』以外には開けられない、だけど」

コノハがまた物騒な台詞を口にした。「前室に入っても、私たちのいる居住スペースまで足を踏み入れるにはＩＤカードが必要。これも今は、柳のおばさんのカードでのみ解錠できる設定になってる。タケルも見たでしょ？」

今日の診察の帰り、自動ドアのロックを解除したのは柳先生だった。若林看護師も自分のＩＤカードを首に提げていたけど、ドア横のセンサーに触れさせる素振りすらなかった。

それにしても、コノハは《クレイドル》の細かい部分までよく知っている。ここはパパの病院だから、と彼女は苦笑した。

「柳先生しか出入りできないのは解ったよ。でも逆に言うと、柳先生なら鍵を開け閉めできるってことだろ。やっぱり『クローズドサークル』とは違うんじゃ」

「タケルって本当に鳥頭ね。そんな環境で人殺しなんかしたら、自由に出入りできる人間が真っ先に疑われるじゃない」

「あ」

物理的には可能でも状況的に難しい、ってことか。けど。

「本当に渡り廊下からしか出入りできないの？　ここの一階って、ゴミ処理とか配膳とか洗濯とか、色んな装置があるはずだよね。壊れたらどうやって修理するのかな」

コノハが一瞬、はっとした表情を見せた。

「メンテ用の出入口から、ってこと？

……確かに、一階に扉があってもおかしくないかな。機械を修理するのに二階からしか行けないんじゃ不便極まりないし。

けど、やっぱり駄目。ダストシュートも配膳ブースも洗濯物入れも、人が通れるところじゃないし、そもそも《クレイドル》の内側から操作しないと扉が開かないでしょ」

コノハの言う通りだ。診察室のダストシュートは、確か縦幅十センチくらい。配膳ブースは扉ならくぐれそうだけど、身体全部を押し込むのはぼくやコノハにだって無理だ。洗濯物入れはそれなりに空間があるけれど、逆に扉の方が縦幅二十センチくらいしかない。

「窓は嵌め殺しだし、空調ダクトはフィルターや格子で塞がれてるし……後はもう、物理的に窓や壁を壊しちゃうしかないかも」

力技にも程があるだろ、と返しかけ、唐突に我に返った。

「コノハ。どうしてぼくたちは、《クレイドル》で殺人が起きたらとか、犯人がどうやって出入りするのかなんて物騒な話をしているのかな」

「タケルが話を振ったからでしょ」

「ぼくのせいにするなよ！　コノハが『嵐の山荘』なんて言い出したからだろ！」

油断しているとこれだ。コノハは悪戯っ子みたいな笑い声を上げた。

……不安を無理やり押し込めるような、痛々しい笑い方だった。

この日はそのまま散会になった。

コノハが九号室に入るのを見送った後、ぼくは自分の病室に戻り、シャワーと着替えを済ませ、薬を飲み、ベッドに寝転がってタブレットで日記を書いた。

雲の蛇口を全開にしたような、激しい雨音が耳を揺らす。いつもは空調機の音が気になるものだけど、今日は例外だった。

窓は嵌め殺しで、雨戸の類はない。ブラインドを下ろしてはいるけれど、雨音をシャットアウトするには隙間だらけもいいところだった。

タブレットを枕元に置き、掛布団を引き上げる。消灯時間が訪れ、電灯が暗くなっても、目は冴えたままだった。

——『嵐の山荘』って、知ってる？

——外へ逃げられなくなった状況で、殺人が起きるの。

——誰も出入りできないはずの閉鎖空間に、殺人者が幽霊のように現れて……

コノハの奴……余計な話するなよ。

病室のドアに鍵はかからない。寝静まった隙に見知らぬ誰かが忍び込みやしないか——ありえないと解っていても、一度よぎった妄想はなかなか頭を離れなかった。

これで一晩眠れなかったら、明日は絶対、コノハにからかわれるだろうな。

それとも……コノハも眠れずにいるんだろうか。

雨音は弱まる気配がなかった。吹き荒れる風の唸りが、空調機の音と不協和音を奏でる。

時間の流れがいつも以上に遅く感じられた。眠りに引き込まれたのは深夜になってからだった。

※

夢うつつの中、地響きと揺れを感じた——気がした。

五分も経たなかっただろうか。それとも一時間は過ぎただろうか。

「……ケル……タケル！」

耳になじんだ声、身体を揺すられる感覚。

うるさいな……もう少し寝かせてくれよ。

ぼんやりしながら瞼を開けると、よく見知った——けれど意外な顔が目に飛び込んだ。

「こ、コノハ!?」

眠気が吹き飛んだ。病衣を纏った義手の少女——コノハが、生身の右手をぼくの掛布団に押し当てていた。

壁時計は六時五分。部屋の電灯が点いている。ブラインドの隙間から外の景色が覗く。ほのかに明るい。コノハがこんな時間にぼくの病室に来るなんて――そもそも彼女がぼくを起こしに来るなんて、全く記憶にないことだった。

「どうしたんだよ。朝ごはんならもう少し待って――」

「呑気なこと言ってる場合じゃないの！」

コノハの表情に、明らかな動揺と緊張が刻まれていた。「急いで来て。大変なの、渡り廊下が――」

「……嘘だろ」

コノハに促(うなが)されて診察室に入り、窓の外を覗いて――絶句した。

大きなタンクが、渡り廊下を押し潰していた。

悪夢のような光景だった。

直径三メートルほどの円筒形のタンクが、渡り廊下の一角、支柱で支えられている辺り――無菌病棟から五メートルくらい離れているだろうか――に、文字通りめり込んでいた。

タンクの側面が天井をぺしゃんこに潰し、床にまで食い込んでいる。タンク自体もアルミ缶のように凹み、渡り廊下に噛(か)み込んでいる。木々を揺らす風は昨日に劣(おと)らず強い。けれどタンクはわずかに揺れるだけだった。

一般病棟の屋上へ視線を移す。昨日、確かにあったはずの貯水槽が、影も形もない。

強風で飛ばされ、渡り廊下に激突した——と悟るのに時間はかからなかった。夢の中で感じた地響きの正体は、これだったのか。

背中を脂汗が伝った。

よほど強烈な突風が吹いたのか、それとも手抜き工事だったのか……どっちにしても、タンクの落下地点があと数メートルずれていたら、無菌病棟は無事じゃ済まなかったはずだ。

渡り廊下が衝突地点を除いてほぼ原形を留めているのが奇跡だった。ちょうど支柱のある位置に激突したのが幸いしたんだろう。でなかったら、天井が潰れるどころか崩れ落ちていたはずだ。

……いや違う。奇跡なんかじゃない。

被害は最小限で済んだのだろうけど、その『最小限の被害』が、ぼくとコノハをとんでもない状況に陥れていた。

渡り廊下が潰れている。誰も、柳先生さえも無菌病棟に来られない。

猛烈な嵐の中、ぼくとコノハはただ二人、《クレイドル》に取り残されてしまった。

助けを呼ばなくては、と気付いたのはどちらが先だったろうか。

コノハと一緒に一号室へ戻り、ぼくはナースコールボタンを押した。幸い、回線は生きていた。

『タケル君、大丈夫!? コノハちゃんは!?』

柳先生の声がスピーカーから響く。ノイズ混じりの声は、ぼくたち以上に焦燥に満ちていた。

「無事です、私もタケルも。それより先生、渡り廊下が……!」

『コノハちゃんね』

安堵(あんど)の吐息が漏れ、再び緊迫した声が続いた。『状況は把握済みよ。ごめんなさい、こちらも——その、かなり混乱していて……今は、無菌病棟まで手が回らないの』

「そんな……!」

コノハが青ざめる。ぼくが代わりに声を張り上げた。

「誰かこっちへ来られないんですか!? 梯子(はしご)か何かを使って——」

渡り廊下は貯水槽に潰されてしまったけど、完全に崩壊したわけじゃない。衝突箇所から無菌病棟までの部分は、診察室から見える範囲では無傷だ。梯子をかけて窓を割るなりすれば、ここまで来られるんじゃないか。

けれど――

『不可能です。少なくとも今は』

柳先生の近くにいたのか、若林看護師の声がぼくの楽観論をあっけなく打ち砕いた。『この強風では梯子をかけることもままなりません。

それと、渡り廊下を確認したところ、病棟との繋ぎ目の部分に大きな亀裂が生じていました。遠目には無傷に思われるでしょうが、実際はかなりのダメージを被っています。崩落の危険は無視できません。

何より、柳先生も仰いましたが……人員が絶対的に足りないのです。現時点では残念ながら、無菌病棟へ回せる余裕がありません』

「じゃあどうするんだよ！　コノハは――ぼくたちは見殺しだっていうの!?」

『タケル君、落ち着いて』

自らに言い聞かせるような、柳先生の声だった。『昨日も言ったけど……あなたたちは、無菌病棟の中にいた方が安全だわ。

風力発電機は、これくらいの――と言うのも変だけど――風でも充分耐えられるわ。ソーラーパネルは屋根への埋め込み式だし、地下の地熱発電設備や浄水設備も、水漏れ対策されてるから大丈夫。……嵐が収まるまでなら充分、いつも通りの生活ができるから』

「けど、食事は」

病室の配膳ブースに朝食はなかった。食材を投入する余裕もなかったらしい。

廊下の突き当たりの奥に保存食が備蓄されていて、緊急時には自動で鍵が開く、と聞かされた気がするけど、肝心の『緊急時』をどうやって判断するのかさっぱり解らない。

『……そろそろ開くはずだから。

保存食の食べ方は、包装に説明書きがあるわ。味の保証はできないけど……口に合わなかったらごめんなさいね』

それが柳先生なりの冗談だったのだと、このときのぼくは気付けなかった。

『だから、待っていて。少し時間がかかるかもしれないけど、必ずあなたたちを』

通話が途切れた。

突然の断絶だった。「先生――柳先生!?」返事がない。響くのはノイズだけ。柳先生の声も、若林看護師の声も、全く聞こえなくなってしまった。

そんな――どうして!?

「停電……」

コノハがぽつりと呟いた。「一般病棟と無菌病棟は電気系統が独立で、あっちは自家発電設備も整ってない。……電気が通じなくなって、向こうのマイクが使えなくなったのかも」

声が出なかった。

叩きつけるような雨の中、落雷らしき音が窓と床を揺らす。それに覆い被さるように、無機質なアナウンスが病室の外から響いた。

『通常モードから非常時待機モードに移行します。備蓄庫が開放されました。通常モードから非常時待機モードに――』

一般病棟から無菌病棟まで、直線距離で恐らく数十メートル。陸上選手なら十秒もかからず駆けつけられるだろう。けれど今、その十秒足らずが果てしなく遠い。

ぼくとコノハは、完全に孤立無援になってしまった。

※

ひとまず、二人で備蓄庫を確認することにした。

柳先生の言葉通り、廊下の突き当たりの扉は、ノブを引っ張るとあっさり開いた。中は暗かったけれど、足を踏み入れると電灯が点いた。センサー式らしい。

内部は、手前から奥の壁まで、右も左も棚だらけだった。

上端が天井まで達し、金具で固定されている。白色に塗装された、大きく頑丈な棚だ。

床に埃は溜まっていない。耳慣れた空調機の音が天井から響く。今の今まで開けたこともなかったけれど、ちゃんと無菌病棟の一部として管理されていたようだった。

棚には、保存食らしきアルミパックと、水のペットボトルが詰まっていた。歯ブラシと歯磨き粉もケース単位で用意されている。

コノハが棚のひとつに視線を走らせた。

「左右五棚ずつ、左が保存食で右側が水。各棚六段、保存食の棚は奥行き含めて一段に一列三十六袋×十列……」

ぶつぶつ呟いた後、コノハは溜息を吐き出した。「本当に、十年分くらいありそう」

柳先生の話は誇張じゃなかったのか。飢える心配はなさそうだ。

棚の上段へは背が届かなかったけれど、親切なことに踏み台が奥の壁際に用意されていた。とりあえず、一番奥の棚の一番上から、二人分のアルミパックとペットボトルを抜き取った。

とんでもない朝食になってしまった。非常食の袋に、『パエリア風』と大きく記されている。

チャック付きの袋を開くと、パリパリの米に、同じくカップラーメンの具のごとくパリパリした肉と野菜が交ざっていた。どうやって食べるのかと思ったら、袋の内側に横線が引かれ、『ここまで水を注いでください』と注意書きがある。『注いだら十分間待って』いればいいらしい。ペットボトルが一緒に保存されていたのはこのためだったのか。

袋の注意書きに倣って水を入れ、チャックを閉じて待つこと十分。再びチャックを開けると、米と具が水を吸って膨らんで、食べ物らしい外見になっていた。お湯でなくてもいいのか、と妙な感動を覚えた。

コノハは義手や歯を使って、苦労しながら袋とペットボトルを開け閉めしていた。手伝ってあげたかったけれど、コノハの口に入るものをぼくがうかつに触るわけにはいかない。申し訳なさが顔に出ていたのか、コノハが「大丈夫」と笑みを返した。

非常食の味は、控えめに言って「食べられるだけまし」なレベルだった。

昨夜までの病院食と比べてさえ、味気ないことこの上ない。プラスチック製の先割れスプーンが同梱されていて、手摑みせずに済んだのが唯一の救いだった。

肉と野菜はそれなりの分量があったので、栄養バランスは一応考えられているんだろう。けれどこれを『パエリア』と呼ぶのはさすがに詐欺じゃないだろうか。『〜風』と後ろにつければ許されると思ったら大間違いだ。

コノハは、味については諦めたらしく黙々と右手を動かしていた。彼女の不満はむしろ袋の安定性にあったようで、何度も義手の角度を変えては「食べにくい」と眉根を寄せていた。

食べ終わった後のゴミ——袋とスプーンとペットボトルは、診察室のダストシュートへ捨てることにした。

若林看護師が注射器を捨てていたダストシュートだ。仕分けしなくて大丈夫かと思ったけれど、捨てられる場所がほかにない。トイレへ流そうにも、詰まらせたら冗談抜きで衛生上の危機だ。《クレイドル》での生活がいかに一般ゴミの出にくいものだったか、今さらのように気付いた。

「ここに捨てたゴミって、どうなるのかな」

専用のゴミ溜めまで運ばれて定期的に回収されるんだと思うけど、ゴミ溜めの残り容量が心配だ。この嵐では回収車も来られないだろうし。

「知らない。……そのまま下水に流されるのかも」

地球環境的に大変よろしくない想像だった。

昨日までは、食事の後はそれぞれの病室で過ごすか、コノハがぼくの病室へ顔を出していた。

けれど今日は事情が違った。一号室に戻ろうとしたら、「私の部屋に来て」とコノハに引き留められた。

「な、何で」

「私の部屋なら……一般病棟から誰か来たとき、すぐ解るでしょ」

コノハの九号室は一般病棟寄りだ。一号室より九号室にいた方が、柳先生たちが助けに来てくれた際に合図を送りやすいし、ぼくたちの無事を外から把握できる。理にかなった説明だった。

けど、それだけじゃないことは、彼女の態度が如実に物語っていた。

コノハは怯えていた。

右腕で自分の身体を抱えている。義手を掴む手がかすかに震えている。

渡り廊下が貯水槽に潰され、ナースコールも通じなくなった。嵐は収まる気配もない。柳先生の口ぶりからすると、一般病棟は一般病棟で大混乱に陥っているらしい。

無菌病棟の方が安全だ、と柳先生は言った。けれど、どれくらい安全かは誰にも解らない。電力の心配は要らないと言われても、不安は拭い去らない。

もし、この瞬間に空調機が止まって、細菌まみれの空気が《クレイドル》に流れ込んだら——ぼくたちはなすすべなく感染し、命を落としてしまうかもしれない。

解った、とぼくは答えた。それ以外の返事などありえなかった。


十数秒後——

九号室のドアが開いた瞬間、コノハは顔を真っ赤にし、「待ってて！」と自分だけ中へ入ってしまった。

どたばたした物音を聞きながら待つこと数分。ドアが再び開き、コノハは顔を赤くしたまま、「……お待たせ」と気まずそうに呟いた。

何をしていたの、とは尋ねなかった。ドアが開いたとき、病室の床に病衣やら下着やらが何着も散らかっているのを、ぼくの目はしっかり捉えてしまった。

病室のベッドは、窓から一メートルくらい離れて設置されている。ぼくとコノハはその隙間に入り、窓に脚を向けてベッドに腰を下ろした。

外の様子が間近に窺える。横殴りの雨、風にあおられる木々の枝。地面のあちこちに大きな水たまりができ、雨粒が水面を激しく揺らしている。

人の姿は見えない。植え込みの向こう側に、一般病棟の屋上が覗いているだけだ。

視線が落ち着かなかった。コノハとの距離は約五十センチ。手を伸ばせば簡単に触れられる近さだ。

床の病衣や下着はすっかりなくなっていた。洗濯物入れに大慌てで放り込んだのだろう。けれど、棚にあってしかるべき着替えのストックまで見当たらなかった。洗濯と乾燥が全自動で済んで二階に戻るには明日の朝までかかる。今夜はシャワーをどうするのだろう——と余計な妄想がちらついて、ぼくは頭を激しく振った。

「タケル……どうしたの？」

「何でもない」

全力で平静を装った。「眠気を払ってただけだよ。こんなときに不謹慎だけど」

「何だ。やっぱりタケルも寝れなかったのね」

「どういう意味だよ」

大体、「タケルも」って、コノハだって眠れなかったんじゃないか。

ぼくの反論に彼女は言い返さず、「……うん」と俯いた。

「昨日も言ったけど、こんなひどい嵐、今までなかったから……怖くて。今もそう。……渡り廊下が、あんなことになるなんて」

「ぼくもだよ」

「え？」

「正直に言うけど、結構焦ってる。

人手が足りないといっても、誰かひとりくらい様子を見に来てくれていいはずなのに」

窓へ視線を戻す。雨粒が激しく打ちつけているけれど、外の景色は見て取れる。

何度見ても人影はない。誰かが訪れる気配もない。

どうしたんだろう。よほど大変な事態になっているんだろうか。

……外へ出たい。

コノハを連れて、《クレイドル》を飛び出して助けを呼びたい。そんな衝動が込み上げる。

いや、駄目だ。ぼくたちはここから出られない。柳先生の言う通り、今はただ、誰かが来てくれるのを待つしかない。

大丈夫だ、二人で出られるときはきっと来る。それまで外の世界はお預けだ。

ぼくひとりのわがままを押し通すより、コノハのそばにいる方が、ずっと大事なんだから。

「よかった」

え？

「タケルも同じだって解ったから。私ひとりだけ怖がるなんて、すごく悔しいでしょ？」

「何だよそれ」

どきりとした。「じゃあ、コノハが怖がってるところをずっと見ててやるよ。怖がりなコノハのために。ずっとさ」

「……やだ。何それ気持ち悪い」

「だからどういう意味だよ！」

ぼくたちは笑い合った。

不安と焦燥と恐怖を紛らわす、一時の安らぎの笑みだった。

昼食の時間になっても、誰も来なかった。

コノハが病室で待つ間に、ぼくは備蓄庫へ行って二人分の食事を取ってきた。今度は『ドリア風』。それなりにバリエーションがあるらしい。

コノハのベッドに腰掛け、窓の外を見つめながら二人で食べた。味は推して知るべしだった。『パエリア風』と何が違うのかさっぱり解らなかった。

「知ってる？　かき氷のシロップって、色と香りが違うだけでみんな同じ味なんだって」

あまり知りたくない豆知識だった。

診察室のダストシュートにゴミを捨て、九号室に戻ると、コノハが瞼を重そうにしていた。

「疲れた？」

「かも。……薬を飲んだからかもしれないけど」

「少し眠りなよ。外はぼくが見てるからさ」

ありがとう、とコノハは微笑み――ぼくの前で、義手を嵌めたままベッドに潜り込んだ。「二時間経っても起きなかったら、起こして……」と言い残し、あっという間に寝息を立てる。操り人形の糸を切ったような落ち方だった。

「こ、コノハ!?」

返事はなかった。あまりに無防備な寝顔だった。最初に逢ったときよりずっと可愛らしく――ずっと脆(もろ)く危うげな顔。

枕元の小テーブルに、ぼくが持っているのと同じタブレットと、体温計が置いてある。そういえば昨日の検診で、柳先生がコノハのタブレットを見ながら「安定してるわね」と言っていた憶えがある。体温を毎日記録しているらしい。「女の子には色々あるの」とのことだったけど……コノハが間近で眠っている今、柳先生の言葉の意味が気になって仕方なかった。

コノハの赤い唇から、時折「ん……」と寝息が漏れる。そのたびにぼくの心臓は暴れ回った。

結局、彼女を起こすことも出ていくこともできず、ぼくはベッドの一番隅っこに腰を乗せたまま、窓を向いて身を固めていた。

コノハが目を覚ましたのは一時間半後だった。

「タケル……？」

寝惚け眼を右手で擦り、いきなり顔を赤くする。「まさか——ずっとここにいたの!?」

「いや、いつ起きるか解らなかったし、柳先生たちが来るかもしれないし」

「……変なこと、しなかった？」

「しないって！」

コノハには誓って指一本触れていない。けれど、無防備に眠る女の子の傍らで、何もせず座り続けるのがこれほど体力と精神力を消耗するとは思わなかった。「なら、いい」コノハは赤い顔のまま俯いた。

「それで、外の様子は」

「変わりなしだよ、よくも悪くも」

昼を過ぎても、無菌病棟に近付く人影はなかった。嵐は今も勢いを保ったままだ。むしろ朝より強くなった気さえする。

「今度は私が見てるから。タケルは休んで」

コノハの言葉に甘えて、ぼくは自分の病室へ引き上げた。コノハの姿が九号室のドアの向こうに見えなくなる瞬間、身体を引きちぎられるような感覚が襲った。

ベッドに潜って目をつぶったものの、眠気らしい眠気は訪れてくれなかった。

途中、コノハが病室を出る気配がした。何かあったのかと思ったけど、リネン室に着替えが戻っていないか見に行っただけだったらしい。しばらくして、諦めたように引き返す足音が聞こえた。

結局、ろくに眠れないまま一時間半が過ぎた。

一号室を出てコノハの病室に行くと、彼女は午前中と同じように、ベッドの窓側の端に座っていた。……眠っていたときの無防備な顔が嘘のように、表情は暗い。誰かがやって来たかどうか、尋ねるのも無駄だと悟った。

ぼくはコノハの隣に座り、窓を見つめた。これといった会話もないまま、時間だけが無為に過ぎていった。

おかしい——おかしすぎる。

どうして誰も、様子を見に来てくれないんだ？　一般病棟はそんなに大変な事態に陥っているのだろうか。

知らず知らずのうちにベッドのシーツを握り締めていた。慌てて手を離し、コノハを横目で窺う。視線が合う。窓に目を戻す。……我ながら挙動不審だったけれど、コノハは何も言わなかった。

隣を見やった一瞬――病衣に包まれたふとももの陰で、彼女の右手がシーツを握り締めているらしいのが解った。

窓を叩く雨風の勢いは、衰える兆しもなかった。ぼくたちの不安と焦燥を煽るように、夕闇がじわじわと侵食し、やがて、窓の景色を黒く塗り潰した。

外の監視を打ち切り、ぼくたちは談話室で夕食を摂った。

今度は『チャーハン風』だ。……コノハが言った通り、同じ食材をパッケージだけ変えたんじゃないか、と思わずにいられない味だった。食欲は出なかったけど、無理やり胃に押し込む。

コノハは、非常食のパックを破りさえしなかった。顔色もよくない。不安のせいだろうか。それとも――症状がぶり返したのか。

「コノハ、大丈夫？　熱は？」

「……朝は、平熱だったけど」

測り直した方がいいかもしれない。コノハの病室に体温計があったのを思い出し、ぼくは「ちょっと待ってて」と席を立った。

　ぼくの病室から未使用のタオルを取って九号室に入り、タオル越しに体温計を摑んで談話室に戻る。ぼくの意図を察してくれたのか、コノハは嫌がらずに体温計を受け取り——頰を染めた。

「あっち向いて……」

「ご、ごめん！」

　コノハに背を向ける。長い沈黙の後、検温終了の電子音が響いた。

　三十六度二分——熱はない。不安要素はひとつ減ったけれど、コノハに笑顔はなかった。やっぱり不安が食欲をすり潰しているようだ。

「食べられる？」

　コノハは首を振った。……食事を抜くのはよくないけど、無理に胃に入れて戻してしまっても意味がない。ぼくは自分のゴミだけ診察室のダストシュートに捨て、コノハの分の未開封のパックを談話室に置いて、一緒に九号室へ戻った。

※

　消灯時間には早かったけれど、コノハは病室の電灯を消し、ベッドに入った。

「……ここにいて」

細い声だった。出逢った頃の投げやりな声とも、嵐が来る前までの明るい声とも違う、赤ん坊のような声だった。「あと十分だけでいいから……どこにも行かないで」

「行かないよ」

本心を言葉に込めて、ぼくはコノハの髪を撫でた。艶のない、けれど柔らかい地毛。身体に触れてはいけないと解ってはいたけれど、今はこれが、彼女を落ち着かせる一番の方法だと思った。

「後でいいから、ちゃんとシャワーを浴びなよ。朝には着替えが戻ってくるはずだから」

コノハは微笑み、瞼を閉じた。五分もしないうちに、小さな寝息がぼくの鼓膜を揺らした。

窓の外は暗闇だった。雨粒が窓を叩き、風がガラス越しに唸る。

懐中電灯の光ひとつ見えなかった。柳先生との通話が途切れて半日以上。ぼくたちは未だに、誰の人影も捉えることができていない。

コノハは寝入ってしまったけれど、ぼくは約束の十分が過ぎるまで、彼女の髪を撫で続けた。

罪悪感に後ろ髪を引かれながら、ぼくは自分の病室に戻り、いつものようにシャワーを浴び、着替えと歯磨きを済ませ、薬を飲んでベッドに入った。

疲れが溜まっていたらしい。昼間もよく眠れなかったせいか、タブレットに今日の日記を打ち込んでいるうちに、猛烈な睡魔が襲いかかった。

……明日にしよう。

書くことがあまりに多すぎる。夕食を終えたところまで入力して日記をひとまず切り上げ、保存してタブレットを充電器に戻した。

壁時計は二十時五十七分。もうすぐ消灯だ。こんな事態に陥って消灯時間も何もあったものではなかったけれど……ぼくたちにできることはあまりに少ない。徹夜で見張ろうにも、病人のぼくたちには限度がある。柳先生が来られない今、体調を崩したら命に関わりかねない。

目を閉じた。たちまち意識が闇の底に沈んでいった。

※

夢を見た。

誰とも解らない、人ともつかない黒い影が、コノハをベッドに押さえつけている。

顔を恐怖に染めながら、必死に叫ぶコノハ。けれど声は聞こえない。激しい雨音と空調機の音だけが、ぼくの耳に届く。

助けなきゃ。早くコノハを――

でも身体が動かない。黒い影がアメーバのように形を変え、コノハの口の中へ、病衣の裾の下へ潜り込むのを、ぼくはなすすべなく見つめる。

やがて、コノハの身体が痙攣(けいれん)する。頭をのけぞらせ、ベッドに沈み、そのまま動かなくなる。

見開いた両目から光が失せ、赤い唇が、影に侵食されたようにどす黒く変色し――

※

「コノハ！」

飛び起きた。

身体中が汗まみれだった。心臓が激しく打っている。白色の電灯光が天井から降り注ぐ。

壁時計は二時十分。深夜だ。小学生の頃、トイレに起きたときくらいしか、こんな時間に目を覚ました憶えがない。

……ぞっとする夢だった。

悪夢に叫び声を上げるなんて、記憶に残っている限り初めての経験。

コノハに聞かれなかっただろうか。起こしてしまわなかっただろうか。不安と気恥ずかしさを覚えつつ、ぼくはベッドから脱け出した。スリッパを履き、ドアから廊下へ出て――

悪夢よりおぞましいものを見た。

メスが廊下に落ちていた。

二号室のドアの前。ぼくの病室とコノハの病室との真ん中辺りに、鋭い刃先のメスが転がっている。昔、医療ドラマか何かで観たのと似た形だ。オレンジの弱光が銀色の柄に反射する。

生乾きの赤黒い液体が、メスの刃の一部に付着している。

廊下の床にも点々と滴り落ち――メスから遠ざかるにつれて面積を広げ、九号室のドアの近くまで続いていた。

背筋が粟立った。

「コノハ!?」

廊下を駆け、九号室のドアの正面に立つ。果てしなく長い二秒間が過ぎ、ドアが開いた。

室内はほぼ真っ暗だった。壁を手探りして、スイッチを入れる。電灯が室内を眩しく照らした。

コノハが、ベッドに仰向けになっていた。

身体の下でシーツが皺だらけになっている。掛布団は上半分がめくれ、お腹の下しか覆っていない。

血痕が何滴か、床の上に列を作っていた——ベッドの手前からドアの近く、ぼくの右足のすぐそばまで。危うく踏んでしまうところだったけれど、些細な不注意を気にかける余裕は消し飛んでいた。

「コノハ……？」

返事はなかった。

……どうして？

薄目を開けているのに、電灯が点いたのに、ぼくが入ってきたのに、どうして何も言ってくれないんだ。

震えながらベッドの傍らまで歩み寄り、ぼくはようやく、何もかも手遅れだと理解した。

コノハの病衣に、染みが広がっていた。

閉じ合わされた襟元の左胸辺りに、床のそれと同じ色の——赤黒い血痕が、大きく滲んでいる。

染みの中心に、細長い裂け目が見えた。廊下に転がっていたメスの刃と同じくらいの幅。刃物を突き立てられた跡。

コノハの唇の端から顎にかけて血が伝い、固まっている。拭われた痕跡はない。瞼が薄く開き、隙間から眼球が覗く。あれほど輝いていた瞳に、今はひとかけらの光も宿っていない。

生身の右腕と義手の左腕が、身体の横に投げ出されている。小さな血飛沫が、シーツや掛布団、義手の上にぽつぽつと散っている。

ぼくは手を震わせながら、コノハの首筋にそっと触れた。

冷たい感触が伝わった——脈がない。引き攣った声を漏らし、反射的に手を引っ込めた。

それでも信じられず、コノハの口と鼻の上に手をかざす。

息を感じなかった。一分、二分——いくら待っても同じだった。ああ苦しかったと、コノハが悪戯っぽく笑うことはなかった。

コノハは殺されていた。

胸をメスで刺され、息絶えていた。

※

現実を受け止めるのに、どれだけ時間を必要としただろうか。

無駄だと理解しながら、それでも叫ばずにいられなかった。「起きてよ、コノハ
「コノハ――コノハ！」

……コノハ！」

返事はない。彼女の肩を揺すろうとして、伸ばしかけた腕が止まる。コノハの身体は――亡骸(なきがら)は、まるで蠟作りの人形のようで、揺すったとたんにぼろぼろ崩れ落ちてしまうのではないかと、恐ろしい錯覚が走った。

代わりに崩れ落ちたのはぼくの方だった。両脚から力が抜け、床に膝(ひざ)を突いた。

「コノハ――」

両手で顔を押さえる。指の隙間から涙が溢れ、手の甲を伝った。

そんな……嘘だ。

コノハが、死んだ。ほんの数時間前まで、ぼくと言葉を交わしていたコノハが……殺された。

誰に？

はっと顔を上げる。全身に鳥肌が立つ。自分が極めて危険な状況に置かれているのを、ぼくはやっと理解した。

《クレイドル》にはぼくとコノハしかいない。なのに、コノハが殺された。

誰かが無菌病棟に入り込んだ。そいつはコノハを手にかけて――今も《クレイドル》に隠れ潜んでいるかもしれない。

コノハを殺した奴が。

心臓が暴れ出した。恐怖と怒りが同時に渦を巻く。震える膝を無理やり伸ばして立ち上がり、周囲に視線を走らせる。

人の気配はなかった。シャワールームと洗面所のドアを開ける。誰の姿もない。ベッドの下を覗いたけれど、やはり誰もいない。

身構えつつドアの前に戻る。小さな音を立ててドアが開く。

殺人鬼は――いなかった。

廊下は無人だった。先程見たメスと血痕が、そのままの位置で残っているだけだった。

廊下の血痕は、九号室から遠ざかるほど小さくなっていた。何者かがベッドでコノハを刺し殺し、廊下へ出てメスを放り捨てた——ここまでは確かだ。

けど、その後の行き先は解らない。

外へ逃げたと見せかけて、空き部屋に隠れているかもしれない。今のぼくは丸腰だ。身体は小さいし腕力もない。襲われたら一巻の終わりだ。

けど……だからといって、コノハの命を奪った奴を見逃すわけにはいかなかった。

武器が必要だ。心臓がこれ以上ない速さで脈打つのを感じながら、ぼくは九号室の真向かい、五号室に入った。

幸いと言うべきか、誰かが潜んでいる気配は感じない。さっきと同じように壁を手探りして、スイッチを入れる。無人の病室に白色の光が灯る。

小テーブルがベッドの枕元にあった。二本の脚を掴んで持ち上げる。ぼくの腕力でも振り回せる重さと大きさだ。扱いやすいとは言えなかったけど、ほかに使えそうな武器が見当たらない。コノハの血を吸った廊下のメスに触れるのも、恐ろしい嫌悪感があった。

五号室のシャワールームと洗面所、ベッドの下を覗く。誰もいない。探している隙に逃げた様子もなかった。

廊下へ出て、背中に気を配りながら備蓄庫のドアを開く。中は真っ暗だ。小テーブルの脚を握り締め、踏み入る。センサーが働いて、明るい光が天井から降り注ぐ。ドアを開けっぱなしにして、左右の棚の上や隙間を一列ずつ確認する。何度も背後を振り返りながら一歩ずつ進む。汗がこめかみを伝う。

が——一番奥の壁まで行き着いても、侵入者の姿はなかった。

ここにはいない。いるとしたらほかの病室か、リネン室か診察室、後は談話室だけだ。ぼくは備蓄庫を出てドアを閉め、血痕を踏まないよう廊下を進んだ。

……残りの病室も空振りだった。

八号室、三号室、七号室、二号室、六号室、念のためぼくの一号室。シャワールームや洗面所やベッドを含めて隅まで確認したけれど、人影どころか気配も、侵入者の痕跡もなかった。

リネン室——やはり人影なし。タオルや病衣は、今はぼくの分しかなく、どれも綺麗に畳まれている。誰かが身体を埋めて隠れるのは無理だ。

廊下側から向かって右奥の隅に、小さなブースが置かれている。壁に接していない側面のひとつ——左手の壁を向いた面——がぽっかり空いている。中を覗くと、自動掃除機が紫色の光を浴びていた。ブースの大きさは縦横五十センチ、高さ三十センチくらい。当然ながら、人間が身を隠せるだけの隙間はなかった。

診察室——こちらも無人。机の陰にも下にも誰もいない。

最後に談話室——無人。テーブルもトレーニング器具も、陰に身を隠せる代物じゃない。念のため、壁のガラス越しに待機室を覗いたけれど、人影はどこにも見えなかった。

ドアを出て、待機室と居住スペースを区切る二重扉の前に立つ。全面ガラス張りだ。誰かが潜んでいたらすぐ解る。当然ながら誰もいない。罅のひとつも入っていなかった。

各部屋を調べる際は、八号室から小テーブルをもうひとつ持ってきて、ドアの前に置いて開けっぱなしになるようにしていた。廊下の物音にも注意を払っていたけれど、ドアの開く音や足音は全く聞こえなかった。いくら雨風や空調機の音が大きくても、耳を凝らしていたから気付いたはずだ。

少なくとも今、《クレイドル》には誰もいない。ぼくと——永遠に動かなくなったコノハ以外には。

……逃げられた。

コノハを手にかけた奴は、もういない。とっくに《クレイドル》から逃げ出してしまっていた。

虚脱感が押し寄せた。ぼくは小テーブルを脇に置いて、廊下にへたり込んだ。

緊張からの解放と——それを圧し潰す後悔。気付くと、ぼくの頬を再び涙が伝い落ちていた。

……どうして。

どうしてコノハのそばについてあげられなかったんだ。彼女を守ってやれなかったんだ。

ぼくが呑気に眠っている間に、コノハは見知らぬ誰かに襲われ、殺されてしまった。

涙を拭うのも忘れて頭を抱え——ぼくは息を止めた。

犯人は、どこからどうやって《クレイドル》に忍び込んだ？

窓は全部嵌め殺しだ。さっき見て回ったときは、どの窓も割れていなかったし、雨水が吹き込んでもいなかった。

部屋や廊下の天井には、空調用の換気口がある。けれど、金属製の格子が——こっちも嵌め殺しだ——取り付けられている。菌さえ通さないフィルターが設置されているらしいことを考えたら、通り抜けるのはまず無理だ。

ダストシュートも配膳ブースも洗濯物入れも、人が潜り抜けられるだけの幅がない。

残る出入口はひとつだけだ——待機室と居住スペースを繋ぐ二重扉。

弾かれたように立ち上がり、再び二重扉の前に立つ。開かない。穴どころか亀裂ひとつない。脇のパネルを触ったり隙間に指を引っかけたりしてみたけれど、扉はぴくりとも動かなかった。備蓄庫と違って、二重扉は非常時でもロックがかかったままのようだ。

ぼくは肩を落とし——徐々に血の気が引いた。

……二重扉のロックを解除できるのは誰だ。

無菌病棟に出入りできるのは誰だ。

——渡り廊下から前室への扉を開けるには、担当医のＩＤカードと虹彩認証が必要なの。

——前室に入っても、私たちのいる居住スペースまで足を踏み入れるにはＩＤカードが必要。

——これも今は、柳のおばさんのカードでのみ解錠できる設定になってる。

柳先生が!?

はっと振り返る。コノハの命を奪った凶器が——メスが廊下に転がっている。

《クレイドル》に刃物はない。あんなものを持ち込めるのは医者だけだ。

そんな……どうして先生がコノハを？

あれだけコノハの容態を心配していたのに。

「自由に出入りできる人間が真っ先に疑われる」のは目に見えているのに、どうして。

いや、疑われるから云々は推理小説の――フィクションの話だ。これは現実だ。理由はともかく、柳先生しか出入りできない以上、コノハを殺せたのは柳先生しか――

違う。

今頃になって、ぼくはとんでもない見落としに気付いた。

ここは……無菌病棟は今、どうなってる？　孤立無援じゃないか。

渡り廊下が貯水槽で潰されているんだ。柳先生だろうと誰だろうと、無菌病棟の出入口に立つことさえできないはずだ。

正確に言えば、貯水槽が落ちた箇所から無菌病棟側にかけて、渡り廊下が崩れずに残っている。梯子をかけて窓を割れば、出入口まで来られないこともない。

けれど――

談話室に入る。コノハの残した非常食が、手つかずでテーブルに残っている。心臓が抉（えぐ）られるように痛む。

嵐はまだ続いていた。雨はやや弱まったけど、切り裂くような風の音と木々の枝のざわめきが、窓ガラス越しに響く。

――この強風では梯子をかけることもままなりません。

コノハが殺されたのは、ぼくが寝入った後だ。外は真っ暗だ。たとえ懐中電灯があっても、大風の中をわざわざ梯子をかけるなんて無理だ。仮にできたとしても、どうして嵐が収まるまで待たなかったんだ。下手したら自分が大怪我しかねないのに。

でも、現実に、コノハは殺されてしまった。……

駄目だ。何が何だか解らない。ぼくはのろのろと談話室を出た。

自分はまだ、悪夢の中にいるんじゃないか。

病室に戻って、ベッドに倒れ込んで眠って、目を覚ましたら何もかも元通りになっていて、コノハもいつものようにぼくへ笑いかけてくれるんじゃないか――

そんな甘い妄想を、廊下のメスと血痕が嘲笑う。

血痕は九号室まで連なっていて……冷たくなったコノハが、ドアの向こうで横たわっている。ほんの二、三十分前、ぼくがこの手で確かめた。

唇を噛む。感じた痛みと血の味は、紛れもない現実だった。

一号室に戻り、ベッドに腰を落とす。

どうする……どうすればいい。

ナースコールボタンを押してみたけれど、反応はなかった。電話もネット回線もない。嵐が収まっても、こちらから助けを呼ぶことさえできない。

……ガラスを叩き割って、外へ出る？

駄目だ。外は病魔が牙を剝く世界だ。普通の人には大したことのない風邪の菌でさえ、ぼくの命を確実に削り取るだろう。

待つしかなかった——少なくとも、夜明けまでは。暗闇が晴れれば、誰かが無菌病棟を見に来てくれるかもしれない。

ぼくは無力だった。コノハを殺した犯人を追いかけることさえできなかった。

コノハ——

涙を拭い、ぼくはタブレットを摑んだ。日記アプリを起動し、悪夢に目を覚ましてからのすべてを——ぼくが直面した現実を、歯を食い縛りながら打ち込む。

何もできないのなら、せめて、犯人の正体を考えなくては。そのためには、見て調べた限りのことを、手がかりとして書き留めなくちゃいけない。

必要なことだと解っていても、コノハの死を書き記すのは、心臓を抉り取られるような苦痛だった。

……何とか最後まで打ち込んで指を止める。目が痛んだ。ぼくはタブレットを充電器に戻し、ベッドに仰向けになった。電灯の眩しさに思わず目を細め——

え⁉

眩しい。

電灯が白色に輝いていた。いつもの橙色の弱光じゃなかった。

跳ね起きる。壁時計は午前三時過ぎ、消灯時間は終わっていない。なのに電灯がオレンジの弱光でなく、強い白色光を放っている。

どうして——と思いかけたそのとき、昨日の朝の棟内アナウンスが不意に蘇った。

——通常モードから非常時待機モードに移行します。……

今は『非常時待機モード』なのだ。夜中に異常があったとき、照明が暗いままだと何かと不便だ。たぶん、緊急時には照明の設定が切り替わるようになっているんだろう。

ぼくは一号室の電灯のスイッチを入れっぱなしにしている。ゆうべは消灯時間前に寝入ってしまったので、照明の設定が切り替わったことに気付かなかった——とはいえ。

「どれだけ間抜けなんだよ……」

今頃気付くなんて本当に鳥頭だ。ほかの部屋の電灯を点けたときも、弱光じゃなく強い白色光が灯ったじゃないか。

ベッドから起き上がり、向かいの六号室へ入る。案の定、電灯が明るく灯ったままだった。壁のスイッチを押すと、電灯は橙の弱光に変わり、もう一度押すと完全に暗くなった。明るさは二段階調整らしい。

ほかの部屋を回ろうとして、ぼくは足を止めた。

今は非常時だ。電力は節約した方がいい。けれど、全部の部屋を暗くしてしまうのもどうだろう。もし夜中に助けが来ても、部屋が真っ暗だったら、中に誰かいるかどうか——今はもう、ぼくひとりだけど——解らないんじゃないか？

悩んだ末、六号室だけ白色光に戻し、ほかの空き部屋は、診察室とリネン室、談話室を含めて電灯を完全に切った。

九号室——コノハの部屋も、元通りスイッチをオフにした。

コノハの亡骸は目に入れないようにした。彼女の死を改めて見せつけられるのが怖かった。窓にはブラインドが下りていて、電灯をオフにすると同時に、九号室は完全な暗闇に包まれた。

ぼくと違って、コノハは真っ暗にしないと眠れないタイプだったらしい。そんなことさえぼくは知らなかった。

一号室は、いつもの橙色の弱光にした。

万一に備え、廊下に置きっぱなしだった五号室の小テーブルを持ってきて、病室の内側からドアの前に寄せる。センサーに引っかからないぎりぎりの位置だ。バリケードにもならないけれど、侵入者が油断して身体をぶつけてくれれば時間稼ぎにはなるだろう。

再びベッドに横になる。ゆうべと違って、睡魔はすぐには訪れなかった。

風は収まらない。殺人者が舞い戻るかもしれない。何より、コノハの凄惨な最期が、瞼の裏をいつまでも巡り続けて消えなかった。

ごめん……コノハ。

何の力にもなれなかった。一緒に《クレイドル》を出るどころか、君を見殺しにしてしまった。

激しい後悔にさいなまれ――それでもいつしか、ぼくは眠りに落ちていった。

※

目覚めたのは朝の九時過ぎだった。

起き上がり、窓を覗く。雨風は弱まっていた。視線を下に移すと、折れた枝や葉が、無菌病棟を囲むタイルの上に点々と散っている。人の姿はどこにも見えなかった。
　小テーブルをどかし、廊下へ出る。メスが転がっている。血痕が点々と散ってい
る。
　何もかも、数時間前と同じだった。誰かが入ってきた様子もない。
　診察室へ入り、窓を覗く。
　渡り廊下に貯水槽がめり込んでいた。こちらも昨日と同じだ。落下地点から無菌病
棟側へ目を走らせたけれど、見える範囲では窓は割れていなかった。梯子やロープの
類もなかった。
　ゆうべぼくが寝入ってからコノハが殺されるまでの間、無菌病棟を出入りした人間
はいない可能性が高い――としか今は言えなかった。
　それから二十分近く、外の様子を見つめた。風雨が弱まったというのに、人影ひと
つ現れなかった。
　おかしい。いい加減、誰か助けに来てくれてもいいはずなのに。
　一般病棟がよほど大変な事態に陥っているんだろうか。東京都内だ、人手を集める
のが難しいとは思えないのに。
　……見捨てられたんじゃないか。
　ぼくの――ぼくとコノハの存在自体、なかったことにされたんじゃないか。

無菌病棟の扉を開けられるのは柳先生だけだ。ぼくたちを診ていたのも柳先生だけだ。柳先生が口を噤めば――若林看護師にも他言無用を命令すれば――ぼくとコノハのことなんか、誰も気に留めないんじゃないか。

――だから、待っていて。……必ずあなたたちを――

最後に聞いた柳先生の声を、悪意ある演技だと切り捨てるのはあまりに辛かった。

食欲はなかったけれど、遅い朝食を摂ることにした。

食べなければ死んでしまう。それに、いつまでも考え事ばかり続けていたら頭がおかしくなってしまいそうだった。

備蓄庫から非常食のパックとペットボトルを取り、談話室へ向かう。廊下のメスと血痕が――九号室の閉ざされたドアが、ぼくの心を痛めつけた。

一食ごとにいちいち備蓄庫を往復するのは耐えられそうになかった。抱えられるだけの保存食とペットボトルを、まとめて持っていくことにした。

昨日と同じようにパックをひとつ開け、ペットボトルの水を注ぐ。テーブルの真向かいには、結局手を付けられることのなかった、コノハの分の非常食が置かれていた。

「コノハ……おいしい？」

答えてくれる相手はいなかった。『おかゆ風』の非常食は、砂のような味がした。

ゴミを診察室のダストシュートに捨て、一号室に戻り、ペットボトルの余った水で、朝の分の薬を胃に流し込む。こんな状況でさえ、いつも通り薬を飲まなくてはいけないのがたまらなく滑稽に思えた。

ベッドに倒れ込む。血に彩られたコノハの亡骸が脳裏に蘇る。ぼくは目を右腕で覆った。

コノハを殺したのは、本当に柳先生なんだろうか。

柳先生だったとして、どうしてコノハを殺さなくちゃいけなかったのか。

理由があったとして、どうして嵐が止むまで待てなかったのか。

待てなかったとして、どうやって無菌病棟の出入口の前に立ったのか。猛烈な雨風の中を、本当に梯子をかけて上ったのか……

答えの出ない問いを、いくつも、いつまでも繰り返しながら、孤独な時間が過ぎた。

昼が過ぎ、夜が更けても、誰も来なかった。

ナースコールボタンも通じないまま、たったひとりの《クレイドル》での一日が終わった。

※

翌日も、状況は何ひとつ変わらなかった——夜が過ぎるまでは。

正気を失いそうだった。

コノハの最期の姿、柳先生への疑惑、助けが来ないことへの焦燥、姿なき犯人への恐怖と怒り……それらが順繰りに頭を巡っていた。

もはや苦行と化した朝昼晩の食事を終え、二十時半が過ぎた。

……どうしよう。

昨日は犯人の襲撃が怖くて、濡れタオルで身体を拭くだけで済ませてしまった。けれどいつまでもシャワーを浴びずにいるのも衛生的によくない。

考えがまとまらないままベッドから起き上がり——棚を見ると、洗濯済みの着替えがなくなっていた。

ストックをゆうべ使い切ったのをすっかり忘れていた。思った以上に参っているらしい。

リネン室へ向かう。一号室用の棚に、四日分の着替えが溜まっていた。自動洗濯システムは無事に動いているようだ。

　九号室用の棚にも、病衣や下着が積まれている。もう使われることのない衣類から目を背け、ぼくは自分の分だけ回収して一号室へ戻り、シャワールームへ入った。殺人者に隙を晒(さら)すことになるのは解っていたけれど、熱い湯を浴びて頭を空っぽにしたいという欲求には勝てなかった。

　結局、杞憂(きゆう)に終わった。シャワーを浴びている間、誰も襲撃に現れず、それどころか他人の気配ひとつ感じなかった。

　身体を拭いて下着と病衣を身に着け、シャワールームを出てふと目を横へ向けると、さっき回収した病衣のストックの残りが、棚から落ちて床に散らばっていた。載せ方が雑だったらしい。疲れが溜まっているようだ。片付けなくちゃ。

　一着を床から拾い上げ——硬直した。

　染みが滲んでいた。

　病衣の内側、右脇に当たる部分に、洗濯で落とし切れなかったのだろう、手のひらより二回り小さな染みがうっすら見える。赤い絵の具を水で溶いて、滴り落としたような形。

　血痕だった。

「うわああっ！」

病衣を放り投げ、へたり込む。無様(ぶざま)な格好のぼくに見せつけるように、病衣が血痕を上に向けて床に舞い落ちた。

何だ……何だあれは。どうしてぼくの病衣にあんなものが!?

汁物の食事をこぼした跡だと思いたかった。けど、位置が問題だった。どんな格好をしたら、右脇に汁が跳ねるのか。

……メスを引き抜いて、噴き出した血が飛び散ったならともかく。

愕然(がくぜん)とした。

ぼくが？　ほかの誰でもないぼく自身が、コノハをこの手で殺してしまったのか!?

嘘だ、そんなはずない。コノハを殺した記憶なんてどこにもない。偽装だ。犯人がぼくの病衣を着て、ぼくに罪をなすり付けようとしたに決まってる。

……でも。

恐ろしい疑問が浮かんだ——今の今まで考えまいとしていた疑問。

どうしてぼくは生きている？

犯人は、なぜコノハだけ手にかけて、ぼくを一緒に殺さなかったんだ。コノハが悲鳴を上げてぼくが飛び起きたら、と考えなかったのか？　邪魔者を先に片付けてしまおうと思わなかったのか？

それに——罪をなすり付けるつもりなら、どうして病衣を洗濯した？　血飛沫が綺麗さっぱり洗い流されてしまうかもしれないんだ。ぼくの病室でもコノハの病室でもいい、洗わずに放り出した方が確実じゃないか。

……けれど。

思い出せよ、と、ぼくの中の悪魔が囁（ささや）く。

柳先生でさえ無菌病棟には入れなかったはずなんだぞ。犯人が外からやって来たなんて、どうして言える？

嵐が訪れて以来、頭の片隅にこびりついて離れなかったコノハとの会話が、不意に蘇る。

——ここには私とタケルしかいないんだよ。

——どちらかが殺されたら、犯人なんてすぐバレちゃうよ。

誰も出入りできない場所に二人きりで、片方が殺されたら——犯人は誰の目にも明らかじゃないか？

「嘘だ！」

頭を抱える。

違う、ぼくじゃない。そんな記憶なんかどこにもない。どうしてぼくがコノハを殺さなくちゃいけないんだ。

だってぼくは、コノハを――

はっと顔を上げ、タブレットを掴む。日記アプリを起動し、昨日からの分を遡(さかのぼ)って読み返す。

当然ながら、『コノハを殺した』なんて記述どころか、ほのめかす文章さえどこにも見つからなかった。

そら見ろ。やっぱり違うじゃないか。……

安堵しつつ日記を遡り――六日前の分を読んだところで手が止まった。

『……昼にコノハが来た。すでに日課。だらしなく思われないようベッドを整えているなんて口が裂けても言えない。

今日の話題は睡眠薬だった。十三歳の男子と女子のする会話じゃないな。主にコノハが喋ってぼくが相槌を打ったり訊き返したりするいつもの流れだったけど、コノハが楽しそうだったのでよしとする。

難しい話が多かったのと、コノハに何度か見とれてしまったので（本人の前じゃとても言えない）全部は憶えてないし書けないけど、日本の医者はほかの国と比べて睡眠薬をほいほい出してしまいがちなんだとか。後は、数時間分の記憶をすっ飛ばしてしまう、漫画のボスキャラみたいな危ない副作用を持つ薬の話など。さすが大病院の娘。医者関係の豆知識が豊富だ。

　夕食は照り焼きチキン（もどき）と、くたくたに煮た野菜の付け合わせ。相変わらず薄味だ。コノハは涙目でニンジンを口に運んでいた。以前より好き嫌いは直ったようだけど、苦手なものは簡単には克服できないみたいだ。……』

　数時間分の記憶をすっ飛ばしてしまう薬⁉

　恐ろしい妄想が湧き上がった。

　ぼくの飲んでいた中にそんな薬があって……コノハを殺してしまう前後の記憶を、綺麗さっぱり失くしてしまったとしたら。

　馬鹿馬鹿しい、と一蹴（いっしゅう）する余裕はなくなっていた。なぜなら。

　――夕食は照り焼きチキン（もどき）……

　この日の夕食のメニューを、ぼくは憶えていなかった。

　だいぶ前の、コノハとの冷戦が終わるきっかけになった出来事――コノハが大泣きした一件――や、日記に記された六日前の会話は記憶に残っているのに、夕食のメニユーが頭から綺麗さっぱり消えている。

何を食べたかなんていちいち憶えていないと言われたらそれまでだけど——いくら読み返しても、ああそうだったなという気持ちすら湧かない。赤の他人の記述を盗み読むような薄ら寒さがこみ上げるだけだった。

何だ、これ。

日記アプリを操作する。約半年前、冷戦終結の三日前の記述に突き当たったところで、ぼくの手は再び止まった。

『今日も診察を除いてほぼ一日病室で過ごす。暇。何でこんな気まずい思いをしなくちゃいけないのか』

そっけなさ漂う短い記述。なのに、ウィンドウの右側にスクロールバーが表示されていた。

文章の下は空白だ。改行が連打されているらしい。スクロールバーに触れ、ページの下側を表示させた。

『どう出る？　まさか真に受けはしないだろうけど』

心臓が凍り付いた。

……何だこれは。

三日後の日記まで引き返す。忘れもしない、冷戦終結の顚末が記されている。談話室でコノハと再会し、彼女がぼろぼろ涙をこぼし、リネン室からタオルを持ってきてあげて、一号室のネームプレートを誰が隠したのか議論して――

ネームプレート!?

全身の血液が冷たくなった。

――どう出る？　まさか真に受けはしないだろうけど。

この言い回しは……いくつも改行を挟む書き方は。

ぼく自身がネームプレートを隠して……気まずさから曖昧に表現して、文章自体をウィンドウ外に追いやったかのような。

藁にもすがるように日記を辿る。冷戦終結から数日後の記述が、ぼくを一層の混乱に陥れた。

『……柳先生は、ネームプレートを隠したのがぼくだと信じ切っている。濡れ衣にも程がある。当の若林看護師は素知らぬ顔だった。おのれ。……』

ネームプレートを隠したのを後悔するどころか、濡れ衣を着せられたと憤っていた。なら。

――どう出る？　まさか真に受けはしないだろうけど。

これを書いたのは誰だ。

ぼくの知らない何者かが、ぼくの中にいて……ぼくの知らない間にネームプレートを隠して、日記を書き足して、コノハへの憎しみを募らせたまま、とうとう彼女を――

「違う！」

何度目かの叫び声を上げる。

あるはずない。そんなこと、あるわけがない。

半年以上も《クレイドル》にいたんだ、そんな奴がぼくの中にいたら、少なくともコノハがとっくに勘付いている。柳先生にも伝わっているはずだ。それに。

コノハはメスで殺されたんだ。ぼくはメスなんて持ってない。百歩譲って、もうひとりのぼくがいたとしても、二重扉の外へ出て一般病棟へ盗みに入ることもできない。

メスを手に入れられるとしたら、柳先生や若林看護師が診察に訪れるタイミングだけだ。けれど、ぼくが見た医療器具はせいぜい採血用の注射器くらいだ。それに、柳先生も若林看護師も、単なる診察のためにメスなんか持ち歩かないだろう。持ち歩いていたとしても——二人は一番上に無菌服を着ていた。無菌服の内側のメスを盗むなんてどう考えても無理だ。

……本当にそうか？

疑念が悪魔の姿になって、ぼくの耳元に再び囁く。

《クレイドル》にメスを持ち込むやり方なんていくらでもあるじゃないか。朝昼晩の食事はどこから運ばれてくる？

例えば——外の誰かに頼んで、先割れスプーンと一緒にメスをトレーに置いてもらうことだって、できるんじゃないか？

首を振り、妄想の悪魔を追い払う。

馬鹿げてる。外の誰かって誰だ。無菌病棟の外に知り合いなんていない。誰もぼくを見舞いにすら来なかったのに。

頼めるとしたら柳先生か若林看護師だけだ。「メスをくれ」なんて、あの二人が聞き入れるわけがないじゃないか。

けれど。

コノハは現実に殺され、凶器のメスが廊下に転がっている。柳先生も若林看護師も、渡り廊下が貯水槽に潰され、強風の吹き荒れる状況では、無菌病棟の出入口に立つことさえ難しい。

……調べなくちゃ。

ぼくは立ち上がり、廊下へ出た。メスのそばにしゃがみ、観察する。何でもいい、自分が犯人でないと信じられる何かを見つけたかった。

メスの柄に、目立つ指紋はついていなかった。

犯人は手袋を着けていたのか——と思いかけ、首を振る。《クレイドル》に手袋はないけれど、タオル越しに握れば指紋はつかないし、後で拭うこともできる。指紋のあるなしは何の手がかりにもならない。

いや……指紋をタオルか何かで処理したのなら、多少なりとも血が付くんじゃないだろうか。

一号室に戻り、タオルや病衣、下着を片っ端から調べた。結果は空振りだった。先程の病衣以外に血痕は見つからなかった。洗濯で洗い流されたのか、元々ついていなかったのかは解らなかった。

コノハの分はどうだろう。リネン室に向かいかけ、ぼくは足を止めた。

日記に書かれた一場面を思い出す。惨劇の起きる前、ぼくの記憶にも鮮明に残る光景。

九号室で見張りをしようとしたとき、コノハは大慌てで床の洗濯物を片付けていた。棚にストックは残っていなかった。洗濯物を出してリネン室に戻るのは早くて翌日だ。犯人がコノハのタオルや着替えを指紋の処理に使おうにも、そもそも現物がない。

それに——いくら洗濯済みとはいえ、彼女の着替えを検めるのはかなりの抵抗があった。

肩を落とす。コノハの眠る九号室に入る勇気はなかった。

※

必死に考えながら、一時間、また一時間と過ぎた。

誰がコノハを殺したのか。柳先生か、ぼく自身か……それともほかの誰かか。

考えて、考えて、何度も日記を読み返して、色々な憶測（おくそく）を組んでは崩してを繰り返して……けれど結局、間違いないと確実に信じられる推測を組み上げることはできなかった。

嵐が来る前の、思い出せる限りの穏やかな日々。コノハの最期の姿。彼女を喪った悲しみ。数々の疑問。ただそれらが、ぼくの頭の中をぐるぐると巡っていた。

※

やがて夜が更け、憶測の積み木崩しに疲れ果て、ぼくは決心せざるをえなかった。

……九号室だ。

コノハの亡骸を目の当たりにして以降、足を踏み入れてすらいない。コノハが死んだという現実を、これ以上ない形で見せつけられるのが怖かった。

けれど、もう限界だった。九号室を――コノハの遺体を調べ直さない限り、先へ進めそうになかった。

タブレットを充電器に戻し、一号室を出る。メスと血痕が、あの夜と全く同じ位置に落ちている。それらを踏まないよう歩き、九号室のドアの近くで立ち止まる。

……背中が粟立つ。

コノハの遺体を発見してからだいぶ時間が過ぎている。腐り果て、骨と髪と義手だけになったコノハがぼくを待ち構えている……そんな恐ろしい妄想が頭をよぎる。

心臓が暴れた。何度も呼吸を整え、ぼくは歯を食い縛って九号室へ入り、電灯のスイッチを入れた。

腐臭は――しなかった。

コノハの亡骸は、最初に見たのと同じ姿で、静かにベッドに横たわっていた。

身体が崩れている様子もない。窓が北向きでブラインドを下ろしていたのと、空調が効いているのが幸いしたのだろうか。電灯の下、コノハの白い肌は神々しくすら見えた。

脱力しかけ、慌てて顔を両手で叩く。ここに来た目的を忘れるな。何でもいい、犯人に繋がる手がかりを見つけるんだ。

部屋の奥へ足を踏み入れ、床に目を落とす。ベッドの横からドアの近くにかけて、血痕が点々と続いている。固まり切って黒く変色していた。

血痕は、ベッドから離れたものほど小さい。廊下の血痕の列と同じだ。唯一、ドアに最も近い血痕――部屋の奥から見てドアの左端近く――だけは、ひとつ手前のものより大きめだった。自動ドアが開くまでの間、犯人が立ち止まっていたせいだろう。

コノハを刺し殺し、メスを持ったまま部屋から逃げ去った。犯人の動きが補強された――それだけのはずだった。

なのに一瞬、ざわつくような感覚が胸を走った。

違和感の正体を摑み取る前に、胸の感覚は掻き消えてしまった。

息を吐き、改めて部屋を見渡す。小テーブルがベッドの枕元に置かれている。小テーブルの上には消毒液、二つの薬箱、充電器に繋がったままのタブレット。

血痕の列をまたぎ、まず薬箱を手に取る。警察にも連絡を取れない状況だ。凶器のメスはともかく、ほかの物品にぼくの指紋がついてしまうのを気にする段階ではなくなっていた。

二つの薬箱のうち、片方はすべてのマスに薬が埋まったまま。もう片方は空になっていた。

日記の記述を思い出す。最後の診察で、柳先生から一週間分の薬を早めに受け取った。手つかずの薬箱はその分だろう。もう一方は……確か、残り二日分しかなかったはずだ。

それらがなくなっていた。最後の診察の日と、翌日——貯水槽が落ちて閉じ込められた日の、合わせて二日分。

ちゃんと薬を飲んでいたんだ。コノハは生きようとしていた。そんな彼女の命を、犯人は虫けらのように奪い去った。……

気付くと、左手を固く握り締めていた。力を抜き、今度はタブレットに触れる。ディスプレイが点灯し、パスワード入力ウィンドウが表示された。

ちゃんと設定してたんだな……洗濯物を出すのは面倒くさがったくせに。

　ぼくは洗濯物を溜めずにいたけれど、タブレットのパスワードは設定していない。こんな場面だというのに、コノハとぼくとで全く正反対なのがおかしかった。

　目元を拭い、パスワードを打ち込んでみる。コノハのプライベートを盗み見るのはかなり抵抗があったけれど、今は少しでも情報が欲しかった。

　コノハの名前、１２３４……といった安直な数列、駄目元でぼくの名前。四回ほど試したものの、ことごとく『パスワードが違います』と拒絶され、挙句に『あと2回間違うとロックされます』と表示された。

　タブレットを諦め、物言わぬ遺体となったコノハへ向き直る。激しい痛みが胸を走る。

　薄く開かれた瞼。赤みの失せた唇。艶のない黒髪。

　病衣は襟が閉じ合わされ、胸元に大きく血が滲んでいる。滲みの中央辺りに、メスで刺された跡らしき、長さ一、二センチほどの細い裂け目。

　下半身が掛布団で覆われている。ベッドのシーツは皺だらけで——

　身体が固まった。

　病衣が整っているのに、どうしてベッドは皺だらけなんだ？

恐ろしい想像が膨らんだ。

掛布団を持ち上げ、病室の隅、血痕の落ちていない床へ下ろす。病衣に包まれたコノハの全身が、電灯の下に晒される。

両脚はやや開かれ、膝の下から足先まで剝き出しになっていた。白すぎる脛と足の指。腿や腰は病衣に包まれたままだ。けれど。

……コノハ、ごめん。

指を震わせながら、ぼくはコノハの病衣へ手を伸ばし——血痕の滲む胸の部分がずれないよう注意しつつ、お腹から下が見えるように裾を開いた。

禍々しい想像は、最悪の形で当たってしまった。

コノハは下着を穿いていなかった——シャツもショーツも。

生まれたままの素肌に、病衣を羽織っただけの格好だった。

下半身の大部分が電灯に照らされる。おへそ、白いお腹、白い腿。そして——両脚の付け根の間、飾り毛の一本もない秘密の部分。

そこが、傷付いていた。

合わせ目が薄く口を開けていた。黒く変色した小さな血痕が、合わせ目近くの皮膚にこびり付いている。

棒を突き込まれたような痛々しい痕。けれどそれが、何かしらの道具によるものでないことを、ぼくはすでに気付いていた。

合わせ目の間からお尻の下へ、黄ばんだ糊のようなものが流れ出した跡が見える。病衣に垂れて固まったそれ。

精液だった。


「あああ……あああ……っ！」

叫びが漏れた。悪夢のような光景を見ていられず、床にへたり込んで顔を覆う。

コノハは、犯されていた。

犯されて——殺された。

助けを呼んだのかどうかは解らない。メスを突き付けられて抵抗できなかったのかもしれない。片腕しか使えず非力な彼女に、犯人の暴力を食い止める術はなかった。

命を奪われただけじゃない。コノハは、犯人の欲望のままに嬲られていた——ぼくが呑気に寝入っている間に。

どうして……どうして気付けなかったんだ。

必死に助けを求めながら、犯人になすすべなく弄ばれるコノハの姿が、妄想となってぼくを責めさいなむ。

同時に、今の今まで解らなかった犯人の正体が、霧が掻き消えたようにあらわになった。

顔から手を離し、ドアへ点々と続く血痕を見つめる。さっき感じた胸のざわつきの意味を、今は手に取るように解読できた。

血痕は、ドアに向かって左寄りに列をなしている。犯人は、血の滴るメスを左手に握って九号室を出たんだ。

犯人は左利きだ――なら、ぼくじゃない。ぼくは右利きだ。食事のときは先割れスプーンを右手に握り、タブレットも主に右手で画面に触れる。

そして、犯人は男だ。

無菌病棟に入ることができて、メスを持ち込めて、右利きでなく、《クレイドル》にコノハがいることを知っている男。

ぼくの知る限り、そんな男はひとりしかいない。

若林看護師。

※

あいつが――！

『若林諒（りょう）』と記されたIDカードを首に提げ、無表情で柳先生に付き従っていた看護師。あの男が、コノハを嬲り殺したんだ。

ぼんやりした記憶の中、あいつが左手をダストシュートのセンサーにかざす様子が浮かび上がる。

憤怒（ふんぬ）が渦を巻いた。コノハを救えなかった自分への怒り。コノハを殺した若林への憎悪。

凌辱（りょうじょく）の痕を視界に入れないようにしながら、ぼくはコノハの病衣の裾を元に戻し、一号室へ戻った。

病衣が床の上に広がっている。血痕が、右脇の内側にうっすら残っている。

どうして気付かなかったんだ。病衣を普通に着てコノハを刺したら、血飛沫は病衣の外側に付くはずだ。

それが内側にあるということは――犯人は病衣を裏返しに着ていたんだ。

これなら、裏表も左右も逆になる。内側の右脇、イコール外側の左脇だ。左手でコノハを刺し、メスを引き抜いた拍子に血飛沫が左脇へ跳ねた。

若林の身長はぼくより十センチくらい高いけど、それでも百六十五センチだ。男としては大柄とは言えない。病衣はぼくには少し大きいくらいだったから、若林でも決して着られないことはなかったはずだ。

犯人が左利きだという証拠が、こんなところにもあった。あまりに単純な手がかりを、ぼくは大間抜けにも見落としていた。

右利きのぼくに罪を着せるための証拠を、犯人はどうして洗濯してしまったのか。ずっと引っかかっていたけれど、今なら理由が解る。洗わないままだと、血の滲み具合から病衣の裏表の仕掛けを勘付かれてしまうかもしれない。それを避けるために、洗濯して血痕を薄め、裏表の違いをごまかそうとしたんだろう。……結局、犯人の目論見は失敗したけれど、ぼくもぼくでずっと気付けないままだった。

無表情の仮面の裏で、若林はコノハへの欲望を溜め込んでいた。溜め込んで、発散する機会をずっと窺っていたんだ。

あいつにとって幸運なことに、《クレイドル》にはぼくという身代わり役がいた。凶器のメスも、診察室にうっかり忘れたとか、ぼくがこっそり盗んだとか、いくらでも言い逃れできる。少なくともあいつはそう考えたに違いない。

……いや、落ち着け。

精液が残されていたから犯人は男、と単純に考えたけれど——本当にそうか。

例えば——柳先生なら、医者の立場を使って、一般病棟の患者から精液を採取できるんじゃないか？

自分に容疑がかからないよう、道具か何かを使って、コノハが男に犯されたように見せかけて——

違う。そこまでして男の仕業に見せかけたかったのなら、どうして病衣を着せたままだったんだ。想像するのも嫌だけど、裸のままにした方がよほどそれらしく見えたはずだ。

それに、《クレイドル》を出入りできる人間自体限られている。容疑を押し付けられる『男』はぼくか若林だけだ。精液を採取された憶えなんてぼくにはないし——あったら日記に書いている——若林に頼むのも逆に怪しまれるだろう。

なら赤の他人の精液を使うか。無理だ。警察が調べたら一発でバレてしまう。そもそも柳先生の立場なら、『男』の仕業と偽装する以前に、他殺と解らない形で——薬の中身を変えるとか、一般病棟に移してしまうとかして——コノハの命をいくらでも自由にできるんじゃないか？

柳先生じゃない。コノハをいつも心配していた先生に、コノハを殺す動機があったとも思えない。やっぱり犯人は若林しかいない。

それに。

充電器からタブレットを外し、日記アプリを立ち上げて目的の日付を選ぶ。

――『どう出る？　まさか真に受けはしないだろうけど』。

いつの間に書いたのか、ぼくの中の知らないぼくが書いたのか、ずっと疑念にさいなまれていた。でも若林が犯人なら、手品のタネも見当がつく。

日記アプリのウィンドウを最小化し、動画再生アプリからファイル選択の画面を表示させる。『発散用』と忌々しい名前の付いたフォルダが、ファイル選択ウィンドウの中に見える。

若林がぼくのタブレットに保存したものだ。……メモリーカードからこれをコピーするとき、遠隔操作プログラムのようなものを一緒に注入したんじゃないだろうか。

ぼくのタブレットはネットに繋げない。けれどあくまで、ネットに繋ぐためのアプリがないだけだ。接続機能自体はハードウェアに組み込まれている。

ぼくのタブレットは電源を入れたままだ。例えば――無菌病棟の近くに無線LANの設備をこっそり用意して、ぼくが寝静まった頃を見計らってタブレットへアクセスし、日記を書き換える。決して不可能じゃない。

けれど――若林はどうやって、《クレイドル》に侵入したのか。

無菌病棟の出入口は、柳先生の虹彩認証でしか開けられない、とコノハが話してくれた。本当かどうかは解らない。でも……自惚れかもしれないけど、彼女がぼくに嘘を吐いたとは思えない。嘘を吐く理由も見つからない。

柳先生をメスで脅すなり、言葉巧みに誘導するなりして無菌病棟の出入口を開けさせ、ＩＤカードを奪った――これが一番妥当な線に思える。

柳先生の意識を奪って担いで運ぶとか、あるいは殺して首を切るとか――そういう物騒な方法は取らなかったはずだ。虹彩認証がどういう仕組みかは解らないけど、柳先生の瞼が開いていなければ認証も何もあったものじゃない。意識がある状態の先生を連れていった方が確実だ。

でも、当日の状況が問題だった。

一般病棟から《クレイドル》に入る唯一のルート――二階の渡り廊下は、貯水槽で潰されてしまった。無菌病棟の出入口へ近付くには、落下地点から出入口までのどこかに梯子をかけて窓を割るしかない。

けれどあのとき、外は台風並みの大嵐だった。梯子もろとも吹き飛ばされかねない強風だ。一般病棟が混乱した隙を突くにしても、風が収まるまで待つんじゃないだろうか。

仮に、無理を通して梯子を使ったとしても。

無菌病棟の出入口に辿り着くまで、若林は柳先生と行動を共にしなくちゃいけない。その間、柳先生に疑われるわけにはいかなかったはずだ。

病院での立場は柳先生の方が上だ。出入口に辿り着くまで、行動の主導権は柳先生にあったはずなんだ。

柳先生は、無菌病棟に入る前にぼくたちの無事を確かめようともしなかったんだろうか？

ナースコールの回線は使えなくなっていた。なら、無菌病棟の周囲を直接巡って、二階の窓からぼくたちの姿が見えないか確認したはずだ。絶対に。

けれど、貯水槽が落ちてから日が落ちるまで、ぼくたちは柳先生の姿も、付き従ったはずの若林の姿も、全く見なかった。窓のそばでずっと待っていたのに。

暗くなってからは、さすがに見張りは諦めたけど——

天井を見上げる。電灯の白い光が眩しい。

《クレイドル》は非常時待機モードに切り替わっている。スイッチを切らない限り、消灯時間になっても電灯は暗くならない。

そして、ぼくは病室の電灯のスイッチを入れっぱなしにしていた。夜は夜で、一号室に電灯が点いていた。

日記を読み返す。コノハの遺体を発見する前後の記述だ。——目覚めたときに電灯が点いていた、と確かに書かれている。

窓にブラインドを下ろしていたけれど、暗い夜なら、電灯が点いているのは外からでも解ったはずだ。

柳先生と若林が夜に無菌病棟へ向かったのなら、一号室の灯りが点いているのが見えただろう。

二人はどう思う？　ぼくが寝ずの番をしていると考えるんじゃないか？

その後、柳先生がどう動くかは解らない。けれど若林は危惧するはずだ——侵入したらぼくに見つかるかもしれない、と。

もちろん、まともに争えばぼくに勝ち目なんてない。けれど外は暗闇で雨風も強い。梯子をまともに使えるかどうかも解らない。危険が目白押しだ。少なくとも嵐が止むまで——ぼくが眠ったと判断できるまで、決行は後回しにするんじゃないか？

「無事なようです。明日以降また来ましょう」と、柳先生に進言するんじゃないか？

……けれど現実は違った。嵐が収まる前に、コノハは嬲り殺されてしまった。

どうして。危険を顧みないほど、コノハへの欲望に囚われていたのか。それとも、あのときでなければいけない切羽詰まった理由があったのか——

切羽詰まった理由!?

頭の中で光が弾けた。真っ暗な部屋のドアがいきなり開いて、視界が明るくなったような感覚。

……違う、逆だ。

『窓明かりが見えたのに』じゃない。若林は、一号室の窓明かりを見ることができなかったんだ。

閉じ込められていたから。

貯水槽に退路を塞（ふさ）がれて、一般病棟へ戻れなくなったから。

一号室の窓から渡り廊下は見えない。つまり、渡り廊下からも一号室の窓は見えない。

早朝——貯水槽が落下する直前に、若林と柳先生は無菌病棟の出入口までやって来ていたんだ。ぼくたちの様子を窺いに。

そこへ貯水槽が落ちて、渡り廊下を潰してしまった。

孤立無援になったのはぼくとコノハだけじゃない。柳先生と若林も、一緒に閉じ込められてしまったんだ。

柳先生は慌てただろう。とにかくぼくたちの無事を確認しなくてはいけない。虹彩認証で出入口を開け——若林に裏切られた。

若林は柳先生からIDカードを奪い……たぶん、命も奪って……ぼくたちが寝静まるまで前室かどこかに隠れ潜んでいた。

待機室までは来られなかったんだろう。二重扉や談話室のガラスを通して、《クレイドル》からは待機室が丸見えだ。ただ、裏を返せば待機室までしか見えない。若林からすれば、うかつに踏み込むより外側にいた方が安全だ。

メスは初めから持っていたに違いない。一般病棟は嵐で混乱していた。千載一遇のチャンスだと思ったんだろう。「今日は無菌病棟の患者のケアに回る」とでも伝えておけば、一般病棟にいなくても怪しまれずに済むと考えたのかもしれない。

クローズドサークルの外から侵入する方法なんてなかった。ぼくたちが気付けなかっただけで、犯人は——若林は、偶然にも最初から、柳先生もろとも内側に入り込んでいた。……

でも——ナースコールはどうなる？

渡り廊下が貯水槽に潰されて、ぼくたちはナースコールで助けを求めた。柳先生が出た。若林も会話に加わった。無菌病棟には人手が回らない、しばらく二人だけで待つように——と言われた。柳先生も若林も、一般病棟にいたんじゃなかったのか？

ナースコールボタンへ目を移す。赤いボタンの下にスピーカーが据え付けられている。あのとき、ぼくはボタンを押して、スピーカーから柳先生の声が聞こえて——

違う。

『冷戦』が終わる前後の日記を読み返し、ぼくは大きな見落としに気付いた。

ボタンの下のスピーカーは、《クレイドル》での診察の呼び出しにも使われている。

だとしたら、ナースコールも同じように、無菌病棟の中で受けることができるんじゃないか？

《クレイドル》の二重扉の向こう側、滅菌室や前室にどんな設備があるかぼくは知らない。コノハも、ナースコールの回線がどうなっているかは教えてくれなかった。さすがの彼女もそんな細かいところまでは知らなかったんだろう。

柳先生がぼくたちのナースコールを受けた場所が、一般病棟でなく、無菌病棟——例えば前室の中だったとしたら。

あのときの会話が、実は若林にメスで脅されながらの演技だったとしたら。

通話が途中で切れたのは、若林が回線を切断したからだとしたら。……

ぼくは——ぼくたちはずっと、柳先生と若林が一般病棟にいるものと思い込まされていたんだ。

通話を打ち切り、用済みの柳先生を殺して、それから若林はどうしただろう。

最初は、無菌病棟の出入口にスリッパか何かを挟んで、一般病棟へ戻るつもりだったのかもしれない。けれど貯水槽に退路を断たれ、無菌病棟の前室に隠れ潜むしかなくなった。

その後、消灯時間が過ぎたのを見計らい、柳先生のＩＤカードを使って《クレイドル》に忍び込む。

ぼくの病室から明かりが漏れているのに気付いて、若林も動揺しただろう。先に始末してしまおうと考えたかもしれない。《クレイドル》の病室のドアに鍵はない。入り込むのは簡単だ。

けれど、ぼくは大間抜けにも熟睡していた。それならば、と若林はぼくに罪をなすり付けることにした。

リネン室からぼくの病衣を盗み、コノハの病室へ侵入し、驚き慌てる彼女をメスで脅しながら……嬲り殺した。

メスを廊下に捨て、血の付いた病衣を洗濯口へ放り込み、ぼくが起きてこないのを確認し、《クレイドル》から逃げ去った。

無菌病棟の外へ出て、若林はどうしただろう。

大嵐の中、渡り廊下へ梯子をかけるのは難しい。けど、窓から飛び降りることはできる。たかが地上二階だ、死にはしない。そもそも殺人まで犯しているんだ。多少の危険なんて気にも留めなかったに違いない。

後は、何食わぬ顔で一般病棟に戻るか、混乱に乗じてそのまま立ち去るか。どっちにしても、最終的には病院を離れたはずだ。

……若林が今どこにいるか、ぼくには解らない。

一般病棟にも警察にも連絡が取れない。殺人者の正体を知ったところで、コノハの仇(かたき)を討つことさえできない。
無力感の中、若林の嘲笑(ちょうしょう)が聞こえた――ような気がした。

……ふざけるな。
コノハを――誰より大切な存在を、あんな形で奪われて。
助けがいつ来るか、そもそも来るかどうかも解らないのに。
ぼくはこの場所で、いつまでも指を咥(くわ)え続けるのか？

嫌だ。
ここに居続けたら――ぼくはいつまでも、コノハを見殺しにした罪を償えない。

若林を捕まえる。
あいつがどこに逃げようと、見つけ出して罰を受けさせる。
ぼくにはもう、ほかの道なんて残されていないんだ。

※

夜明けまでベッドに潜り、気力と体力を回復させた。

寝付けないかと思ったけれど、決意を固めて逆に落ち着いたのか、夢も見ずに眠ることができた。

談話室へ向かい、一食分だけ残っていた保存食とペットボトルを開け、胃に運ぶ。もう不味（まず）いとも感じなかった。

九号室に入り、コノハの病衣を整え、掛布団を被せる。

「行ってくるよ」

それだけ呟き、ぼくは少女の亡骸へ背を向けた。

リネン室からシーツを何枚か引っ張り出し、細長くよじって端を結んだ。

繋ぎ目を引っ張る。それなりに強度はあるけれど、ぼくの体重を支え切れるかは解らない。けどこれ以上固く縛るのも無理だ。後はぶっつけ本番でやるしかない。

即席のロープを一号室に置いて、五号室の小テーブルを運び、二重扉の前に立った。

……いいのか？　本当に。

覚悟を決めたつもりだったけど、いざとなると足がすくむ。

《クレイドル》の外は、ぼくにとって死の世界だ。

無菌病棟とは比べ物にならない大量の病原体が漂う、汚れた空気の世界だ。

若林を見つけ出すどころか、一日も経たないうちに感染し、無様に倒れて死んでしまうかもしれない。どう考えたって分が悪すぎる。

ここで助けを待ち続けた方が、まだ望みはあるんじゃないか――？

「うるさい」

甘い囁きを振り払う。

コノハの無残な死の姿が、若林の憎き無表情が、脳裏に浮かぶ。

死ぬかもしれない？ここに居続けたって、コノハは二度と笑ってくれない。話しかけてもくれない。なら、この身体がどうなったって構うものか。

小テーブルをひっくり返し、四本の脚のうち二本を右手と左手で握り、大きく振りかぶり、

「うあああ――!!」

自動ドアへ叩きつけた。

激しい音とともに、ガラス張りのドアに穴が開いた。

読みが当たった。

強化ガラスが使われているのは、外界に面した窓だけだ。無菌病棟の内部、二重扉の自動ドアは、普通のガラスでできている。

二度、三度、四度。小テーブルを振り回すたびにドアが砕け、穴が広がった。

楽に通れるくらいの大きさになったところで、ぼくは小テーブルを廊下の壁際に置いた。二重扉に挟まれたスペースの床は、ガラスの破片だらけになっていた。

息を整え、一号室に戻り、シーツで作った即席ロープを脇に抱える。

タブレットが目に入った。散々迷ったけれど、置いていくことにした。

ネットに繋ぐ方法がないのでは、外の世界で役に立つとは思えなかったし、落として壊してしまうかもしれない。コノハとの日々の記録が喪われてしまうのは、ぼくにとって死ぬより恐ろしいことだった。

小テーブルの下の床に、二つの薬箱が重ねて置かれている。上の箱は空になっていた。

そういえば、さっき保存食を食べた後で薬を飲むのをすっかり忘れていた。色々と推測を巡らせたり、外へ出ようとしたりで頭がいっぱいだったせいかもしれない。

上の箱を除ける。下の箱に五日分の薬が残っている。……しばらく迷った末、空箱を元通り重ねて置いた。持っていくには微妙にかさばるし、飲んだところできっと焼け石に水だ。そもそも、貯水槽の吹き飛んだ一般病棟で、綺麗な水が使えるとは思えなかった。

リネン室からスリッパを一足持ってきて、元々履いているスリッパに重ねて履く。扉の穴を慎重にくぐり、破片まみれの床にそっと両足を乗せる。重ね履きのスリッパのおかげか、足の裏に痛みを感じることはなかった。

両脇から風が吹き込んだ。センサーが働いたようだ。左右の壁に、スピーカーを思わせる丸く大きな吹出口がいくつも設けられている。『エアシャワー』という設備らしい。風はやや強めだったが、足元の破片を舞い上げるほどではなかった。

数十秒して風が止み、二重扉の奥側のドアが開いた。

入棟してから初めて、ぼくは居住スペースの外――面会用の待機室へ足を踏み出した。

恐る恐る息を吸う。空気の味は居住スペースと変わらない。聞き慣れた空調機の音が天井から響く。ここはまだ無菌の領域らしい。

背後でドアの閉まる音がした。振り返ると、無傷のガラス扉にぼくの全身が映り込んでいた。

やや茶色がかった、ごく普通の長さの髪。大人っぽさの欠片(かけら)もない顔立ち。肌の色は、コノハほどではないけれど白く、病衣から覗く足は細い。

《クレイドル》の住人になった頃から全然成長していない、小柄(こがら)な子供。

サイクリングマシンで身体を動かしてはいたけれど、筋肉の付き方はたぶん、普通の入院患者よりましな程度だ。若林と向かい合ったら簡単にねじ伏せられてしまうだろう。

メスを持っていくべきだったろうか。けれど自動ドアはすでに閉ざされている。引き返そうにも、ドアを砕く道具が見当たらない。

せめて小テーブルは運んでおくべきだった、と悔やみかけ、首を振った。

これでいいんだ。進むしかない。武器なら外でいくらでも手に入るはずだ。

二重履きのスリッパを外側の分だけ脱ぎ、ぼくは、待機室の奥——滅菌室に続くドアへ向かった。

※

ぼくは愚かだった。

自らのどうしようもない浅はかさを、ぼくは五分もしないうちに思い知らされることになった。

ドアをくぐると、細長い空間が右手に広がっていた。

左手は行き止まり。ドアの真向かいの壁に、注意書きのプレートが打ちつけられている。

※

『紫外光は目に有害です。光源を見つめないでください』

細長い空間の方を向くと、注意書き通り、天井から光が注ぎ、床と壁を薄紫色に照らしている。紫外線だ。歩く間に否(いや)が応(おう)でも紫外線を浴び、殺菌される仕組みらしい。滅菌室というより通路だ。

両側の壁に、スピーカーのような窪(くぼ)みが並んでいる。一番奥の左手にドアが見えた。前室に続いているようだ。

目が痛んだ。慌てて瞼を閉じ、両手を伸ばしながら手探りで歩き始める。

と、両側から風が吹き付けた。さっきの二重扉と同じように、センサーが働いて風を浴びる仕組みらしい。

左手を壁に触れさせながら進んでいると、壁の質感が変わった。……ドアだ。

唾を飲み込む。送風が止まる。

ここから先が、正真正銘の外の世界だ。無数の病原菌が漂う、ぼくにとっての死の世界だ。

柳先生の亡骸も、ドアの先に眠っている――はずだ。

どんな無残な姿になってしまったか、想像したくもない。けれど避けて通ることはできなかった。

瞼を閉じたまま呼吸を止め、ドアに身体を近付けた。ぴったり二秒後、ドアの開く音がした。外の世界の空気が滅菌室に勢いよく流れ込み、肌と髪を撫で回した。

ぼくは足を踏み出し、息を吸った。《クレイドル》より埃っぽい空気が肺を焼いた。

……ああ。

これでもう、ぼくは無菌病棟の人間じゃなくなった。今の一呼吸で、どれだけの病原体が身体に侵入したのか、知る術もない。

死臭は――しなかった。

瞼を開く。

誰もいなかった――生きた人間も、遺体も。

柳先生も、若林も、それ以外の人間も。

前室は、シンプルな更衣室だった。

滅菌室側の壁にハンガー掛けが置かれ、柳先生と若林が着ていたのと同じ、薄緑色の無菌服が二着吊るされている。それぞれのハンガーに『柳』『若林』の札。ほかにも、『来客用』の無菌服——こちらは水色だ——が四着掛かっている。

向かいの壁には、縦三段×横二列の扉付きロッカー。上段二つにそれぞれ『柳』『若林』の札。残りの四つは来客用らしい。

ロッカーの右隣には、背の低い下駄箱。乳白色のスリッパが計六足収納されている。使い捨てマスクとゴム手袋の束、『消毒液』と記されたプッシュ式の容器が載っている。

左手の壁には、《クレイドル》の診察室にあったのと同じ、センサー開閉式のダストシュート。使い終わったマスクや手袋の廃棄用らしい。

ダストシュートの上部に、電話機が据え付けられている。プッシュボタンと受話器だけのシンプルなタイプだ。

そして右手の壁には、無菌病棟の出入口らしき、ノブ付きの大扉があった。

目につくものはそれだけだった。

天井の電灯は点いていたが、スイッチが見当たらない。センサー式らしい。床は《クレイドル》と同様にのっぺりして、目立つ汚れはどこにもない。――血痕も、争った痕跡もなかった。

計六つのロッカーを片っ端から開ける。中はどれも空だった。

電話機に駆け寄り、受話器を手に取る。何の音も聞こえない。一一〇番を押したが、いつまで待っても応答はなかった。ナースコール専用だろうか。

けれど電話機のコードは、見える範囲ではどこも切断されていなかった。

若林が柳先生を脅し、ぼくたちと偽の会話をさせ、途中で回線を切った。それがぼくの辿り着いた結論だった。けれど、そんな痕跡が全く見当たらない。

……外？

前室に痕跡がないのなら、残るは大扉の外――貯水槽に塞がれた渡り廊下だけだ。

大扉はぴったり閉ざされていた。《クレイドル》の二重扉の脇にあったような、IDカードのセンサーらしきものはない。入るときは虹彩認証が必要でも、出るときは自由に開けられるようだ。利便性を優先したんだろう。命の危険を冒して二重扉を叩き壊す患者がいるとは思わなかったに違いない。

胸の焼け付く感覚が強さを増した。普通の空気を吸い続けたせいだ。下駄箱の上からマスクを取って着ける。気のせいかもしれないけれど、胸の痛みはいくらか和らいだ。

ぼくは大扉のドアノブに手をかけ、回しながら手前に引っ張った。大扉が静かに隙間を空けた。

そのまま目一杯開き、手を離す。大扉は九十度の角度を保ったまま止まった。ある程度開くと固定されるタイプらしい。

前室のそれよりさらに埃っぽい、土と錆の匂いに満ちた空気が押し寄せた。

渡り廊下には、誰の姿もなかった。

血痕も、柳先生の遺体もない。目に映るのはただ、荒れ果てた光景だけだった。土埃に覆われ亀裂の入った床。四、五メートル前方を塞ぐ貯水槽、ひしゃげた天井と壁。

左右に点在する窓に、何枚か罅が入っている。けれど人が通れるほどの穴は開いていない。さらに、全部の窓にクレセント錠がかかっている。

貯水槽は、渡り廊下をほぼ完全に押し潰していた。

天井と壁が下敷きになり、一部が瓦礫の破片となって床に転がっている。直撃を受けなかった部分も、貯水槽に近い辺りは巻き込まれて傾いている。かろうじて無事なのは床だけだ。下に支柱がなかったら床もろとも崩壊していただろう。

だけど、全部崩れていた方がよほどましだった。

貯水槽の側面が、壁となって行く手を阻んでいる。天井や壁との間に隙間はあるけれど、せいぜい猫が通れる程度の大きさしかなかった。

そんな……！

無菌病棟の大扉を開けるには、柳先生の虹彩認証が必要だ。コノハを殺した若林が、柳先生を生かしておくはずがない。

なのに、柳先生の遺体が消えている。待機室にも滅菌室にも前室にも、遺体を隠せそうな場所はなかったのに。

渡り廊下の窓から投げ捨てたのか。そして若林自身も飛び降りて、柳先生の遺体を人目のつかない場所へ隠して——

でもその後、**どうやって窓の鍵をか**ける？

糸か何かを使った？　足場もないはずの大嵐の中で？　無理だ。それに**どうして**鍵をかけなきゃいけないんだ。窓の鍵なんか放っといて逃げればいいじゃないか。

……それとも、別の脱出経路があるのか。

貯水槽の前へ、ぼくは歩み寄った。

塗装が所々剝(は)げて錆びている。二本の脚が窓の外に見える。下側の脚の先端には、土台からもぎ取られたらしいコンクリート片がくっついたままだ。上側の脚は粘土のようにねじ曲がり、引きちぎられていた。上下の脚とも錆がひどい。

風がよほど強烈だったのか、それとも貯水槽そのものや土台にガタが来ていたのか。たぶん両方だ。今となっては確かめようもない。

貯水槽を拳(こぶし)で叩く。思いのほか高い音が反響する。空っぽだ。衝撃でどこか穴が開いて、溜まっていた水が全部流れ出てしまったらしい。

けれど、持ち上げようとしてもぴくりとも動かなかった。

空でも相当な重量だ。大人が二、三人集まって持ち上げられるかどうか。

若林に大勢の共犯者がいたとは思えない。それに下手に貯水槽を動かしたら、天井や壁が崩れてしまう。そんな危険を冒すより、窓から降りた方がよっぽど早い。

でも——それなら。

若林は、柳先生は、どうやって渡り廊下から姿を消した?

貯水槽は動かせない。人が通れる隙間もない。窓はすべて、内側から鍵がかかっている。

どうやって――？

混乱の沼に沈みかけ、ぼくは慌てて首を振った。

方法なんてどうでもいい。棒を使えば地上からでも窓を閉められる。長い糸があれば、強風の中でもクレセント錠をかけられる。

……本当にそうか？

……いくら何でも、無理が過ぎるんじゃないか？

湧き上がる疑念を、ぼくは強引に抑え込んだ。

余計なことを考えるな。お前にはやるべきことがあるはずだ。

貯水槽を離れ、開いたままの出入口まで戻る。左手の壁に、《クレイドル》で見たのと同じＩＤカード用のパネルと、虹彩認証用らしき小さなディスプレイが埋め込まれている。

赤いランプがパネルの上部に光っていた。『開』状態を示すランプのようだ。……施解錠のシステムは生きている。このまま大扉を閉めたら、ぼくは無菌病棟に入れなくなる。

コノハのところへ戻る道を閉ざしてしまうわけにはいかない。ぼくは前室へ戻り、下駄箱からスリッパを取り出した。再び外へ出て、大扉をゆっくり引きながらスリッパを挟む。五センチほどの隙間を空けて大扉は動かなくなった。

後は——

再び大扉を開き、肩に掛けていたシーツ製ロープの端を、内側のノブに固く結びつける。反対側の端を外に出し、引っ張る。大扉の隙間からシーツが伸びる格好になった。

念を入れて慎重に、全力を込めてシーツを引っ張る。スリッパは動かず、結び目も解けることはなかった。

大扉に一番近い窓のクレセント錠を外し、開ける。

土の匂い、木々の緑の匂い、そして——やや生臭い、けれど懐かしさを覚える匂いが、マスクを通して鼻をくすぐった。

シーツ製ロープの端を、窓の外に放り投げる。地面から少し浮いた位置で端が揺れた。上り下りするには充分な長さだ。

遠目に見たときはさほどの高さでもないと思ったけど、改めて下を覗くと、地面がやけに遠く見える。右手でシーツ製ロープを、左手で窓枠を摑みながら、ぼくは慎重に、身体を窓の外へ下ろした。

幸い、シーツは解けることなく体重を支えてくれた。小学生の頃に遊んだアスレチックの縄下りを思い出しながら腕を動かす。

緊張と恐怖の十数秒間の後、スリッパに包まれた足の裏が地表を捉えた。

入棟して以来初めての、外の世界だった。

ひとりきりの退院だ。……一緒に来てほしかった少女が、ぼくのそばにいない。

こんな形で外に出たいなんて、一度たりとも望んだことはなかった。

胸の痛みを振り払い、無菌病棟の周囲を巡る。柳先生の遺体が近くに隠されているかもしれない。

病棟の数メートル外周はタイル敷き。長い嵐のせいか土に汚れ、枝や葉が散らばっている。タイルの外側は砂利。ろくに手入れされていなかったのか、雑草が何本も伸びている。さらに外周を木々が囲っていた。向こう側は幹や枝に遮られて見えない。植え込みというより、もはや森に近い。

渡り廊下の反対側の方角――『森』と空との境、生い茂る木々の遥(はる)か向こうから、白く細い物体が顔を覗かせた。

白い物体は弧を描くようにゆっくり動き、葉の陰に消え、再び顔を出す。

風力発電機の羽根だ、と気付いたのは数秒後だった。どこに建っているのだろう。木々が邪魔で、距離感も大きさもよく掴めない。

病棟へ目を移す。壁ばかりの一階、窓の並ぶ二階、その上は傾いた屋根。銀色のパネルが全面に嵌め込まれている。太陽電池のユニットだろうか。

屋根の端辺りから煙突が突き出し、白い煙を吐き出していた。何を燃やしているのかと思ったけれど、灰ではなく水蒸気のようだ。地熱発電の排気口らしい。

壁に沿って病棟の周囲を歩いていくと、渡り廊下の反対側、一階の壁に大扉を見つけた。

《クレイドル》の備蓄庫のそれに似た、半円形のノブと鍵穴付きの鉄扉。機械室の出入口だ。

試しにノブを掴んだものの、扉は全く開かなかった。……もしやこの中に柳先生が、とも疑ったけど、鍵がかかっていては確かめようがない。
一、二分ほどで無菌病棟の外を回り終えた。
結局、柳先生は見つからなかった。遺体を埋めた跡さえなかった。

最初に降り立った場所へ戻る。渡り廊下の真下は剝き出しのコンクリート。あちこちが土に覆われている。こちらも清掃が行き届いていないらしく、周囲は雑草だらけだ。

マスクのおかげか慣れか、胸の焼け付く痛みはあまり気にならなくなっていた。ぼくは渡り廊下に沿って歩き始めた。

渡り廊下は途中で直角に折れ曲がり、植え込みの奥へ続いていた。

あの向こうが一般病棟。ぼくにとって未知の領域だ。

医師でも看護師でも患者でもいい。誰かを見つけて、《クレイドル》の惨劇を伝えて、警察へ連絡して、若林を――

けれど、愚かな願いは数分も経たずに断ち切られた。


……おかしい。

静かすぎる。人の声も、行き交う気配も届かない。

停電が起きて貯水槽も落ちて、一般病棟は大騒ぎになっているはずだ。なのに、皆がぼくたちを見捨てて消えてしまったかのごとく、植え込みの向こう側は不気味な沈黙を保っている。

嵐は峠を越えて、復旧作業が始まってもおかしくないのに、トラックや救急車のエンジン音ひとつ聞こえない。

自分の息と足音、葉のざわめきと鳥の声。それが、ぼくの耳に届くすべてだった。

異様な肌寒さを感じながら、渡り廊下沿いに植え込みを抜け、
ぼくの足はぴたりと止まった。

「……嘘だろ?」

声が震える。

廃墟だった。

無菌病棟とは比べ物にならないほど古びた、錆と染みだらけの外壁。一部に蔦が這っている。いくつかの窓ガラスが割れている。

渡り廊下の先に繋がっていたのは、人気のひの字もない、見捨てられた元病院だった。

※

……何だ、これは。

ぼくは——ぼくとコノハは一体、どこへ連れ込まれていたんだ?

Interlude (I)

私が左腕を喪ったのは小学六年生の頃。

よりによって、父の病院の中だった。

身体の弱い私にとって、父の病院は第二の家だった。

それなりに立派だった自宅の記憶も、学校の記憶も少ない。私にとって幼い頃の思い出とは、ほとんどが父の病院で過ごした日々のそれだった。

半ば指定席と化した個室。医師や看護師たちは顔なじみ。体調がよければリハビリ代わりに院内を散歩して、それ以外はベッドの上。退院を許されても、半年と経たずに病院へ逆戻りの繰り返しだった。

「大丈夫よ、コノハちゃん。きっとよくなるから」

主治医の柳のおばさんから何度も諭されたけど、子供の私にとって『きっと』は遠い未来の話にしか聞こえなかったし、『きっと』が来るまで生きられるかどうかも解らなかった。

未来への憧れを失っていたわけじゃなかった――少なくとも、この頃は。

普通の人の半分くらいでいいから元気になって、おしゃれして、友達を作って一緒に遊んで、素敵な人にも出会って……無邪気な夢を思い描ける程度には希望を持っていた。

けれど、あの日。

ささやかな夢や希望は、荒々しく踏み潰された。

何でもない一日のはずだった。

いつも通り目を覚まして、検温して、食べ飽きた朝食を口に入れて、薬を飲んで、ベッドに身を預けながらぼんやりテレビを眺めて――

これまでに感じたことのない、強い吐き気とめまいと熱っぽさに襲われた。

視界がかすんだ。懸命に腕を伸ばしてナースコールボタンを押した。「コノハちゃん!?」柳のおばさんの叫びが遠くに聞こえた。

意識が瞬く間に途絶え――次に目覚めたとき、私の左腕はなくなっていた。

院内感染だった。

二週間前に救急搬送された患者から、看護師のひとりへ病原体が乗り移っていたらしい。

顔なじみの若い看護師だった。先週には食事を運んできてくれた。短い雑談も交わした。

その彼女が亡くなったと知ったのは、私が大手術の末に奇跡的に一命を取り留め、意識を回復してから三日後のことだった。

父が医師会を通じて働きかけたためか、院内感染の一件は、テレビでも新聞でも大きく報じられずに終わった。院内は一時、恐慌状態に陥ったらしいが、見かけ上はどうにか平穏を取り戻した。

けれど私の心身には、元に戻ることのない深い爪痕が刻まれた。

左腕を奪われただけじゃない。生理が止まり、背が伸びなくなり、以前にも増して体調不良が続くようになった。

問題の感染症自体は治まり、ウイルスの検査結果も陰性だったけれど、自分の身体がぼろぼろになったことを——二度と普通の生活に戻れなくなったことを、否応なしに悟らざるをえなかった。父が義手を手配してくれたが、何の慰めにもならなかった。

直接の原因を作った患者も、すでに死亡していた。ニュースでは『一名が死亡』とだけ報じられたようだけど、実際には報道と前後して、五本の指では収まらない数の患者やスタッフや関係者が亡くなったらしい。

「コノハちゃんが助かってくれただけでも……よかった」

いつもは穏やかな柳のおばさんが、このときばかりは完全に憔悴(しょうすい)していた。誰を憎むこともできず、私は虚(うつ)ろな気持ちですべてを受け止めるしかなかった。

どうして、私だけ生き残ってしまったんだろう。

中途半端(ちゅうとはんぱ)に命を繋ぐくらいなら、死んでしまった方がずっとましだったのに。

やがて、私の免疫系の機能不全が発覚した。

感染の後遺症なのは明らかだった。私は、完成したばかりの《クレイドル》へ移されることになった。

※

父なりの気遣(きづか)いだったのだろうか。

最初は私ひとりだった《クレイドル》も、半月が過ぎてから少しずつ人が増え、一ヵ月後には満室になった。

多くはお年寄りだったけど、中には私と十歳くらいしか違わない女性もいた。最後の入居者、廊下を挟んで向かいの五号室の住人は、九歳の女の子だった。

「コノハおねえちゃん！」

朝食と検温が終わると、カスミちゃんは待ちかねたように、私のいる九号室へやって来た。「ねー、きょうは何してあそぶ？」

長い睫毛、くりくりした瞳の愛らしい笑顔。投薬による脱毛を隠すキャップがなければ、この子が難病を抱えているとは誰も思わないかもしれない。

「そうだね……オセロなんてどう？」

私はベッドから身を起こした。《クレイドル》の綺麗な空気のおかげか、はたまた可愛い話し相手ができたおかげか、この頃の私の体調は、転院前より多少まともになっていた。

「えー？」

カスミちゃんはあからさまに眉を寄せた。「やだ。コノハおねえちゃん強いもん」

困った。タブレットのゲームアプリで、私がルールを知っていてカスミちゃんにできそうで、片手で操作できる二人用ゲームはほとんど遊び尽くしてしまっている。しばらく悩んだ末、私は新しいゲームを試すことにした。

「じゃあ、チェスは？　お姉ちゃんもよく知らないから、一緒にルールを憶えていこうよ。どっちが早く上手になるか競争ね。……どう？」

「うん！」

互角に戦えるのが嬉しいのだろう、一転して満面の笑みになった。私は枕元のタブレットを手に取り、チェスアプリを呼び出した。

タブレットを挟んでベッドに腰掛け、アプリのマニュアルを参照しつつチェスを楽しんでいると、ドアの外から声がした。

「コノハちゃん。そっちにカスミちゃん来てない？」

三号室のヨウコさんだ。カスミちゃんがぎくりとした顔になった。

「おねえちゃん、いないって言って」

小声の懇願(こんがん)に「え、でも」と戸惑っていると、ドアの外で「いてもいなくても開けるよ。十、九――」と容赦ないカウントダウンが始まった。

「と、とにかく隠れて」

シャワールームのドアを指差す。カスミちゃんが大慌てでシャワールームに滑り込むのと同時に、自動ドアが開いてヨウコさんが顔を覗かせた。

「んじゃ、失礼するよー……ってありゃ、来てないか」

「ええ。どうしたんですか」

素知らぬ顔で訊き返す。カウントダウンの最中に掛布団を整え、タブレットも学習アプリに切り替えていたから、一見しただけではカスミちゃんが来ていたとは解らないはずだ。

「いや、薬の時間なんだけど……あの子、また飲まなかったみたいで」

ヨウコさんが困り顔で頰を掻いた。

すらりと高い背。私には一生手に入らないだろう豊かな胸。きりっとした顔。年齢は二十代前半と聞いている。かつて夢見た「大人の女性」を具現化したような人だ。

——それだけに、髪のすっかり抜け落ちた頭部が痛々しかった。

「仕方ないですよ。私だって、できるなら遠慮したいです」

「解っちゃいるけどねぇ」

はぁ、とヨウコさんが息を吐く。ほかの患者さんより年齢が近いこともあってか、彼女は私とカスミちゃんのお目付け役に収まっていた。

「可哀想だよ、まだあんな小さいのに。よく耐えてると思う。あたしも、発病したときは神様を恨んだけど、ここの人たちを……コノハちゃんやカスミちゃんを見てると、ね」

泣き言なんて言ってられない、とヨウコさんの目が語っていた。

「ま、藤原（フジワラ）のジジイは逆の意味で、だけど」

苦笑が漏れる。一号室の藤原さんは、事あるごとに「薬が苦い」とか「飯がまずい」とか「サービスがなってない」とか不平不満を撒き散らしている。早い話が反面教師扱いだった。

「もし機会があったら、コノハちゃんからもそれとなく、カスミちゃんに伝えてくれないかな」

「解りました」

「助かるよ。急に押しかけてごめん」

それじゃ、とヨウコさんは背を向け、思わせぶりな視線をシャワールームへ向けて去っていった。……バレていたらしい。

ドアが閉まって数秒後、カスミちゃんがシャワールームから静かに顔を出した。先程とは打って変わった神妙な顔だった。

「コノハおねえちゃん。……おくすり、のまなきゃだめ？」

やはり会話を聞いていたようだ。「そうだね……」私は慎重に言葉を選んだ。

「カスミちゃんのお薬の味は解らないけど、カスミちゃんの具合が悪くなっちゃうのは、私も辛いかな」

カスミちゃんは床をじっと見つめ、また顔を上げた。

「おくすり、のんでくる」

「偉い」

自然に笑みがこぼれた。「飲み終わったら、ヨウコさんにも教えてあげようね」

「うん！」

晴れやかに頷き、カスミちゃんはとてとてと九号室を出ていった。

豆台風が通り過ぎると、病室は急に静かになった。聞こえるのは空調機の唸り声だけ。一ヵ月もいるとさすがに慣れてくる。

私はベッドを脱け出すと、棚からタオルを取り出し、消毒液で軽く濡らしてタブレットを拭いた。シャワールームのドアノブも一緒に拭う。

間接接触くらいで、カスミちゃんの後天性免疫不全症候群（エイズ）が伝染しないのは知っているけれど、『ほかの患者が触れた箇所は拭く』のが無菌病棟のルールだ。

それでも——カスミちゃんを病原体扱いしているようで、罪悪感がこみ上げた。

昼食を終え、薬を胃に押し込んでベッドで休んでいると、けたたましいメロディに眠りを破られた。

自動掃除機が九号室に押し入り、室内を廊下側の端から蹂躙し始めていた。

先日導入されたばかりの、天板に太陽電池パネルを仕込んだ特注機、らしい。

私は慌てて起き上がり、ベッドの下の着替え一式を洗濯物入れに放り込んだ。

それにしても、うるさい。

足元に寄ってきた自動掃除機へ右手を伸ばし、側面の一時停止ボタンを押す。ゴミ収集車のごときメロディを垂れ流したまま、掃除機が動きを止めた。

メニューボタンを押す。『強弱』『経路設定』『速度』『タイマー』……いくつかのメニューがディスプレイに表示される。

それらの中から『音量』を選択すると、案の定、設定が『大』になっていた。耳の遠くなった患者さんのためらしいが、かなり度が過ぎている。『ＯＦＦ』『小』を経て『中』に再セットし決定ボタンを押すと、音量はだいぶまともになった。

ついでに曲目も替えられないかと思ったが、それらしきメニューは見つからなかった。柳のおばさんから聞いたところでは「吸入口と駆動系に創意を凝らした最新式」らしいけど、メロディが一択なんて欠陥品じゃないだろうか。

諦めて一時停止を解除する。自動掃除機は何事もなかったように活動を再開した。ベッドに上がり、掛布団に潜り込んで目を閉じているうちに、掃除機は九号室を出ていった。メロディが廊下の奥へ遠ざかり、程なくして止む。無事にリネン室へ帰ったようだ。

やれやれ……気分が落ち着いたせいか、私は再び夢の淵（ふち）へ引きずられていった。

※

一悶着が起きたのは二日後だった。

《クレイドル》で最も賑やかな時間のひとつが、朝昼晩の食事時だ。テレビもインターネットもないためか、配膳の時間になると、住人の大半が自然と談話室に集まり、世間話に花を咲かせる。皆がそれぞれに病を抱えていたけれど、幸い、ベッドから起き上がれないほど症状の重い人はいなかった。

とはいえ、私を含む八人は年齢も性別もバラバラだ。必然的に、似た者同士で固まることになる。

若者グループ——カスミちゃん、ヨウコさん、私。

お婆ちゃんグループ——六号室のユリさん、七号室のヒナさん、八号室のセイさん。

そしてお爺ちゃんグループ——一号室の藤原さん、二号室の千葉さん。

もっとも、藤原さんと千葉さんは、三人寄ればかしましい女性二グループからあぶれ、仕方なく固まっていると言った方が近い。口うるさい藤原さんの愚痴に、寡黙な千葉さんが嫌々付き合わされているのが露骨に見て取れた。

「おーおー、今日もやってるねぇ」

先割れスプーンで温野菜を突きながら、ヨウコさんが呆れ交じりに、斜め向かいのテーブルを見やる。また蒸し料理かどうにかならんのかと文句を言う藤原さんに、そうですねえ、と千葉さんが困った表情で相槌を返す。ここ毎朝の恒例行事だった。

無菌病棟の中とはいえ――あるいはだからこそ、患者同士が近付きすぎるのは衛生上よろしくない。それぞれの丸テーブルには椅子が三つ、円周を三等分するように置かれていた。相席者同士が距離を取りつつ、向かい合わせにならない格好だ。

「無菌病棟の入院食に高望みしたってしょうがないでしょうに。今までどれだけ美食三昧だったんだか」

ヨウコさんが小声で肩をすくめる。藤原さんの体型は、痩せぎすの千葉さんとは逆の意味で健康的とは言いがたい。病気や入院生活で多少なりとも体重は減っただろうけれど、お腹周りの脂肪はそう簡単には落ちてくれないようだった。

「気持ちは解りますけど、ね」

入院歴の長い私でさえ、《クレイドル》の食事の味気なさには面食らったものだ。

「あ。コノハおねえちゃん、ヨウコおねえちゃん、お野菜のこしてる。だめなんだよ?」

ぎくり。カスミちゃんがテーブルの斜め向かいから、悪いお姉さん二人をめっと睨んでいる。ヨウコさんが涙目でニンジンを口に運んだ。私も泣く泣くブロッコリーに先割れスプーンを突き刺した。

問題児ばかりの二グループと違って、お婆ちゃんグループは平穏そのものだった。

背筋をピンと伸ばし、優雅に食事を口に運ぶユリさん。

座敷わらしがそのまま年を取ったような、小柄で可愛らしい白髪のヒナさん。

「大変だから見舞いなんて来なくていいと伝えたんだけどねぇ……上の孫が、ひ孫をどうしても見せたいって言ってくれてねぇ……」と、のろけっぽい話を披露するセイさん。

ユリさんもヒナさんも、セイさんの話に耳を傾けていた。ユリさんは「うちの孫に爪の垢を飲ませてやりたいわ」と神妙に頷き、ヒナさんは「まあまあ、何て素敵なんでしょ」とお祈りするように両手を合わせている。

実のところ、セイさんがお孫さん以外の話題を振るのを聞いたことがない。けれどユリさんとヒナさんは、迷惑そうな様子を少しも見せなかった。お婆ちゃんたちにとって、お孫さんの話題はいつまでも飽きないものらしい。

……私には、あまりに遠すぎる境地だった。

と――

「そうだろう。何とかならんのか、赤川のお嬢ちゃん」

いきなり声を投げつけられ、私は身体を強張らせた。

「……何ですか」

「食事だ食事。お前さん、ここの病院の娘なんだろう。俺の分だけでもマシになるよう院長に口添えできんのか」

とっさに声が出なかった。怒るより呆れるしかない、という状態を、私は生まれて初めて経験することになった。

「無理だと思います。

食材は無菌状態で調理するしかないですから、レパートリーはどうしても——」

「できない理由なんか訊いとらん！　どうやったらできるかを考えろと言っているんだ。解らないのか」

「藤原さん——」

寡黙な千葉さんが、さすがにたまりかねたように割って入る。「うるさい！」藤原さんが一喝し、再び私へ目を向けた。

「どうなんだ、病院のお嬢ちゃん。え？」

凄まじい剣幕だ。カスミちゃんが「ひぅっ……」と泣き声を漏らす。藤原さんがなおも口を開きかけた矢先、ヨウコさんがテーブルを叩いて立ち上がった。

「やめなよ藤原さん、みっともない」

「何だと。誰に向かって――」

「あんたがどれだけ偉い人だか知らないけどね」

ヨウコさんがつかつかと藤原さんの席に歩み寄り、怒りに満ちた目で見下ろした。

「ここにはここのルールがあるんだ。あんたもあたしも、コノハちゃんも、今は《クレイドル》の住人なんだよ。過去の経歴だとか病院の娘だとか、そんなのは一切関係ない。

入居案内を読んでないの？　しっかり書いてあるよ、『ほかの患者さんに迷惑がかかる行為を行った場合、退去していただくことがあります』って。

大体、人生経験豊かなお年寄りが、子供に怒鳴(どな)ってわがままをゴネるなんて恥ずかしいと思わないの？　見てごらん、カスミちゃんが怖がってるじゃないか。

それに、コノハちゃんのコネで食事をどうこうしようとするつもりなら、彼女の機嫌を損(そこ)ねない方がいいんじゃない？　この娘(こ)の一存で、重病人のあんたをバイ菌だらけの下界へ放り出せるかもしれないんだよ。そこまで想像が回らなかったの？」

藤原さんが青ざめた。続いて顔を真っ赤にし、鼻を鳴らして立ち上がる。食事の残ったトレーを持ったまま、振り返りもせずに談話室を出ていった。

沈黙が訪れた。――やがて、

「お見事」

ユリさんがゆっくり拍手した。「お疲れさま、ヨウコさん。素晴らしい啖呵だったわ」

「あー……いや、その」

先程までの勢いが嘘のように、ヨウコさんは頬を染めて口ごもった。「ついブチ切れたというか、勢い余ってというか」

「ありがとうございます。助かりました……」

「ヨウコおねえちゃん、かっこよかった！」

「ちょっ!? やめてよ二人とも！」

あらあらまああ、とヒナさんが両手を合わせる。セイさんが「下の孫の嫁に欲しいねぇ……」としみじみ呟く。千葉さんはひとり、困った顔で視線をさまよわせていた。

ヨウコさんの脅しが鎮静剤になったのか、この一件以降、藤原さんはだいぶ大人しくなった。

皆に頭を下げることはなく、愚痴の多さも相変わらずだったけれど、少なくともカスミちゃんを怖がらせるような真似はしなくなった。

けれど、私はまだ知らなかった。

この一悶着が、後に、私を責めさいなむ呪(のろ)いの火種となることを。

※

「千葉さん。あんたの飲み薬、少し多くないかね？」

そんな大声が聞こえたのは、三日後の朝食後。洗濯済みの着替えなどをリネン室から回収しようとしていたときだった。

「……どうしたんでしょう」

「さあ」

ヨウコさんも首を捻る。

《クレイドル》では、運動不足防止のため、身の回りでできることは極力、患者自身が行うことになっている。とはいえ、片腕しか使えない私には、シーツや病衣や下着を持ち運びするのも一手間だ。洗濯物が義手からずり落ちそうで悪戦苦闘していたところへ、ヨウコさんが同じく回収に訪れたところだった……のだが。

「……言われてみれば……」「いやいや、呑気なこと言っちゃいかんよ。薬には正しい服用量ってものが――」

声がさらに高まる。事の重大性を理解しておらんのか――そんな苛立ちがひしひしと伝わってきた。

「まずいね……まだ懲りてないのかな、あのジジイ」

確かに放っておけない雰囲気だ。着替えの回収を後回しにして、私たちはリネン室を出た。

声は二号室、千葉さんの病室からのようだ。ヨウコさんがノックもなしに突撃した。私も慌てて後に続く。

病室では、千葉さんがベッドに腰掛け、藤原さんが向かいに立っていた。「どうしたの、藤原さん」突然の来訪者に藤原さんがぎくりと身体を震わせた。

「ああ、いや……これなんだが」

先日の件がトラウマになっているらしく、藤原さんは心なしかおどおどした様子で、小テーブルの上の薬箱を指差した。「千葉さんの薬がちょっと多い――ように思えてな」

五×七マスに仕切られた薬箱の、一番下の一マスに目を向ける。錠剤が数種類、カプセル薬が二つ収まっている。

私を含め、免疫に障害のある患者は、投薬で発病を抑え込む場合が多い。だから、薬がたくさんあること自体は不思議じゃない――のだけど。

「……変ですね、確かに」

二つのカプセル薬は、全く同じものだった。

私も医者の娘だし、同じ薬を飲んでいるから解る。これは一回に一錠。人によって倍半分も処方量が変わるものじゃない。というより、絶対に二錠も飲みたくない薬だ。

「最初からこうなっていたんですか？」

私の問いに、千葉さんは「いや……」と首を捻った。

「今、薬を飲もうとしたら、藤原さんが気付いてくれてね。……一服してから碁を打とうと誘ってくれたんだが」

一号室の藤原さんがここにいたのは、この前のカスミちゃん同様、誰かと遊ぶためだったらしい。

「先生が、分量を間違えたとも思えんし――」

「いやいや、うやむやにしちゃいかんよ千葉さん」

藤原さんが再び声を大きくした。「過剰服用で具合が悪くなったら責任問題だ。簡単に済ませていいことじゃ――」

「藤原さん」

ヨウコさんがぴしゃりと遮った。「ここで騒ぎ立てたって解らないよ。午後の診察で先生に訊いてみて、もし間違っていたら次から気を付けてもらう。それしかないんじゃない？

病院の娘さんからも言ってもらえば、効果は抜群だろうし。……どう、コノハちゃん？」

急に話を振られ、私は「あ、はい」と頷く。藤原さんは渋々といった様子で黙り込んだ。

※

結論から言えば、カプセルの量は藤原さんの指摘通り、一回一錠で正解だった。

けれど——入れ間違いについては、若林看護師に「ありえません」と一蹴された。

「薬剤は厳密に、一錠単位で在庫管理されています。誤って多く処方すればすぐ解ります。……何でしたら、台帳をお見せしますが？」

そこまで言われては、『病院の娘』の私も引き下がるしかなかった。

※

「ん――……」

私の報告に、ヨウコさんは唸り声を上げた。「となると、誰かの分が紛れ込んだのかな。

ほかの誰かに一錠少なく処方されて、余った一錠が千葉さんに回った、とか」

――夕食後の談話室だった。

『カプセル一錠多い事件』は、すでに《クレイドル》の住人全員の知るところとなっていた。お婆ちゃんグループの間でもひとしきり話題になったようだ。

ヨウコさんの説なら、確かに在庫の辻褄(つじつま)は合う。けれど、ちょうどプラスマイナスゼロになるような処方の誤りが、偶然重なるものだろうか。

それに、一錠少ないということは、一錠もないということだ。小さな錠剤ならともかくカプセル薬だ。受け取った本人や柳のおばさんが気付きそうなものだ。

「よくわかんない……」

カスミちゃんがしょんぼりと肩を落とす――と、

「決まっとるだろう」

窓側のテーブルから、藤原さんが声を張り上げた。「この中の誰かが、自分のカプセルを千葉さんの薬箱へ紛れ込ませたんだ。違うか？」

談話室が静まり返った。

廊下側のテーブルのお婆ちゃんグループ──ユリさんヒナさんセイさんも、口を止めて藤原さんに視線を向ける。

「だが……藤原さん、なぜそんなこと」

千葉さんの困惑を、藤原さんは「知らんよ」とあっさり流した。

「単にまずい薬を飲みたくなかったんだろう。それであんたの薬箱に自分の分を放り込んだんだ。

どうだ、心当たりはないのか、嬢ちゃん？」

藤原さんに睨まれ、カスミちゃんが身体を固まらせた。まなじりに涙が浮かんでいる。

「やめなよ」

ヨウコさんが静かに口を開いた。

先日の義憤に満ちた大声じゃなかった。暗闇から刃物を突き付けるような、ドスの利いた声だった。

「もう黙りなよ。……薬を飲みたくなかったら、トイレにでも流せば済む話じゃないか。そんなことも解らないの？」

ヨウコさんは藤原さんに目を向けてすらいない。けれど、殺意に似た感情は充分に伝わったらしく、藤原さんはもごもごと口ごもり、何も言わなくなった。

結局、その後はどのテーブルも会話らしい会話がなく、気まずい雰囲気のまま散会になった。

ひとり、またひとりと病室へ戻っていき、私とカスミちゃん、それからユリさんが談話室に残った。

「コノハおねえちゃん……」

カスミちゃんが、思い詰めた表情で私を見つめた。「わたし、おくすり、ちゃんとのんでるよ。ほんとだよ？」

「解ってる」

私は精一杯の笑顔を向けた。「安心して。カスミちゃんはそんなことする子じゃないって、みんな解ってるから。……ね？」

「……うん」

カスミちゃんに少しだけ安堵の表情が戻った。椅子からぴょこんと降り、「おやすみなさい」と挨拶して談話室を出ていった。

彼女の小さな背中が、ガラスの壁の外、リネン室真向かいのサイクリングマシンの陰に消えるのを見送りながら――吐息が漏れた。

まずい雰囲気だった。薬が一個多かっただけ、と言われたらそれまでだけど、こういう些細な不信の種は、積み重なると後で取り返しのつかない結果を招く。すぐ治ると言われ続けて一向に症状が改善せず、医師や看護師を全く信用しなくなってしまった患者たちを、私は入院中に何人も見てきた。私自身もそのひとりだ。

同じ思いを、カスミちゃんに味わわせたくなかった。

「あの……ユリさん」

あまり話したことのない、お婆ちゃんグループのリーダー格の女性へ、私はおずおずと声をかけた。「少し、よろしいですか」

※

次の日――

昼食を終えてベッドに横になりながら、私は『カプセル一錠多い事件』について考えを巡らせていた。

ユリさんは、私の無礼な質問に嫌な顔ひとつせず応じてくれた。

彼女によると、事件が発覚するまで、お婆ちゃんグループの間でカプセル薬の多い少ないが話題になったことはなかったらしい。

朝昼晩の食事を同じテーブルで共にするユリさんたちも、起床から消灯までずっと一緒にいるわけじゃなく、食事が終わったらそれぞれの病室で休むことが多いという。特にヒナさんは、食事時こそ「あらあらまあ」と穏やかに笑っているけれど、実は三人の中で症状が一番重く、食後はほとんどベッドに臥(ふ)せっているそうだ。

（私は部屋に長く籠れない性格だから、セイさんをよく談話室に引っ張っているけれど……いつまで続けられるかしらね）

さらりとこぼれた一言に、ユリさんの心の内を垣間見た気がした。

騒ぎがあった日の前後のことも尋ねた。

飲みたくなかったら捨てれば済むはずだ、とヨウコさんは言ったけれど、現に余分に入っていた以上、誰かが千葉さんの薬箱にカプセル薬をこっそり紛れ込ませたと考えるしかない。それができたのは誰か。いつ行えたのか――

（アリバイ調査ね。推理小説みたいだわ）

ユリさんは楽しそうに口元を緩めた。意外とノリのいい性格らしい。

といっても、さすがに一筋縄ではいかなかった。

ユリさんとて全員の行動を逐一(ちくいち)把握しているわけじゃない。『事件』が発覚したときは彼女も病室にいて、誰がどこにいたかまでは解らなかったそうだ。

（そもそも、夜中に犯行が行われたら、アリバイも何もないでしょうけれど）

病室に鍵はかからない。消灯時間が過ぎても、照明が自動的に暗くなるだけだ。皆がぐっすり眠ったのを見計らえば、誰でも千葉さんの部屋に忍び込める。

けれど——犯行の最中に千葉さんが目を覚ましたら、大騒ぎどころの話ではなくなってしまう。カプセル薬をひとつ押し付けるだけのために、そんな危険を冒すだろうか。

夜中でないとすれば、昼間、千葉さんが病室を離れているのを見計らって二号室へ忍び込んだことになる。

のだけど——問題はタイミングだ。

薬が二錠も入っていることに、千葉さんが何日も気付かなかったとは思えない。発覚したのが昨日の朝食後だから、仕込みが行われたのは早くて一昨日だ。可能性が高いのは夕食後の薬を飲み終えた後。時間帯を広げてもせいぜい朝食後以降だろう。

けれど——ユリさんやヨウコさんから話を聞く限り、一昨日の千葉さんは食事時以外、病室に籠ったままだったらしい。

ヨウコさんは午前中、談話室でひとりトレーニングマシンを使っていた。午後はユリさんとセイさんが同じく談話室で窓を眺めつつ雑談していたが、姿を見せたのは藤原さんだけ。それも午後に三十分ほどぽつんと座ってまた戻っていったという。千葉さんのところへ暇を潰しに行ったのだろう、というのがユリさんの推測だった。二人の関係性からするに、千葉さんの方が藤原さんの病室へ押しかけたとは考えにくい。

ちなみに私は無実だ。ほぼ九号室に引きこもっていた。

カスミちゃんの遊び相手をしつつ、いつものようにベッドでだらだら過ごしていた――と語ったら、「インドア極まれりだねぇ」とヨウコさんにからかわれてしまった。《クレイドル》以前からベッド生活を送ってきた人間に、健康的な習慣なんて身に付くわけがない。

時が下って夕食後は、全員があまり間を置かずに各自の病室へ戻っていった。……要するに、一昨日を丸々振り返っても、犯人が千葉さんに気付かれることなく仕込みを行える隙があったとは考えづらかった。

穴だらけの推測だ。

仕込みが行われたのは一昨日より前かもしれないし、ユリさんの言う通り、夜中に犯人が忍び込んだのかもしれない。

……そもそも、千葉さんは本当に『被害者』なのか。

むしろ千葉さんの方が、誰かの薬を勝手に入手したんじゃないか？

そう考えると、一昨日の千葉さん自身のアリバイが、かなり虫食いだらけなのに気付く。午前はヨウコさんの、午後はユリさんとセイさん、そして藤原さんの病室へ入り放題だったのだから。

動機は解らない。けれど無菌病棟の患者にとって、処方された薬が足りなくなるというのは決して軽い出来事じゃない。そこまで嫌がらせをしたくなる相手が、千葉さんにはいたのだろうか。……

私は首を振った。

やっぱり変だ。千葉さんが薬を盗んだとしたら、盗まれた側が騒ぎ出しそうなものだ。なのに今に至るまで、誰も何も言ってこない。

それに、盗んだ薬を自分の薬箱へ入れるのも変だ。ヨウコさんの指摘した通り、どうしてさっさと証拠隠滅しなかったのか。

――と、ゴミ収集車に似たメロディが、ドアの向こうから響き始めた。自動掃除機だ。

今は診察室や談話室を回っているらしく、メロディも遠くにしか聞こえない。とはいえ、気が散ることに変わりはなかった。

仕方ない、病弱ベッド探偵ごっこは中断だ。……いやいや、呑気にしてる場合じゃなかった。

床に洗い物は落ちてないだろうか。カスミちゃんが遊びに来るようになってから、なるべく整理整頓（せいとん）を心掛けているけれど、気を抜くとすぐ散らかしてしまう。

ベッドから出て下を覗く。床を見渡す。……よし、何も落ちていない。

息を吐き、ドアを開けて廊下を覗く。四角い亀のような自動掃除機が、談話室から廊下の左右の端を行き来しつつ進んでくる。やがて一号室の前で立ち止まり、自動ドアが開いたのを見計らって中へ入っていった。

自動掃除機は、最初の部屋から廊下をまたいで向かいの部屋へ、向かいの部屋から同じ側のひとつ奥へ、さらにその向かいへ……と、二重扉側からあみだくじのような進路で各病室を侵略する。私の九号室が終わるまで、あと二、三十分はかかりそうだ。

ベッドに潜り、右手で掛布団を引き上げ――私は息を止めた。

……あれ？

おかしい。だって――

※

その日の夕食前、私は談話室で、千葉さんと同じテーブルの席に座っていた。

「何だい、話って」

千葉さんが視線を巡らせる。

三つの席の残りひとつにはユリさんが座り、私の傍らにはヨウコさんが立っている。本当は全員の前で説明するべきなんだろうけど、プライベートに関わることだし、たかが子供の浅知恵だ、憶測が外れているかもしれない。「名探偵皆を集めてさてと言い」なんてとても恐ろしくてできなかった。

私は呼吸を整え、千葉さんと目を合わせた。

「手短にお訊きします。

――あのカプセル錠、どこで拾ったんですか？」

「『拾った』？」

ヨウコさんが声を上げる。ユリさんも軽く目を見開いている。

「それが一番しっくり来るんです。

薬を飲みたくなかったにしても、嫌がらせで盗んだにしても……前にヨウコさんが言ったように、薬箱に入れるより捨ててしまった方がいいはずなんです。トイレに流すなり、診察室のダストシュートに放るなり。

でも、『犯人』は捨てなかった。

捨てることにためらいがあったんです――どう扱ったものか、とっさに判断がつかなかったから」

「カプセルは持ち出されたのでなく、廊下かどこかに落ちていたもので――それを千葉さんが拾い、自分の薬箱に入れた、ということ？」

さすがユリさん。私の考えなんてお見通しみたいだ。

「いや、待ってよコノハちゃん。だったらどうして千葉さんは黙ってたのさ。誰が落としたのか訊けばよかったじゃない、一昨日の夕食か昨日の朝食のときにでも」

「心当たりがあったんだと思います、カプセルを落とした人に。

ただ、その人の真意が摑めなかったんじゃないでしょうか――単に落としただけなのか、飲みたくなかったから捨てたのか。

だから、カプセルはひとまず自分の手元に置いて、後でその人にこっそり尋ねるつもりだったんだと思います」

「それを、藤原のジジイが目ざとく見つけちゃった、と――

いやいや、やっぱり変だよ。だって元の持ち主が『捨てる』つもりだったなら、トイレかダストシュートに放るはずだよね。誰かの目につかないように。

床に落ちてたのなら『落とした』一択じゃないの？」

「いえ。必ずしもそうとは言えないんです」

「どういうこと」

「自動掃除機です」

ヨウコさんとユリさんが息を呑み、顔を見合わせる。やがてユリさんが口を開いた。

「掃除のタイミングでカプセルを床に落とせば、自動掃除機が勝手に吸い込んでくれる——そう言いたいのね」

「千葉さんにも同じ疑念がよぎったんじゃないでしょうか。ただ、真偽までは解らなかった。本当に不注意で落としただけかもしれなかったから。……合ってますか？」

千葉さんは答えない。視線を落とし、テーブルの縁を見つめている。

「コノハちゃん！　ちょっと——」

ヨウコさんが大声を上げかけ、慌てて自分の口に手を当てた。「……待ちなよ。それで、カプセルの落とし主に心当たりがあるってことは——千葉さんはその人の病室で……その人の病室に忍び込んで、カプセルを拾ったってこと!?」

私は頷き、改めて千葉さんに問いかけた。

「もう一度お訊きします。誰の部屋で、カプセルを拾ったんですか」

長い沈黙だった。……千葉さんが深々と息を吐き出した。

「君のことだ。目星はついているんじゃないかい」

「大体は、ですけど」

「いつ気付いたのかな」

「ついさっきです。……自動掃除機が、最初に一号室へ入っていくのを目にして」

「やっぱりか。下手な小細工をするべきじゃなかったな」

「ちょ――コノハちゃん、今のやり取りは何？　全然意味不明なんだけど」

ヨウコさんが目を白黒させる。いけない、先走ってしまった。素人探偵は難しい。

「自動掃除機の清掃ルートです。

病室を回るとき、自動掃除機は部屋の番号順じゃなく、談話室寄りの二部屋、次の二部屋……と、あみだくじみたいに折れ曲がりながら進んでいくんです。

いつもなら、私のいる九号室が終点なんですけど――」

「え？　だったら一号室がスタートでもおかしくないんじゃない？」

「違います。

図で描けば解るんですけど――あみだくじ方式で九号室が終点なら、スタートは六号室でなきゃいけないんです」

あ――とヨウコさんが声を漏らした。

「……気付かなかったよ……午後はいつも爆睡してるから」

苦笑が漏れた。ヨウコさんらしい。

一昨日の午後、ユリさんとセイさん、そして藤原さんが談話室へ来ていたのは、自動掃除機のメロディが煩わしくて病室から避難していたためだろう。藤原さんは掃除が終わったのを見計らって一号室へ戻り、ユリさんとセイさんは世間話を続けた。

「では、今日はなぜ一号室が出発点になっていたのかしら」

六号室（ユリ）　七号室（ヒナ）　八号室（セイ）　九号室（コノハ）
一号室（藤原）　二号室（千葉）　三号室（ヨウコ）　五号室（カスミ）

“九号室終わり”ルート

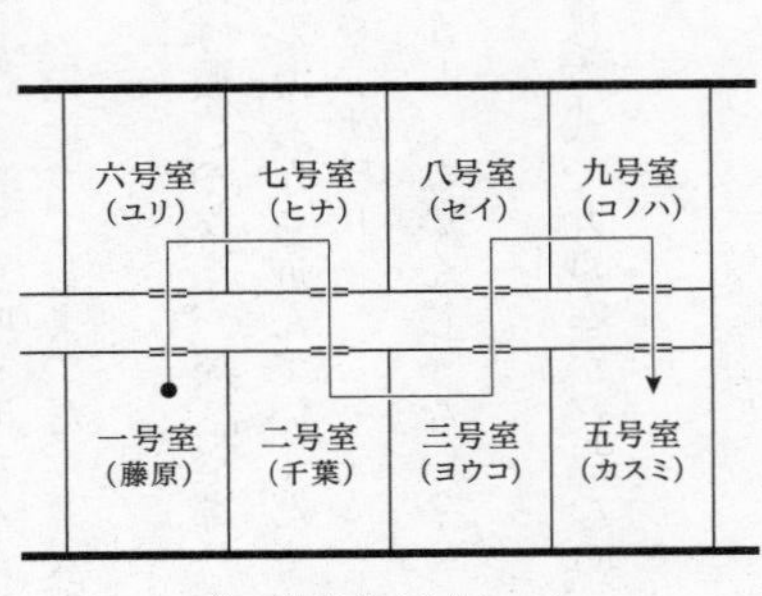

“一号室始まり”ルート

「千葉さんが自動掃除機の設定をいじって、ルートを変更したんです。真相を気付かれないように」

私もメロディの音量を変えたことがあるので解る。自動掃除機には『経路設定』のメニューがあった。

「いや、よく解らないんだけど……」

「元のルート──六号室スタートでの順路を追ってみてください。千葉さんのいる二号室の次に、自動掃除機が向かうのはどこですか」

今度はユリさんが声を漏らした。

「七号室……ヒナさんの部屋」

「ヒナさんは、食事時を除いて、ほとんどベッドに臥せってらっしゃるんですよね。千葉さんはそれがいたたまれなくて……こっそりお見舞いに行ってらっしゃったんじゃないでしょうか」

「そっか。掃除機の後をついていけば、自動ドアの開閉音を気にしないで七号室へ行ける……」

足音や物音はメロディや空調機がごまかしてくれる。唯一の関門は、見舞いを終え、掃除機に続いて七号室を出るときだけだ。ユリさんとセイさんと藤原さんは談話室に避難している。ヨウコさんと私はベッドの上だ。見咎められる危険は少ない。二号室に戻る際は、自動掃除機が八号室のドアを開けるのとタイミングを合わせればいい。

そうやって、千葉さんはヒナさんを見舞い――七号室の床にカプセルが落ちているのを見つけた。

ヒナさんが眠っていたのかどうかは解らない。起きていたとしても、ベッド上のヒナさんからは死角になって、千葉さんにカプセルを拾われたかどうか見えなかったんだろう。

再び沈黙が訪れた。千葉さんが口を開いたのは、一分近く過ぎてからだった。

「それで……私をどうするつもりだい」

「どうもしません。

女性の部屋に押しかけるのは感心できませんけど……最終的にはヒナさんの気持ち次第でしょうし、千葉さんに悪意があったわけじゃないと信じたいですから。

それよりも、今回のことが変に誤解を生んで、《クレイドル》が居心地悪くなってしまう方が私は嫌なんです。カスミちゃんも怖がってましたし……。

千葉さんから藤原さんへ、本当のことを話してもらえませんか。お願いします」

頼み事で頭を下げるなんて、久しぶりのことだった。

「……解った」

千葉さんの穏やかな声が聞こえた。

※

カスミちゃんには私とヨウコさんから、お婆ちゃんグループへはユリさんから、それぞれ事情を伝え、『カプセル一錠多い事件』は幕を下ろした。

藤原さんはカスミちゃんに、不器用な口調で「すまんかったな」と詫び、カスミちゃんも「ううん、へいき」と慈愛の笑顔を返した。

「コノハおねえちゃんすごい！　めーたんていだね」

「ありがと」

かなり当てずっぽうだっただけに、カスミちゃんの尊敬のまなざしがこそばゆかった。

千葉さんとヒナさんは、晴れて《クレイドル》の公認カップルになった。

問題のカプセル薬だが、ヒナさんも捨てるつもりはなかったらしい。ただ、どうしても飲めずにいたところ、手が滑って床に落としてしまったそうだ。

落ちてしまったなら仕方ない――そう言い訳して、拾わずにいたという。「魔が差してしまってねぇ」と、申し訳なさそうに語っていた。

ともあれ、こうして《クレイドル》に平和な日常が戻った。

※

――と、締めくくることができたら、どんなによかっただろう。

いつまでも続けばいいと思っていた日々は、しかし、一ヵ月も経たずに崩壊した。

※

最初に、カスミちゃんがいなくなった。

あまりに唐突な別れだった。夜中にナースコールが響き、しばらくして、無菌服姿の柳のおばさんと若林看護師が、カスミちゃんを透明なケースに入れ、《クレイドル》から運び去っていった。

五号室から運ばれる一瞬、カスミちゃんの腕がちらりと見えた。血の気が完全になくなっていた。

二日後、今度はヨウコさんがいなくなった。

カスミちゃんのときとほとんど同じだった。棺桶に似た透明なケースに横たわり、《クレイドル》から運び出されていくヨウコさんを、私は悲しむ猶予も与えられないまま、呆然と見送ることしかできなかった。

さらに二日後にはヒナさんとセイさんが、その翌日にはユリさんが、《クレイドル》を去った。

続けて三日後、千葉さんがヒナさんたちの後を追った。

わずか一週間余りで、《クレイドル》の住人は私と藤原さんだけになった。

「来るな——この、死神！」

私の顔を見るや否や、藤原さんは恐怖に満ちた顔で罵声を浴びせた。以前、食事の件で私に文句を浴びせたときの火種が、今になって爆発したかのようだった。

『ここから出せと言ってるのが解らんか！　俺を殺す気か！　あんな死に方をするのは嫌だ！』

一号室に逃げ込んだ藤原さんの、錯乱した声が自動ドア越しに響いた。

やがて無菌服姿の二人が駆けつけ、鎮静剤を打たれたらしい藤原さんを、透明なケースに入れて運び出していった。

※

私はひとりになった。

――この、死神！

藤原さんの声が呪いとなって、耳の奥にこだました。

そうだ。

カスミちゃんもヨウコさんも、ヒナさんもセイさんもユリさんも、千葉さんも藤原さんもいなくなって――私だけが生きている。

……私のせいだ。

みんな、私が殺してしまった。

死にたければいつでも死ねる、と思っていた。

洗面台に水を張って顔を付けるなり、シーツをロープ代わりにして首を吊るなり……この世からさよならするなんて、簡単なことだと思っていた。

大間違いだった。

本当に打ちのめされたときは、死のうという気力さえ湧いてこないのだと、私は初めて知った。

※

だから。

数ヵ月後、新しい同居人と対面したとき、私がどんな気持ちだったか。

タケルという、私と同年代らしい少年に手を差し伸べられたとき、どうして振り払ってしまったのか。どうして彼に見せつけるように、自分の手に消毒液を振りかけたのか。

その一ヵ月後、彼のネームプレートが病室から外されているのを見て、私がどんな気持ちだったか。

いなくなったと思った彼が、何事もなかったようにひょっこり現れたとき、どうして涙が溢れて止まらなかったのか。

彼が何ヵ月も、ずっと《クレイドル》に——私の近くにいてくれる。ただそれだけのことが、私にとってどれだけかけがえのないものだったか。

タケル、あなたはきっと知らないよね。

ううん、解らなくていい。だって話してないから。知られるのはちょっと悔しいし、恥ずかしいもの。

ずっとそばにいたい、だなんて。

一生《クレイドル》から出られなくてもいい、どこにも行かないでほしい、最期の瞬間まで一緒に過ごしたい。

いつしかそれが、私の一番の望みになっていたなんて。

……だから、罰が当たったのかな。

みんなを殺してしまった死神の私が、そんなことを望んだから。

大嵐がやって来て、貯水槽が落下して、タケルと二人きりで無菌病棟に閉じ込められるなんて——直前まで想像さえできなかった。

Part 2: Hospital

異様な光景だった。

廃墟にしか見えない古い病棟に、新しい渡り廊下が繋がっている。ボロボロの機械に新品のアームを無理やり取り付けたような不自然さだ。

どれくらい呆然としていただろう。肺の痛みがぼくを現実に引き戻した。

……何だ、ここは。

柳先生は、そして若林は、こんなボロボロの病棟で仕事をしていたのか？

周囲を見渡す。病棟の正面にやや広いスペースが開け、煉瓦(れんが)囲いの盛り土――低木と雑草だらけだ――が設けられている。ロータリーらしい。

一般病棟とロータリーの外側を、背の高い木々が幾重にも覆っている。枝や幹の隙間から覗くのは、また枝や幹。

植え込みどころじゃない。周囲は完全な森だった。

細い道が一本、盛り土を挟んで一般病棟の反対側に見える。けれどその先は、木々に完全に覆い隠されていた。

森の中の寂れた病院――あるいはその廃墟。ぼくとコノハがいたのは、「真新しい無菌病棟のある都内の大病院」とは全くかけ離れた、鬱蒼とした場所だった。

東京にこんなところがあったなんて。それとも、細道を辿れば、拓けた街並みが広がっているんだろうか。

かなり迷った末、一般病棟の探索を優先することにした。

コノハが命を奪われてからだいぶ時間が過ぎている。むやみに若林を追いかけたところで捕まえられるか解らない。それより警察へ連絡する方が先だ。

一般病棟の一角、渡り廊下の真下に、通用口らしい扉があった。

駆け寄ってノブを掴む。無菌病棟で見つけた大扉とは逆に、通用口はあっけなく開いた。

扉は廊下に繋がっていた。

電灯がひとつも点いていない。壁に挟まれた長い廊下の十メートルほど奥、待合所らしき広い空間から、窓明かりがぼんやり漏れ込んでいるだけだ。

唾を飲み込み、ぼくは病棟の中へ足を踏み入れた。

待合所からの光のおかげで、周囲の様子はどうにか窺えた。

蛍光灯の並ぶ天井、のっぺりした床。『控室』『第二診察室』『第一診察室』……古臭い字体の札とその下の扉。エレベータらしきドア、階段。

小さい頃、おたふく風邪で地元の病院に連れて行かれたことがある。あのときの病院も古かったけれど、ここは輪をかけて年季が入っていた。

壁の一角に、電灯用らしき黒いスイッチがあった。こちらも見た目からして古い。入り切りしてみたけれど、蛍光灯はうんともすんとも言わなかった。《クレイドル》と違って、一般病棟はまだ停電状態が続いているようだ。さすがに長すぎないだろうか。

そもそも、人の気配を感じない。耳に入るのは、ぼく自身の息遣いと足音だけだ。ぼくとコノハを置き去りにしてみんな避難してしまったんだろうか——それとも、最初から誰もいなかったのか。

いや、憶測は後回しだ。電話を探さないと。

向かって一番手前、『控室』の扉をぼくは開けた。

《クレイドル》の談話室を二回り小さくしたような、狭い部屋だった。

窓のおかげで、廊下よりそれなりに明るい。木製の古い丸テーブルがひとつ。錆びたパイプ椅子が二脚。窓際の壁に、天板のかすれた長テーブルがひとつ寄せられている。

長テーブルの上に電話機があった。——無菌病棟の前室にあったものと似た、シンプルな電話機。

急いで駆け寄り、受話器を掴んだ。

何も聞こえなかった——発信音さえも。『1』『1』『0』とボタンを押してしばらく待ったものの、やはり何の応答もなかった。

電話機からコードが伸び、壁のモジュラージャックに挿さっていた。配線は繋がっている。……けれど、液晶ディスプレイに何の表示もない。停電で使えなくなったんだろう。

落胆に首を折り、ぼくはようやく違和感に気付いた。

「……液晶ディスプレイ？」

電話機が思いのほか新しい。埃を被っていたしデザインもシンプルだけど、建物の古めかしさとは明らかに時代がずれている。よく見れば、壁のモジュラージャック周辺に補修した跡があった。

長テーブルの上、電話機から離れた位置に、電気ポットが置かれている。こちらも比較的新しい。少なくとも、何十年も前の骨董品じゃなかった。

誰かがここにいた——それも、かなり最近まで。

小物を持ち込んで勝手に住み着いたとかいうレベルの話じゃない。モジュラージャック周りの痕跡を見るに、かなり本格的に、生活や仕事の基盤が整えられている。

老朽化した病棟に手を加えて、診察や看護に使っていたんだ。渡り廊下と無菌病棟は、本館の一般病棟に継ぎ足す形で増築されたんだろう。

そう考えると、貯水槽が吹き飛ばされた原因も察しがついた。

元々、老朽化していたんだ。

無菌病棟を建てたところで予算が尽きてしまったのかもしれない。貯水槽のような大型設備の補修工事までは手が回らなかった。モジュラージャックのような細々した補修がせいぜいだった……

想像が当たっているかどうかは解らない。それより今は、警察への連絡手段を探す方が先だ。

控室を出て、隣の第二診察室へ入る。

こちらも古めかしい場所だった。金属製の仕事机がひとつ、同じく金属製の、キャスター付き椅子が二脚。机と反対側の壁に、簡素な寝台がひとつ寄せられている。どれも錆や傷が刻まれている。

それら古い備品の数々に交じって、明らかに時代のかけ離れたものが残されていた。

「パソコン――」

黒い筐体が机の下に設置されている。机上にはディスプレイとマウスとキーボード。叔父の家にあったものと似ている。

ディスプレイには何も表示されていなかった。ランプもすべて消えている。無駄だと知りつつパソコンの電源ボタンを押してみたけれど、案の定、反応はなかった。

と――パソコン本体の背面から、水色のコードが覗いていた。

LANケーブルだ。

い、い、い、い、
ネットに繋がっている。《クレイドル》に存在しなかったネットワーク環境が、一般病棟に整備されている。

……冷静に考えれば驚くことじゃない。電話線の改修工事に併せて、ネットワーク環境を構築したんだろう。

とはいえ、廃墟のような一般病棟にIT機器が鎮座しているのは、だいぶシュールな光景だった。

もっとも、電力がなければ、パソコンもただの置物だ。

《クレイドル》へ持ち帰ろうにも、ディスプレイや本体を抱えてシーツ製ロープをよじ登るのは一苦労だし、そもそも無菌病棟では有線LANが使えない。

せめて、無線機のようなものがあれば。

「……携帯電話！」

本体と充電器くらいなら《クレイドル》へ持ち運べる。充電すれば外部とやり取りできるかもしれない。

柳先生や若林のものは手に入らないだろうけど、二人きりでここに勤務していたわけじゃないだろう。ほかの医師や看護師、あるいは患者の携帯電話が、どこかに転がっているかもしれない。

手始めに机の引き出しを開けた。何でもいい、置き忘れのスマートフォンか何かがあれば――

いきなり見つかった。

ノート大のタブレットが一台、引き出しの中に残されていた。

摑み出して画面に触れる。スマートフォンと呼ぶには大きすぎるけど、電波が入るなら外部へ連絡が取れる。

けれど、期待は打ち砕かれた。画面に触れても電源ボタンを押しても、何の反応もなかった。

バッテリー切れだ。……落胆に腰を落とす。椅子が軋(きし)みを響かせた。

充電器の類は見つからなかった。ほかの引き出しも開けてみたけれど、医学書らしき小難しい本やファイルがみっしり詰まっているだけだった。

《クレイドル》に持ち帰って、ぼくのタブレットの充電器を使えないかと思ったけれど、見た目からして型式が違う。端子が嵌まるかどうかは解らない。

……駄目元で試すしかない、か。

可能性が見つかっただけでもよしとすべきだ。差込口を確認しようとタブレットを裏返し、ぼくの手はぴたりと止まった。

白いテープが貼ってある。

その上に、見憶えのある名前が、黒ペンで手書きされていた。

『柳　恵子(けいこ)

pass: akagawa002』

※

柳先生のタブレットを手に、ぼくは二階へ向かった。

停電中なのでエレベータは使えない。《クレイドル》へ入って以来、久しぶりの階段上りだ。一階分を上り切った頃には脈拍が上がっていた。

ぼくを出迎えたのは、二枚の透明なビニールカーテンだった。

階段と廊下を仕切るように、天井から床まで垂れ下がっている。普通のカーテンとは違ってレールはなく、各々のカーテンの右端と左端が、一メートルくらいの幅で重なっている。

ただ、接着されてはいなかった。片方のカーテンを押し、できた隙間からぼくは廊下へ滑り込んだ。

二階の廊下は、一階よりさらに暗かった。

光が差しているのは、廊下の奥、無菌病棟に繋がる渡り廊下の側だけだ。階段と同じく透明なビニールカーテンが、繋ぎ目の一、二メートル手前に設置されている。おかげで光は余計にぼんやりしていたけれど、真っ暗でないだけありがたかった。

左右の壁に扉と札が並んでいる。『分析室』『手術室』『標本室』……一階にはない部屋ばかりだ。札の字も新しい。柳先生の個室があればと思ったけれど、それらしき名前は見当たらなかった。

仕方ない、しらみ潰しだ。ぼくはまず『分析室』へ歩を進めた。

※

当面の目的は、柳先生のタブレットの電源コードだった。私用のＩＴ機器に自分の名前とパスワードを書くなんて、今時は小学生でもやらない。仕事用に病院から割り当てられたのを、ほかの医師の分と混同しないよう仮の名札を付けたんだろう。

ならこのタブレットは主に病院の中で使われていたはずだ。本体が一般病棟に置き去りにされていたなら、電源コードも一般病棟のどこかにあるに違いない。

――と考えて、まず一階を探したものの、コードは見当たらなかった。

控室、第一診察室、受付奥の事務スペース、裏手の更衣室とシャワールーム――あちこち歩き回って見つかったのは、断線した固定電話数台と、スマートフォン用らしき充電器数個だけだった。

充電器は、残念ながらタブレットの差込口には合わなかった。スマートフォン本体は影も形もなかった。

更衣室に個人用の携帯電話がないかと思ったけれど、埃を被ったロッカーのいくつかに私服が入っているだけで、スマートフォンはおろか財布もなかった。

ただ――それ以外の収穫はあった。

ロッカーに、柳先生と若林以外の名前を数人分見つけた。

それなりに医師や看護師がいたらしい。けれど今、ロッカーの所有者たちは、どこかで聞いた幽霊船の話のように、忽然と消え失せていた。

ほかには、いくつかの鍵束。

事務スペースの鍵箱の中に入っていた。持っていて損はないので、とりあえずまとめて病衣のポケットに詰め込んだ。

柳先生は、二階の渡り廊下を通って無菌病棟を訪れていた。手間暇を考えれば、先生の拠点も二階にあるはずなんだけど——

※

分析室の鍵は開いていた。

扉を開くと、向かいの窓にブラインドが下りていた。スラットの隙間は広めに開いていて、ぼんやり日が差している。内部の様子は充分に見て取れた。

ガラス器具や装置がたくさん置かれた部屋だった。

巨大なブースが、部屋の中央や壁際に設置されている。アクリル製らしき透明な板で密閉され、側面に長手のゴム手袋がついている。器具や装置はすべて、ブースの中に納まっていた。

試験管やビーカーは理科室で見たことがあるけれど、装置はさっぱりだ。『遠心分離機』『電気泳動装置』『恒温槽』……それぞれにラベルが貼ってある。用途は全く解らない。

ブースの隙間を縫うように歩き、ぼくは目的の場所を見つけた。

机と書棚が、窓際の隅に並んでいた。

正面の壁が張り紙で埋め尽くされている。机の上には、医学書だろうか、明らかに外国語と解る分厚い本が並んでいる。

その手前に、コンセントの差込プラグ付きの、白いコードが放り出されていた。

コードを手に取る。差込プラグの逆側の端子と、タブレットの側面にある差込口のひとつが、ぴったり嵌まった。

「――ビンゴ」

い、いや、見つけた。これで《クレイドル》で充電できる。

ネットに繋がるかどうかはまだ解らないけど、柳先生の使っていたタブレットだ。若林の逃亡先について、何かしらの情報が――例えば実家の電話番号などが――手に入るかもしれない。持ち帰る価値はある。

……それにしても、相変わらず人の気配を感じない。

柳先生と若林がいないのは解る。けれど、ほかの医師や看護師の影さえ見えないのはどうしてだろう。

ほかの病院へ避難したんだろうか。貯水槽が吹き飛んで水が使えなくなるのは、病院として致命的のはずだ、患者ごと転院した可能性は充分ある。

でも、無菌病棟にはコノハとぼくがいたんだ。

いくら《クレイドル》が自給自足できるからって、本当にぼくたちを放ったらかしにして逃げてしまったのか？　一度も様子を見に来ないまま？「取り残された患者がいる」と、警察に伝えもしないで？

……まさか。

全員、若林に殺されてしまったんだろうか。

外で凶行が行われて、血痕は雨風に洗い流されて――病棟を囲む森の中に、医師たちの遺体が転がっているんだろうか。……

いや、今は一般病棟の探索が先だ。

探していない箇所がまだまだある。使えそうな携帯電話が見つかるかもしれない。タブレットの充電や森の捜索は、ひとまず後回しだ。

分析室を改めて見回す。巨大なブース、ガラス器具や装置の数々。

……何だろう、ここは。

柳先生のタブレットのコードがあったということは、ここが一般病棟での先生の仕事場のひとつだったんだろうけど……何をしていたんだろう。単に血液などを『分析』するだけにしては、妙に物々しい感じがする。病院というより、研究所の実験室みたいだ。

階段と廊下、無菌病棟と渡り廊下を仕切るビニールカーテン。ブースに密閉された数々の機器。

柳先生は……若林は、このオンボロ一般病棟で、何に関わっていたんだ？

机の真正面、壁の張り紙に目を移す。明らかに日本語でないメモ書きだらけの中、新聞記事のコピーが交じっていた。

『東京都は二十六日、■■市のA病院で患者や看護師が体調不良を訴え、一名が死亡したと発表した。A病院はホームページに声明文を掲載し、外来の受付を休止している。都は院内感染の疑いがあるとみて感染経路の調査を進めている。……』

日付は『二〇二四年八月二十七日』。ぼくがコノハと出逢う半年以上前だった。

……『A病院』？

頭がちりちりと痛む。この病院の名前は……コノハの苗字は何だ？

答えはすぐに見つかった。隣の書棚の一角に、薄緑色のバインダーがひとつ挟まっている。

『赤川病院　分館図面』と、背表紙に記されていた。

そうだ――

赤川湖乃葉、それが彼女のフルネームだ。

彼女の父親の病院が――ここが、記事にある『A病院』なのか。

解らない。単にＡＢＣで匿名にしただけかもしれない。でも、それならどうして、柳先生はこんな記事のコピーを壁に張ったのか。

記事の中、『感染経路』の文字列が赤丸で囲ってある。手書きの赤矢印が欄外へ伸び、赤い字の書き込みを指していた。

『Adipocere：接触？　空気？』

「『アディポ……』？」

アディポセレ……いや、アディポクル、だろうか。読み方も、そもそも英語かどうかも解らない、医学用語らしきアルファベットの列。

けれど、後ろの『接触』『空気』の意味は、さすがのぼくも理解できた。――接触感染と空気感染。無菌病棟の患者なら否応なしに憶える用語だ。

ということは、『Adipocere』は、病原体や病気の名前なんだろうか。

柳先生はここで、『Adipocere』の研究を行っていた……？

背筋を悪寒が走った。


――患者や看護師が体調不良を訴え――

この『患者』は誰だ。……まさか。

机の引き出しを片っ端から開ける。隣の書棚の隅から隅まで目を走らせる。けれど、大半の本や書類は外国語ばかりで、ぼくには全くのお手上げだった。

それらをひとまず諦め、読めそうな『赤川病院　分館図面』のバインダーを手に取る。綴じられた紙をぱらぱらめくっていると、既視感のある見取り図が目に入った。

一直線の廊下を挟む大小の部屋。二重扉。『前室』『滅菌室』『待機室』などの文字列――無菌病棟だ。

ほかにも、一般病棟と思しき図面が何枚か見つかった。

こちらは印刷が粗い。古い図面をコピーしたものらしい。けれど、一般病棟の大まかな造りを把握するには充分だった。

外来受付や診察室のある一階。手術や検査などを行う二階。三階と四階は入院患者の病室が入っているようだ。地下は機械室と備品室、そして……『霊安室』。あまりお近付きになりたくない場所だ。

二階の見取り図をよく見ると、部屋の配置が一部、実際のそれと食い違っていた。ぼくのいる分析室は、見取り図上は『資料室』になっている。そういえば、廊下で見た札の字も新しかった。

配置換えが行われたんだ――無菌病棟が新設されるのに併せて。

……たぶん、『Adipocere』の研究のために。

何なんだ、『Adipocere』って？

書棚を見直す。中段の机寄りに、分厚い医学事典が収まっている。

図面入りのバインダーを脇に置き、ずっしり重い事典を書棚から引き出して机に広げる。『Adipocere』について載っていないかと思ったけれど、用語の並びが『骨粗鬆症【こつそしょうしょう】／osteoporosis』などと日本語優先になっていて、とっさには見つけられそうにない。

……違う。単語探しなんかやってる場合じゃない。

この場所で『Adipocere』の研究が行われていたのなら。

『Adipocere』は、医学事典にも載っていない、新しい病原体ということにならないか？

病原体の感染者が、実験動物みたいに、病院のどこかに飼われていたんじゃないか？

彼女の姿が、否応なしに脳裏に浮かび上がった。

片腕を失くし、無菌病棟に閉じ込められ――暗いまなざしでベッドに籠っていたコノハ。

身体が震えるのを感じた。……まさか、そんな。

じっとしてなどいられなかった。事典の上に柳先生のタブレットを置き、見取り図のバインダーを抱え、ぼくは分析室を出た。何でもいい、このひどい憶測が本当か嘘か、確認できるものがどこかにないか。

隣の『手術室』は施錠されていた。

鍵束の中から目的の鍵を見つけ、大きな鉄扉を目一杯開ける。

中は暗い。窓がないようだけど、廊下からの光でどうにか様子が窺える。

中央の手術台。大きな照明が、天井から伸びたアームに支えられている。壁際のデイスプレイや機械類。そして──メスやピンセットの並んだ、キャスター付きの台。

メスの形状は、《クレイドル》の廊下に転がっていたものと同じだった。……若林はここから凶器を盗んだのか。傍証のひとつが思いがけず見つかった。

……どうして渡り廊下の窓に鍵がかかっていたかは、謎のままだったけれど。

くすぶる疑問を振り払い、手術室を再度チェックする。ある意味当然というべきか、携帯電話の類はどこにもなかった。

次は『標本室』だ。

何の変哲もない扉だった。ノブを握る。鍵はかかっていないようだ。

足がすくむ。病院の標本室だ。保管されているものの生々しさは、小学校の理科室どころじゃないだろう。人間の脳とか目玉とか胎児とか、かなりグロテスクなホルマリン漬けの瓶が並んでいてもおかしくない。

呼吸を整え、ぼくはドアを開け放った。

廊下からの淡い光が、暗闇に近い部屋を照らし出す。

がらりとした空間だった。

乳白色のビニールカーテンを被った棚らしきものが、右手の壁際にあるだけだ。ホルマリンの瓶ひとつ見当たらない。

代わりに、ステンレスのテーブルに載った透明な直方体のケースが、部屋の中央にひとつ。

女の子が横たわっていた。

「うわあああっ！」

へたり込む。バインダーが床に落ちて音を立てた。

……何だ、あ、あれは。死体か？　霊安室は地下じゃなかったのか⁉

どうにか立ち上がり、透き通った棺桶の横を抜け、窓へ向かう。手探りで雨戸を開くと、弱い陽光が薄雲を透かして標本室を照らした。

呼吸を整え、改めてケースを覗き込む。

一糸纏わぬ姿だった。……一目で「女の子」と気付けたのもそのせいだ。けれど、顔に刻まれた苦痛の表情を前にしては、変な感情など湧き上がりようがなかった。

コノハより幼く背が低い。小学校三、四年生くらいだろうか。すでに息をしていないのは明らかだ。見開かれた瞼は瞬きひとつしない。眼球に光はなく、胸も上下していない。

何より、頭から足先まで、全身の肌が真っ白だった。

治療の副作用か、髪の毛はほとんどなくなっている。頭皮の所々に、黒髪の芽がぽつぽつと顔を出しているだけだ。

……これが、『標本』？

人形かと思ったけど、作りがあまりに精巧すぎる。防腐処理されているらしく、傷んだ箇所は見当たらない。

何の標本なんだ、この子は？

アクリル製らしき透明な天板の隅に、ラベルが貼られていた。

『一ノ瀬(イチノセ)　佳澄(カスミ)

二〇二四年十一月十二日永眠　享年九歳』

小学校三、四年という見立ては当たっていたようだ。亡くなった日付は、分析室で見た新聞記事の二ヵ月以上後。

コノハより早い年齢で命を落としたのか――と哀(あわ)れんでいられたのは、ほんの十数秒に過ぎなかった。

ラベルの文章の続きに目を通した瞬間、ぼくは凍り付いた。

『《Adipocere》死後標本1：ステージV　全身』

《Adipocere》!?

——Adipocere：接触？　空気？

このカスミという少女は……《アディポクル》——そう読むことにする——という病気で命を落としたのか。

柳先生は、無菌病棟でぼくとコノハの世話をしながら、一般病棟で《アディポクル》の研究を行っていたのか。

それに……『死後標本』？

※

い、い、い、い、い、い、い、い、い、い、

どうしてそんなものが必要なんだ。《アディポクル》がぼくの憶測通り、未知の感染症の名前だったとして……遺体をそのまま保存するか？　研究に必要なサンプルを採取したら、さっさと火葬するんじゃないのか？

視線を上げる。乳白色のビニールカーテンで覆われた棚が、向かいの壁際に据えられている。

カーテンを透かして、何かがぼんやり見える。

唾を飲み込み、ケースを迂回し、ビニールカーテンを開ける。

覚悟していたけれど、棚に並んでいたのは、少女の遺体以上におぞましいものだった。


『《Adipocere》死後標本2：ステージⅤ　右上腕部』

『《Adipocere》死後標本3：ステージⅤ　左上腕部』

『《Adipocere》死後標本4：ステージⅤ　頭部（1）』

『《Adipocere》死後標本5：ステージⅤ　頭部（2）』

……


人間の身体の断片が、密閉されたガラス戸の奥に整然と並んでいた。

背後の少女同様、肌の色は白い。やはり防腐処理が施されているのか、これといった崩れや傷みもない。だけどその分、不気味さは何倍も増していた。

それぞれの部位の傍らに、ラベル付きの札が置かれている。ひとりの遺体から切り出されたらしく、どのラベルにも同じ文面が記されていた。

『江田　陽子

『二〇二四年十一月十四日永眠　享年二十三歳』

亡くなった時期は、カスミという少女とほとんど同じだ。ぼくやコノハより十歳上だけど、若すぎる死だということに変わりはない。

そして、『Adipocere』の文字列。

何らかの病気を指しているのはもう間違いなかった――それも、かなり異常な。

遺体の断面は真っ白だった。

普通の人間の身体とは明らかに違う。肉の赤みがほとんどない。ホラー映画によくある血みどろの断面とは全くかけ離れている。

精巧な蠟人形を、鋭い刃物で切断したようだった。

全身の血が冷たくなるのを感じた。

……何だ、《アディポクル》って。柳先生はこんなものを研究していたのか？

ぼくとコノハの診察の合間に？

――患者や看護師が体調不良を訴え――

コノハはどんな病気だったんだ。左腕を切除しなければいけないほどの病気って……無菌病棟に隔離されなきゃいけないほどの病気って、まさか。本当に？

コノハの白すぎる肌の記憶が、『カスミ』と『ヨウコ』の遺体の肌に重なった。

バインダーを拾い上げ、窓のカーテンを閉めると、ぼくは駆け足で分析室に戻った。

柳先生の机の上に、医学事典がタブレットを載せたまま広げっ放しになっている。バインダーを書棚に戻し、タブレットを除け、医学事典の『あ』行のページを片っ端からめくった。

当然ながら、《アディポクル》も、似た字面の項目も見つからなかった。……落胆の息を漏らしかけ、ふと気付く。事典の後ろに外国語の索引がついていないだろうか。

勘は当たった。事典の一番後ろから逆に辿ると、早い段階で『adipocere』の文字列が見つかった。

ページ番号を確認し、目的のページを開く。

ひとつの項目が、ぼくの視線を吸い寄せた。

『死蠟【しろう】／adipocere
死体が腐敗せず、脂肪酸と金属イオンとの結合により蠟状（ろうじょう）となる現象。またはその死体』

※

死蠟──

『adipocere』は『死蠟』の外国語訳だったのか。柳先生が死蠟の研究をしていたのなら、遺体の標本があってもおかしくないけれど──

待て。

事典には『金属イオンとの結合により』と書いてある。一方、壁の張り紙には『接触？　空気？』のメモ書き。

ただの化学反応と、接触感染や空気感染に、何の関係が？

標本室の遺体がただの死蠟なら、ラベルにも『死蠟』と書くはずだ。カッコつきのアルファベット書きにする意味はない。

張り紙を見直す。余白に記された『Adipocere』の綴り。

頭文字が大文字になっている。

英語では、固有名詞の頭文字を大文字にする──小学生でも知っている基礎知識だ。

……違うんじゃないか、意味合いが。

柳先生は死蠟を研究していたんじゃない。死蠟になった原因を研究していたんじゃないか。

《アディポクル》という名前の、感染者を死蠟にしてしまう病気を研究していたんじゃないか？

あまりに馬鹿げた想像だった。

人間を蠟にする病気だって？ SFやパニック映画じゃあるまいし。そんな病気があったら、とっくにニュースになってるはずじゃないか——

硬直した。

無菌病棟に入って以来、ぼくはニュースを一度も観た憶えがない。

《クレイドル》にはテレビがない。ネット環境もない。

……《クレイドル》が外部と遮断されていたのは、そのためだったのか？ 人を死蠟にしてしまう恐ろしい奇病の情報を、患者に触れさせないために。

無菌病棟は、免疫が弱って感染症にかかりやすくなった人たちのための施設だ。人を死蠟にする未知の病原体の存在を知ったら、患者たちは心穏やかではいられないだろう。

それに――

もし、その感染症をかろうじて生き延びた患者が、同じ無菌病棟にいたら。

その子が、無菌病棟を運営する病院の関係者だったら――

病院はその子のために、どんな手を使っても情報をシャットアウトするんじゃないか？

その子が傷つかないように。ほかの患者にいじめられないように。

……空想だ。「その子」がコノハだという確証はない――少なくとも、今は。

ぼくの妄想が全部正しかったとして、標本室の二人、カスミとヨウコが、コノハとどんな関わりがあったかも解らない。

いや――

机の隣の書棚には、背表紙に番号だけ振ったバインダーがいくつか並んでいる。

もしかしたら、患者のカルテが見つかるかもしれない。ぼくは『1』番目のバインダーを手に取った。

読みは外れた。

患者のカルテは一枚も見つからなかった。……一階の診察室にパソコンが置いてあった時点で気付くべきだった。カルテはたぶん、全部電子化されている。カルテを読める可能性があるとしたら、柳先生のタブレットだ。データがコピーされているかは解らないし、アプリにパスワードがかかっているかもしれない。《クレイドル》で充電するときに確かめるしかない。

その代わり、《アディポクル》の情報がいくつか見つかった。

バインダーに挟まっていたのは、柳先生がノートとして使っていたらしいルーズリーフと、外国語で書かれた論文のコピーだった。

『学名：＊＊＊＊ ＊＊＊＊』
『種別：細菌』
『潜伏期間：一日〜（※上限不明。ほとんどが四週間以内で発症。現時点での最長報告例は半年）』
『感染経路：接触、飛沫もしくは空気感染』
『症状：
（ステージI）発熱、吐き気、倦怠(けんたい)感など
（ステージII）表皮の白化
（ステージIII）体組織の蠟化開始（部位は個体差あり）

（ステージⅣ）蠟化の進行、宿主の死
（ステージⅤ）完全蠟化
※ステージ分類は現時点でのもの。また、進行速度は相当のばらつきあり』
『発症モデル（現時点での知見に基づく）：

宿主の体内に侵入後、何らかの刺激（特定の細菌もしくはTリンパ球との接触など）をトリガーとしてRNAの部分転写および保護膜の合成を開始。RNAを保護膜でカプセリングし、接触した細胞内に侵入し増殖する。保護膜合成で生じる副生成物により蠟化が進行する。蠟化の完了した死体からの空気感染は報告されていないが、死体に直接触れる、死体を洗った水に触れる等の行為を経て感染した例あり。

体組織の蠟化に先立って表皮の白化が進行するのは、表皮の細菌との相互作用もしくは光エネルギーにより色素の分解が行われるためと推測される。

（私見）自身の体内でウイルスを生成する稀有な細菌。ヒトの腸内細菌が、ウイルスの遺伝子を取り込んだことにより生じた可能性あり。

細胞膜は無害な体内細菌のそれであるため、免疫系には探知されずに増殖し、トリガーを感知すると一斉に「集団自爆テロ」を開始する。感染した時点ではウイルスも抗体も生じない場合が多く、感染の有無の把握は極めて困難。感染が確認された場合は速やかな隔離が必須』

『起源：不明（東アジア？）
・最初の感染報告例は日本。感染者の渡航歴等から、実際の起源には諸説あり。
・旧共産国圏の生物兵器ではないかとの憶測が一時上がったが、現在は否定されている』
『感染力：不明（抗体反応を生じないまま発症した事例あり）』

『致死率：九十パーセント以上（病原体排除後も重篤な障害が残る）』

『宿主：ヒト（他生物種への感染は現時点で報告されていない）』

『治療法：

既存の抗生物質の投与により、症状が緩和・抑制された例が複数あり。ただし現時点では対症療法に留まっており、延命効果は総じて薄い』

……

《アディポクル》が何らかの病気か病原体ではないか、という憶測は当たっていた。

正確には、《アディポクル》とは俗称で、病原体の正式名は別にあるらしい。ルーズリーフの内容は半分も理解できなかったけれど、特定の単語がやたら目についた。

『不明』『現時点』『現時点』『現時点』『不明』『不明』……『不明』と『現時点』のオンパレード。

柳先生も――恐らく世界の誰も、《アディポクル》の全貌を摑めていない。

かろうじて解るのは、《アディポクル》が今までにないタイプの病原体らしいこと。死亡率がとてつもなく高いこと。そして。

――『(ステージⅡ) 表皮の白化』。

――『病原体排除後も重篤な障害が残る』。

コノハが、《アディポクル》を発症していたらしいこと。

憶測は当たってしまった。肌の異様な白さ、失われた左腕。ぼくの知るコノハの姿は、ルーズリーフの記述にぴったり当てはまる。《アディポクル》そのものは奇跡的に治ったんだろう。けれどコノハの身体には、病魔の爪痕が深く刻まれた。

彼女が無菌病棟に入ることになったのも、たぶん《アディポクル》の後遺症だ。病魔がコノハの免疫系をずたずたにしてしまったんだ。

――毎日そんな思いするくらいなら……死んだ方がいい……

思わず口を押さえる。

どれだけ……一体どれだけ、コノハは苦しんできたんだろう。

小さい頃からずっとベッドに臥せて、こんなひどい病気に感染して……左腕を失って免疫がぼろぼろになるほどの後遺症に襲われて。

挙句の果てに、大人になれないまま若林に命を奪われてしまった。……

目元を拭い、バインダーに視線を戻す。

柳先生のノートには、コノハの名前も、ほかの患者の名前も一切書かれていない。プライベートな情報は残さないようにしていたんだろう。

記されているのは、《アディポクル》の概要と――『サンプルB到着、事前テスト開始』『事前テスト終了：約48時間継続（情報と一致）』『サンプルB：本試験開始』『サンプルBより試料採取』『単離終了：5 ml』といった記録だけだ。具体的にどんな実験や分析をしていたか、理科の実験もろくにやったことのないぼくには見当もつかなかった。

解るのは――コノハの世話をしながら《アディポクル》の治療法を探すのが、柳先生に課せられた仕事だったということだ。

コノハが小さい頃から、柳先生はこの病院に勤めていたという。院長はコノハの父親だ。任務に最適な人材として、先生に白羽の矢を立てたのかもしれない――

……待て。

コノハが《アディポクル》の元感染者で、柳先生が《アディポクル》を研究していたなら。

ぼくは何者だ。

どうしてぼくは、コノハと一緒に《クレイドル》で暮らすことになった？

考えまいとしていた可能性が、心の奥底で首をもたげる。

――『（ステージⅠ）発熱、吐き気、倦怠感など』。

ぼくの症状と同じだ――無菌病棟へ担ぎ込まれる前、学校帰りに倒れたときの症状と。

右手の甲を目の前にかざす。コノハや、標本室の遺体よりは色の付いた、けれど決して健康的とは言えない肌。

――身長はむしろ低めでいいんじゃないかな。結構色白だし。

幾度となく脳内で再生した、コノハの他愛ない――かけがえのない言葉の数々のひとつが、記憶の底から浮かび上がる。

外に出ないせいで日焼けが落ちたのかと思いたかった。けれど、あのときのコノハは、ぼくが最初から色白だったかのような口ぶりだった。

何よりぼくは、自分が何の病気かを未だに知らない。……

落ち着け。

発熱や吐き気なんてよくある症状じゃないか。それに、ぼくも《アディポクル》なら何だって言うんだ。そんなことでコノハとの思い出がどう変わるんだ。

今、ぼくがしなければいけないことは何だ。コノハを殺した若林を探し出して、報(むく)いを受けさせるんじゃなかったのか？

見取り図のバインダーを書棚から再び引っ張り出し、ぼくは机に背を向けた。

二階に携帯電話はなかった。

一階にスマートフォンの充電器があったということは、本体もどこかにあるはずなんだけど、姿も形もない。本体だけ持って避難したのか——あるいは、若林が処分してしまったのか。

見当たらないものは仕方ない。ぼくは両腿を叩き、上の階を目指して階段へ向かった。

三階は、下の階に劣らず陽当(ひあ)たりの悪い場所だった。

かなり暗い。陽が差しているのは、一直線に走る廊下の両端だけ。それぞれの突き当たりに曇りガラスの小窓が設けられ、薄い光がぼんやり漏れ込んでいる。廊下の左右は壁と扉だ。

雰囲気はまるっきり廃墟のそれだ。多少なりとも光があるだけましと言うべきか。

意を決し、端から順に病室の扉を開けていく。

……けれど、四部屋目を覗いた辺りから、淡い期待は落胆へ、そして不気味な不安へと変わった。

空き部屋だらけだ。

使われた形跡がまるでない。ベッドにマットレスさえ敷かれていない。窓にブラインドが下り、埃が舞い上がって薄日を反射する。饐(す)えた匂いがマスク越しに鼻を刺す。

窓が割れたまま放置された部屋さえあった。ガラスの破片が窓の真下に散らばり、ブラインドがわずかに揺らめいていた。

新しい実験器具の並んだ分析室とは似ても似つかない。携帯電話どころか、ナースコールボタンさえ見当たらなかった。

……何だ、これ。

手入れもされていない部屋が多すぎる。いくら古い病棟とはいえ、こんな有様で大丈夫なのか。

不吉な感覚に囚われながら次の扉を開けたところで、ようやく雰囲気が変わった。

ブラインドから漏れる淡い光。マットレスや掛布団の載ったベッド。据え付けのナースコールボタン。小テーブル——新しさでは《クレイドル》と比べ物にならないけれど、明らかに患者のいた痕跡がある。
ベッドのシーツに皺が寄り、掛布団が端に押し退けられている。大慌てで患者を担ぎ出したらしかった。

目が慣れてきたのか、ブラインドからの光だけでも室内の様子がおよそ把握できた。患者がいたのなら、携帯電話だって見つかるかもしれない。

が——

二十分足らずですべての部屋を見終わったものの、成果はほぼゼロに終わった。携帯電話は発見できず、生者にも死者にも出会わなかった。

解ったことといえば、空き部屋があまりに多いことくらいだ。

全十四部屋のうち、使われた痕跡があったのはエレベータ近くの四部屋だけ。利便性の高い病室が優先的に埋まったようだけど……都内の病院がこんな閑古鳥状態で大丈夫なのか。

まるで……無菌病棟の方が主で、一般病棟はただのおまけみたいじゃないか。

不気味な疑念を抱えつつ、ぼくは階段へ戻った。

三階があの有様では、四階も大した成果は期待できない。とはいえ確認しないわけにもいかない。「何もない」と解ったら、一度《クレイドル》に戻って、柳先生の夕ブレットを確認すべきかもしれない。

けれど。

何もないはずの四階で、ぼくは思わぬ事態に突き当たることになった。

暗闇だった。

薄日さえ全く見えない。最上階まで上がったぼくを出迎えたのは、漆黒の空間だった。

……何だ、これ。

いくら何でも暗すぎる。窓がないのか？

手探りで前へ踏み出した直後、冷たい感触が指先に触れ、がしゃりと音が響いた。

金属製の壁のようなものが立ち塞がっている。

違う、壁じゃない。

シャッターだ。階段と四階の間にシャッターが下りている。

昔、小学校の避難訓練で、大きな防火扉が廊下を塞ぐのを見た憶えがある。それと同じだ。防火シャッターが四階を封鎖しているんだ。

手を這わせる。二つの深い凹みを探り当てる。左右の指をそれぞれの凹みに引っかけ、ぼくは力を込め――思わぬ抵抗感が指先に跳ね返った。

固い。鍵がかかっているのか？　もし開かなかったら――

杞憂だった。さらに力を込めると、壁紙を引っぺがすような音とともにシャッターが持ち上がった。

薄い光が漏れ込む。抵抗感の正体があらわになる。

「ガムテープ……？」

シャッターの下端に、緑色のガムテープが右隅から左隅まで切れ目なく貼り付いている。埃まみれの床に、シャッターとテープの細長い跡が残っていた。

テープが貼られていたのは下端だけじゃなかった。

シャッターの右左、そして天井に、下端と同じ緑色のガムテープが貼ってある。左右のテープはシャッターから剝がれて壁にぶら下がり、天井のテープはシャッターに巻き込まれて半分見えなくなっている。

誰かが防火シャッターを下ろし、上下左右をガムテープで目張りしたんだ。

……何のために？

不吉な予感が膨れ上がる。下端がぼくの肩を越えた辺りで、シャッターは勝手に上昇し、がらがらと音を立てて天井の隙間に吸い込まれた。

四階の構造は、三階と全く同じだった。まっすぐ伸びた廊下。両端の小窓。壁に並ぶ扉。

けれど、禍々しい雰囲気は三階の比ではなかった。

エレベータ周辺のいくつかの病室と、廊下の端の一室。各部屋の扉の四方に、緑色のガムテープがぴったり貼り付けられていた。

さっきの防火シャッターと同じだ。……病室だけじゃない。エレベータもまた、両開きの扉の合わせ目と上下左右がガムテープで塞がれている。

心拍数が上がるのを感じながら、ぼくは見えない糸で引っ張られるように、目張りされた扉のひとつ――廊下の一番端側の病室へ歩を進めた。

『藤原（フジワラ）　勲（イサム）』と記されたネームプレートへ一度だけ目をやり、ぼくはガムテープに爪を引っ掛けた。粘着力が弱いのか、テープは思いのほか簡単に剝がれ落ちた。

ノブを握り、押し開く。

部屋は真っ暗に近かった。雨戸が閉まっているらしく、窓明かりは皆無に近い。けれど、暗がりに慣れたぼくの目には、廊下からの光だけで充分だった。

病室の奥側にブースが設けられている。

銀色のフレームと、透明なビニールカーテンで組み立てられた簡素な空間。蛇腹の太いチューブが、ブースの上から伸び、病室の天井に繋がっている。三階にはなかった設備だ。

ブースの中にベッドらしき影が見えた。ぼくは病室の奥へ歩を進め、ビニールカーテンを開けた。

窓際のベッドに、それは横たわっていた。

病衣を纏い、皺だらけの顔を苦悶に歪め、あばらの浮き出た胸を掻きむしるように両手の指を押し立て、のけぞった姿勢で硬直する——人の形をした白い何か。

死蠟だった。

「うっ——」

マスク越しに口を手で覆う。

《アディポクル》だ。……病魔の餌食となった老人の遺体が、ベッドに横たわっている。

二階の標本室の遺体とは、扱われ方がまるで違っていた。全身を厳重に保管されるでも、部分標本として加工されるでもなく、ベッドにそのまま放置され——病室ごと目張りで封印された遺体。

いや、病室だけじゃない。

防火シャッター、そしてエレベータ。四階全体への行き来を固く遮るように施された目張りの数々。

この老人に——四階に、一般病棟に、何があった？

『藤原勲』の病室を飛び出し、ぼくは、残りの扉の目張りを片っ端から剝がして回った。

予感は的中した。

封印された病室のすべてに、死蠟と化した遺体が横たわっていた。

最後の遺体を確認し、病室の扉を閉める。膝の力が抜け、ぼくはへたり込んだ。床に突いた両手が小刻みに震えた。

あの嵐の日、一般病棟を襲った事態を——誰も無菌病棟を見に来なかった理由を、ぼくはようやく理解した。

院内感染だ。

《アディポクル》が、四階を——一般病棟全体を、死の世界に変えてしまったんだ。

感染源は、たぶん——『藤原勲』というあの老人だ。

元々感染していたに違いない。一番端の病室に追いやられ、ベッドもブースで覆われていた。蛇腹のチューブを介して空調管理し、簡易的な無菌空間を作っていたんだ。

けれど、停電で電力が断たれた。

空調が働かなくなり、《アディポクル》の病原体が四階の患者を次々と餌食にしていった。貯水槽が吹き飛んで洗浄もできなくなり、感染した患者を四階丸ごと封印するしかなくなった。……

三階の患者や、医師や看護師がどうなったかは解らない。剝き出しの遺体がなかったということは、少なくとも一般病棟からは避難したんだろう。

けれど、状況的にも時間的にも余裕はなかったはずだ。

大嵐と停電の中、致死率九十パーセント以上の病原体が湧き出る現場から一刻も早く離れなきゃいけないんだから。四階をガムテープで封印するのが精一杯だった。

これ以上ない安全圏——自給自足可能な無菌病棟——にいるぼくたちのことなんて、二の次だったに違いない。

若林は——無菌病棟側へ閉じ込められたはずのあいつは、院内感染のことを知っていたんだろうか。

知っていてもおかしくない。スマートフォンでほかの医師たちとやり取りできたはずだ。むしろこれ幸いと、「無菌病棟は自分に任せて早く避難を」などと告げて遠ざけた可能性さえある。

けれど、ほかの医師や患者たちは納得したんだろうか。

《クレイドル》は感染症を防ぐための施設だ。電気も使えるし食料もたくさんあった。一時的にでも避難させてくれとは思わなかったんだろうか。

いや、駄目だ。

《アディポクル》は空気感染する、と柳先生のルーズリーフに書いてあった。彼らを招き入れるのは、無菌病棟の綺麗な空気を病原体まみれにするのと同じだ。

ぼくでも解る理屈を、プロの医師や看護師が気付かないとは思えない。現に誰も、無菌病棟を見に来さえしなかった。

不意に、嫌な胸騒ぎを覚えた。

何だろう——けれど正体を掴む前に、違和感はぼくの手をすり抜け、掻き消えてしまった。

首を振り、立ち上がる。余計なことを考えている場合じゃない。携帯電話が落ちていないか、もう一度よく確認しないと。

廊下を歩きながら、手の甲へ——コノハから「色白」と言われた肌へ、目を落とす。

院内感染があったというのはただの憶測だ。けれどももし事実なら、四階の空気をたっぷり吸ってしまった今のぼくの身体には、《アディポクル》の病原体が入り込んでいることになる。

不思議と恐怖はなかった。《アディポクル》なら、無菌病棟へ入る前の段階でもう感染していて、免疫のひとつや二つはついているかもしれないし、感染云々を言うなら、無菌病棟の外へ出た時点で、ほかの病原体がとっくに侵入している。

違和感が再びうごめく。息を吐いて無理やり追い出し、ぼくは『藤原勲』の真向かいの病室を開けた。

三階の空き部屋と同じだった。マットレスも敷かれていない空のベッド。ブラインドの下りた窓。

窓の真下にガラスの破片が散っていた。ここも放ったらかしにされていたらしい。

と――強い風が吹き、ブラインドが揺れた。

スラットの隙間から、外の景色が覗けて見えた。

ありえない景色が。

「……え？」

呆(ほう)けた声を出したのは、どれくらい過ぎてからだったろうか。

そんな――どうしてあんなものが？　ここは東京の奥地じゃなかったのか!?

窓へ駆け寄りかけ、足を止める。――違う、屋上だ。もっと高いところへ行かないと。

もはや携帯電話どころじゃなくなっていた。暗がりの中、文字通り手探りで階段を這い上がる。何度か足を踏み外しかけながら、どうにか屋上の扉まで辿り着いた。

鉄製の小さな扉だった。嵌め込みの磨りガラスから、淡い光が滲んでいる。

ノブを摑む。押しても引いても一向に開かない。

鍵がかかっている。ノブの上に鍵穴があった。ポケットから鍵束を摑み取り、淡い光の下、『屋上』と札の付いた鍵を差し込む。

ロックの外れる音がした。ぼくはもどかしく扉を開け、屋上に飛び出した。

埃だらけの床。

屋上を金網の柵が囲っている。一ヵ所がめくれたように破れている。

柵の破損箇所のすぐ手前に、古びたコンクリートの土台があった。ここに貯水槽が置かれていたらしい。ちぎれた脚の根元と、抉られたように欠けた跡が生々しかった。

いくつものエアコンの室外機。こちらは小さいのが逆に幸いしたのか、吹き飛ばされずに残っている。

そして柵の外、敷地を囲む木々の向こう側に、海が広がっていた。

水平線が、視界の先を三百六十度、ぐるりと囲む。
薄雲の隙間から光が差し、海面を黄金色に照らし出す。

ぼくたちが過ごしていたのは——
この病院が建っていたのは、東京の奥地じゃなく。
陸の影さえ見えない、絶海の孤島だった。

Interlude (Ⅱ)

「若林、採血の結果は出た？」

私の問いに、若林はいつもの無表情でタブレットを差し出した。コノハちゃんから採取した血液の分析結果が、電子カルテに打ち込まれている。

同年代女子の標準値より脂質が低く、白血球数が少なく、C反応性蛋白（たんぱく）の値が大きい。《アディポクル》の遺伝子検査および抗原検査の結果は陰性——これまでと概（おおむ）ね変わりなし。ただ、脂質の数値が前回よりさらに落ち込んでいる。明らかに栄養失調だ。

二十一時過ぎ。病棟に残っているスタッフは私と若林だけ。窓の外は深い闇だ。野鳥の鳴き声が遠くから響く。鼠（ねずみ）一匹いない島だが、空駆ける鳥は例外だ。

「食事を残しているようです。環境の変化による一時的なもの——と考えたいところですが」

だとしても見過ごせない。手を打たないと。

転勤から数週間。これまでとはあまりに異なる生活に、私でさえ未だ慣れていないのだ。多感な年頃のコノハちゃんが、ひとりぼっちの無菌病棟で大きなストレスと孤独を抱えているであろうことは想像に難くなかった。

「院長には私から連絡するわ。あなたも、なるべく彼女にプレッシャーを与えないよう接してあげて」

善処します、と看護師兼助手は返した。「解りました」と答えないのがいかにも若林らしかった。

伊豆諸島から東に外れた小さな島。

孤島にはいささか不釣り合いな四階建ての一般病棟と、渡り廊下を挟んだ無菌病棟が、今の私の職場だ。

戦前はそれなりの規模の集落があったらしい。この病院は、島出身のとあるお偉い様が、住人の強い要望を受けて建設させたものだと聞いている。

諸島から患者を――露骨に言えば金蔓を――呼び込む意図があったのだろう、とは若林の推測だが、私の考えは少し違っていた。件のお偉い様が、故郷で最期を迎える際の施設を欲したのかもしれない。住人や諸島の患者のためではなく、どこまでも自分自身のために――というのはひねくれた見方だろうか。

しかし時代は流れ、島の人口は減少の一途を辿り、集落は数年前に完全に消滅した。

例のお偉い様がどんな最期を迎えたかは知らない。私が知っているのは、お偉い様と付き合いのあった赤川家が離島の病院を引き継ぎ、省庁のバックアップを受けて、一般病棟の改装や無菌病棟の増設が行われた、という大雑把な経緯だけだ。

屋根に埋め込まれた太陽光パネル、洋上の風車、温水を利用した小型バイナリー発電設備――太陽光、風力、地熱の各種電力供給システム。地下水や雨水を原水とした浄水設備。自動配膳システム、自動ランドリーシステム……様々な設備を有する巨大な実証実験施設にして、重症患者の感染リスクを極限まで下げた完全自立型の無菌隔離施設。それが、私の主な勤務エリアのひとつ、通称《クレイドル》だ。

……とはいえ、これらのお題目も、当初は建前に等しかったのではないかと私は疑っている。

一般病棟同様、新しい無菌病棟もまた、元々はひと握りのお偉方のための避難シェルターとして造られたのではないか、と。

しかし、状況は一変した。

完成したばかりの《クレイドル》の住人第一号が、運営を担当する赤川病院のひとり娘になるとは、建設に関与したお偉方たちも、院長も思わなかったに違いない。

《アディポクル》ステージⅢからの生還者。関係者の親族として、何より数少ない貴重なサンプルとして、お偉方も院長もコノハちゃんを死なせるわけにはいかなくなった。医療スタッフや研究者の一団が、彼女に同行する形で常駐することになった。

そのひとりになぜ私が選ばれたのか。本当の理由は解らない。

赤川病院に引き抜かれるまで、大学で医療研究に携わっていたからか。

コノハちゃんと親しい医師のひとりだったからか。

あの忌まわしき院内感染があった日、たまたま虫垂炎で同じ病棟に入院していた夫と、見舞いに来ていた娘が巻き添えになり……天涯孤独の身になったからか。

詮索しても意味はない。

愛しい家族を奪った《アディポクル》を根絶し、コノハちゃんを救う。それだけが、今の私の生きる理由なのだから。

仕事に一旦区切りをつけ、私は分析室を出て階段を下りた。

エレベータは使わない。運動不足解消のためでもあるが、一般病棟のエレベータは音がうるさいのだ。上の階の病室には、諸島や本土からの入院患者が数名いる。彼らの安眠を妨げるのはためらいがあった。

実のところ、コノハちゃんの治療と《アディポクル》の研究という観点で見れば、普通の入院患者を受け入れるのは負担でしかない。だが諸島の住人にとって、この病院は数少ない大規模な治療拠点で、集落の消滅後も復活が待ち望まれていたそうだ。彼らの要望に応えるのは、資金調達の上でも、お偉方の票田の上でも、そして本来の目的を覆い隠す上でも、避けて通れないことだった。

それに、私も医師のはしくれだ。研究の邪魔だからと患者を無下に扱うのは、良心が痛んだ。

とはいえ、建物の古さはどうにかならなかったのか、と思うことは多々ある。立派な無菌病棟を建てる資金があるのなら、一般病棟も全面改築できただろうに。

ほかのスタッフによれば、島のお偉い様の遺族から「島の貴重な歴史遺産を壊すな」と横槍が入ったらしい。渡り廊下の増築にさえ、壁に穴を開けるなと文句が入ったという。

その結果が、感染症の研究拠点としてはあまりにバランスを欠いた、キメラのごとき施設だ。近未来的な設備の整った無菌病棟と、ビニールカーテンやグローブボックスや紫外LEDで漏洩対策をやりくりするしかないオンボロの一般病棟。

無菌病棟と違い、一般病棟側の自家発電機は相当な年代物だ。燃料が空になるまで一時間は発電可能らしいが、裏返せばたったそれだけの能力しかない。

無菌病棟から電気をおすそ分けしてもらいたいほどだが、無菌環境――いわゆるクリーンルームの維持にかなりの電力が必要なのは私も知っている。最終的には「予算の都合」で、二つの病棟の電気系統を相互連結する案は見送りになった。《アディポクル》の研究にしても、少量の体組織サンプル――院内感染で亡くなった看護師から採取したものだ――を、どうにかやりくりしているのが実情だ。まさか、ほかの患者で培養するわけにもいかない。

お偉方の無能のツケを現場が払わされる。この国で幾度となく繰り返されてきた歴史だ。

皮肉な思いで控室に入り、支給品のコーヒーを味わっていると、若林が遅れて顔を出した。

「お疲れさま。あなたもそろそろ休んだら？」

今日の当直は私だ。といってもスタッフの数がさほど多くないので、ほぼ週に二度は当番が回ってくる。もっとも、本土の病院で勤めていた頃と違って、救急外来が皆無に近い点は楽だと言えた。

いえ、と若林は首を振った。疲れを見せない、というより疲れているかどうか解らない顔で、淡々とコーヒーを淹れる。

「稼働中の装置がありますので。立ち下げを終えてからにします」

「……そう」

相変わらず表情の読めない部下だ。

しばらく無言でコーヒーをすすっていると、若林が唐突に口を開いた。

「例の件、進捗はいかがですか」

「何とかなりそうよ」

誰にも聞かれていないとはいえ、知らず知らずのうちに小声になる。「……三〇五号室の森岡さんが、甥御さんに口を利いてくれると言ってくれたわ。余った分があるからいくらでも使ってくれ、って」

そうですか、と若林は返した。命綱が手に入るかもしれないというのに眉ひとつ動かさない。呆れを通り越して感嘆すら覚えた。

……そう。

本土より明らかに利便性が低いにもかかわらず、この島に《アディポクル》の研究体制が整えられたのにはひとつの理由がある。

万一、研究の最中に感染爆発が発生しても、ここなら本土に病原体が広まらない。

「何かあったら全員その場で死ね」。それが、お偉方の暗黙のメッセージだった。

※

《アディポクル》——コノハちゃんの付けた呼び名だ——には今なお不明な点が多い。

病原体と大雑把な発症メカニズム、狂犬病ウイルスに迫る極めて高い致死率、おぞましい末期症状。解っているのはそれだけだ。ワクチンも、抜本的な治療法も、未だ発見されていない。

最初の感染者が確認されたのは二年前。ほかならぬ日本だった。

あまりの症状の異様さに緘口令が敷かれ、世間へも、諸外国にさえも、一切の情報がシャットアウトされた。

後から思えば、致命的な初動ミスだった。

程なく中国やロシアで、間を置いてヨーロッパや北米で感染者が確認されるに至って、政府はほかの主要各国へ《アディポクル》の真実を伝えざるをえなくなった。最初の感染者が見つかってから半年が過ぎていた。

各国の対応は、総じて素早い方だったと思う。

それぞれの国で危機管理プロジェクトが発足し、《アディポクル》の研究者たちの間で積極的な情報交換が行われた。病原体の細菌が、自身の体内で自爆テロのごとくウイルスを生成するという、これまでの感染症の常識を覆す恐るべき機構も明らかになった。

ただひとつ、過去に発生したパンデミックと違っていたのは――《アディポクル》に関する情報の大部分、特に致死率と症状が、一般市民には徹底的に伏せられたことだった。

後にコノハちゃんが感染したときも、具体的な症状は全く公表されず、単に『院内感染か』と短く報じられただけだった。

人を死蠟と化す、致死率九割以上の奇病が広がっている――そんな情報が広まれば、世界がパニックに陥り、社会生活や経済に取り返しのつかないダメージが及ぶのは明らかだった。

不幸中の幸いと言うべきか、当時はまだ、世界の感染確認者の総数が三桁（けた）に留まっていた。各国のメディアではせいぜい「マラリアの変種がごく一部の地域で確認された」程度のニュースしか流れなかった。稀（まれ）に、《アディポクル》の情報がソーシャルメディアへ流出することはあったが、都市伝説の域を出ることはなかった。

感染力自体はさほど高くない、との見解が研究者の間で多数を占めていたこともあって、強い渡航制限や都市封鎖（ロックアウト）も発令されなかった。発症者と濃厚接触者を隔離しさえすれば、遠からず根絶できる——と、各国政府首脳も医療関係者も研究者も信じて疑わなかった。

完全な誤りだった。

《アディポクル》の発症者数が少なく、感染力が低いように見えたのは、この病原体の潜伏期間に、少なくとも数ヵ月単位の極めて大きなばらつきがあったからに過ぎない。

そして——遺伝子検査や抗原検査で検出できるのは、あくまで細菌から吐き出されるウイルスであって、母体の細菌そのものではない。

その事実を、私を含む大多数の研究者が見落としていた。

※

コノハちゃんに関する私の報告が功を奏したのか、数日後から、《クレイドル》に新しい住人が増え始めた。

コノハちゃんの孤独を埋め合わせるために、院長が急いで手を回したのだろうか。

新しい患者の経歴は、いわゆる上級国民のお爺様やお嬢様から、一般のお年寄りや若者まで様々だった。

左腕を切り落とすほどの大手術以来、ふさぎ込んでばかりだったコノハちゃんに、少しずつ笑顔が戻った。白血球の少なさはどうしようもなかったけれど、血中脂質は標準値の下限近くまで改善した。

が――安堵の息を吐いたのも束の間だった。

一ヵ月後、カスミちゃんがこの世を去った。

後を追うように、ヨウコさんがいなくなった。

ひとつ、またひとつ空き部屋が増え、十日足らずでコノハちゃんはひとりぼっちになった。

ここに至ってようやく、私は現実を受け入れざるをえなくなった――自分たちがとてつもない失態を犯したことを。

コノハちゃんには言えない。いや、聡い彼女のことだ。ほぼすべて理解しているかもしれない。それでも面と向かって伝えることはできなかった。

話そうとするたびに、亡き娘の面影がコノハちゃんに重なった。

子供に絶望を突きつけるのが自分の役目なのか。最後の最後まで希望を捨てさせないのが医師のあり方じゃないのか。……

どれほど理想を振りかざしたところで無益だった。コノハちゃんは目に見えてふさぎ込み、体調は転院前の水準まで悪化した。薬を飲むのを露骨に嫌がるようになった。

「放っといて……どうせ死ぬときは死ぬんだし」

カスミちゃんと仲良くしていた頃のコノハちゃんは、どこかへ行ってしまった。

必死の治療研究も虚しかった。得られたのは、既存の抗生物質を併用した一時凌ぎの対症療法だけだった。それでも格段の進歩だったろうけれど、コノハちゃんを完治させられないのでは意味がない。

疲れ果て、私自身が絶望にとらわれかけた頃——『サンプルB』に関する情報が本土から届いた。

「投入しましょう」

若林の進言には一ミリグラムの逡巡もなかった。

「待ちなさい、本気で言っているの!? い、いいえ、彼女だけの問題じゃないのよ！」

またあんなことになったら、コノハちゃんは……いえ、彼女だけの問題じゃないのよ！」

「腕をこまねいている余裕はありません」

若林の声はどこまでも淡々としていた。「我々が治療法を完成させるのと、コノハさんが生きる気力を完全に失うのとどちらが早いか、判断できない貴女（あなた）ではないでしょう？

それに私たちはすでに、意図せずとはいえ投入実験を行ってしまっています。今さら善人ぶる資格などどこにありますか」

唇を噛んだ。

そうだ。私たちは……私はもう、引き返せない橋を渡っている。コノハちゃんを救うためには、《アディポクル》を根絶するには、もはや手段を選んでなどいられなかった。

私は『サンプルB』の投入を本土に要請した。即日、了承の返答があった。

若林の進言は正しかった。

当初こそ相性が合わなかったり思わぬトラブルが生じたりといった問題はあったものの、『サンプルB』は一ヵ月の壁を難なく乗り越えた。

コノハちゃんも見違えたように元気になり、手術以降決して見せることのなかった明るい笑みを浮かべるようになった。

ダメージを負った免疫系がどこまで回復するか、寛解にどれだけの期間が必要か——課題は山積みだったけれど、時間をかければいつか、二人を太陽の下へ送り出すことができると信じられるようになった。

が、このときの私は知らなかった。

――数ヵ月後、大嵐が破局と死神を連れてやって来ることを。

Part 3: Adipocere

孤島──!?

長いこと自失していたらしい。ようやく我に返ったとき、雲の切れ間は完全に塞がって、青空の欠片ひとつ見えなくなっていた。

屋上の柵へ駆け寄る。ぼくの──ぼくとコノハのいた世界の本当の姿が、余すところなくさらけ出されている。

陸地のほとんどを森で覆われた、空豆のような形の島だった。

正確な距離は解らないけれど、一番近い海辺まで一、二キロメートル、遠いところで三キロくらいだろうか。それなりに広い、けれど決して大きくはない島だ。

森の外側は、いきなり鈍色の海。砂浜らしき場所はどこにも見えない。……島の外周は、ほぼ全部崖になっているようだ。

海岸沿いの一角に、白い風車がぽつんと立っている。三方向に伸びた細い羽根がゆ

ったり回っていた。風力発電機だ。無菌病棟を出たときは羽根の先しか見えなかった
けれど、ここからは全体が見える。優美な、けれど孤独な姿だった。
海の向こうは、陸地の影も、一隻の船も見えない水平線。波の音がかすかに鼓膜を
揺らす。
大海原にぽつりと浮かぶ小島。それが、ぼくのいる場所だった。
——日本最南端の沖ノ鳥島は、東京都の管轄なの。
——伊豆諸島だって静岡じゃなく東京だし。
コノハの声が脳裏に蘇る。
彼女は知っていたんだ——ここが、山梨県との県境なんかじゃなく、『東京都の管
轄する孤島』だと。
コノハの見舞い客を、ぼくは誰ひとり——友達も親戚も、両親さえも——見た記憶
がない。薄情だと思ったけれど、眼前の光景を見れば理由は明らかだった。こんな辺
鄙な場所にそうそう足を運べるわけがない。
嵐の日まで食事も薬も途切れた憶えがなかったから、物資が届く程度には本土に近
いはずだ。伊豆諸島の近くだろうか。

けれど、地図上の距離が、コノハの慰めになったとはとても思えなかった。

——パパが私をここに入れたの。

父親に捨てられたと、ずっと感じていたんじゃないだろうか。ぼくが叔母さん一家に対して同じことを思っていたように。

それに、「物資を届けられる」と「自力で渡れる」との間には天と地の差がある。

……呼べるのか、助けを？

固定電話やネット環境、スマートフォンの充電器があったから、外部とやり取りできるだけの設備は整っていたはずだ。電波塔が全然見当たらないということは、近くの島か本土からケーブルを引っ張っていたのかもしれない。スマートフォンの電波は、無線ルーターをケーブルに繋げてやり取りしていたんだろう。

けれど、今は停電中だ。電話機もルーターも全く役に立たない。風力発電機が回っているのに、一般病棟に電気が通っていないのは皮肉としか言いようがなかった。

一番近い基地局まで、どれだけ距離があるのか。

スマートフォンが見つかったとして、果たして電波を拾えるか。電話が繋がったとして、名前さえ解らないこの島の場所を、警察にどうやって伝えるのか。赤川病院の分館があるという情報だけで通じるか？

自力で海を渡る？　無茶だ。どっちに陸地があるかも解らない。そもそも体力が続かない――

愕然とした。

若林はどこへ消えた？

コノハを殺した後、どうやって逃げるつもりだったんだ？

本土の東京都内とは違う。絶海の孤島なんだ。逃げ場なんてどこにもない。

ボートを使ったのか？　けれどあの日は嵐の只中（ただなか）だった。海も大荒れだったはずだ。ボートで逃げるなんて自殺行為もいいところだ。

海が駄目なら、空か。救助のヘリコプターに何食わぬ顔で潜り込んだのか。

……同じだ。貯水槽さえ吹き飛ばす大風だったんだ。救助のヘリが簡単に迎えに来られたとは思えない。

来られたとして、着陸できそうな場所が見当たらない。ロータリーは植え込みがある。屋上はそれなりに広いけど、室外機がごちゃごちゃ置いてある。大風の中、上手く着陸できるかどうかは微妙だ。

何より、屋上の扉は内側から鍵がかかっていた。

屋上から逃げたのなら、鍵は開いていたはずだ。緊急時に戸締りを気にする余裕があったとは思えない。現に一階の通用口は開けっぱなしだった。

死の世界と化した四階を横切って屋上から逃げるのも危険すぎる。百歩譲って屋上から逃げたとして、誰が鍵をかけたのか。その誰かはどうやって避難したのか。

それに……ぼくもコノハも、《クレイドル》に閉じ込められた後、窓の外をずっと注意していた。ヘリコプターが飛んできたら気付いたはずだ。

空の可能性がないとなると……やっぱり危険を承知で海を渡った、と考えるしかない。

孤島で暮らすには、色々な物資を運び込まなきゃいけないはずだ。港のような場所がどこかにあるはずだ。

けれど、海岸線は見渡す限り崖のようだ。森の陰になっているのか、屋上からでは港の場所が解らない。……

いや、待て。

海辺の一角、風車の立っている位置の近くに、脱毛症のごとく木がごっそり抜けている場所がある。騙し絵のように木々の葉に紛れて見逃していた。

方向は——無菌病棟の向きから判断して、ここからざっくり東。

集落だろうか。よく考えたら、医師や看護師たちの生活拠点がどこかにないとおかしい。病室は三階や四階にあったけれど、患者以外の人間がアパート代わりに使っていた様子はどこにもなかった。

あの集落らしき場所が医師たちの拠点で、広い空き地があるのなら……さっき否定したヘリコプター説も現実味を帯びてくる。無菌病棟からは死角になる位置だ。ぼくとコノハが気付かなかっただけで、あの場所から避難したのかもしれない。

距離は……病院から直線で二キロくらいだろうか。

足元に目を落とす。素足にスリッパ。この装備で歩いて向かうには結構きつい距離だ。道がどれだけ曲がりくねっているかも解らない。

……でも。

「行くしかない、よな」

若林の逃走経路を確かめなくちゃいけない。集落があるのなら、プライベートの携帯電話や食料品など、役立つものが残っているかもしれない。

雲越しに太陽が見える。日暮れまではしばらく余裕がありそうだ。

問題の場所を目に焼き付け、ぼくは屋上の扉へ戻った。

※

四階の家探しを終わらせ——結局空振りだった——一階の通用口からロータリーへ

出る。

植え込みの向かいにある一本道へ、ぼくは足を踏み出した。

《クレイドル》に入って以来、本当の意味で初めての『外の世界』だった。

道幅はあまり広くない。アスファルトで舗装されていたけれど、表面は土埃に覆われている。そこかしこが罅割れ、雑草がひょろひょろ顔を出していた。掃除も補修もろくにされていなかったようだ。

周囲は暗い。頭上は木々の枝や葉にほぼ覆われ、細長い隙間から灰色の雲が覗いている。鳥の甲高い声が聞こえた。葉が風にざわめいた。

……早めに戻らないと、まずいかもしれない。

油断していたらあっという間に真っ暗だ。クマやイノシシが現れないだろうか。毒蛇が潜んでいないだろうか。

我ながら呆れる。無菌病棟をマスクひとつで脱け出して、今さら命の心配も何もあったものじゃなかった。

と、余裕綽々(よゆうしゃくしゃく)に構えていられたのは十分程度に過ぎなかった。

「……いつになったら着くんだよ……」

緩やかな下り坂だというのに、ぼくは早くも息が上がっていた。

気温は高くない。けれど全身が汗だくだ。両脚のあらゆる筋肉と関節が痛む。サイクリングマシンでそれなりに体力作りをしてきたつもりだったけど、長い道歩きには全く歯が立たなかった。

歩みを止め、道端の木の幹に背中を預けてへたり込む。病衣の汚れを気にする余裕も消え失せていた。

喉が渇く。ペットボトルを持ってくればよかった。引き返そうかと思ったけれど、来た道——当然上り坂だ——を見ただけで気が滅入った。

自分の無計画さを呪いつつ、ぼくは息が整うのを待った。

歩いては休んでを何度も繰り返し、足の痛みが限界に近付いた頃、ようやく道の終わりが見えてきた。

カーブの奥から光が漏れる。風車の羽根が木の上から顔を出す。一般病棟の屋上からはさほど大きく見えなかったけど、近付くと結構迫力を感じる。羽根だけで十メートル以上はあるだろうか。

木々の陰から海面が覗いた。波の音が近い。べとついた、けれど懐かしい匂いのする潮風が、火照（ほて）った身体を冷ます。

あと少しだ。両脚を叩き、残り少ない体力を振り絞って、ぼくはカーブを曲がり

――血の気が失せた。

道が消えていた。

カーブの十数メートル先。舗装道と木々の列が、唐突に、抉り取られたようにごっそりなくなっていた。

断絶された道の真向かい、百メートルほど離れた先に、灰褐色の岩壁が覗いている。

一軒の平屋の家が、岩壁の上にぽつんと建っている。周囲には森の木々。家も木々も、岩壁の縁ぎりぎりまで寄っている。

道の途切れた箇所へ駆け寄り、下を覗いて――ぼくはようやく事態を理解した。

崖崩れだった。

島の外縁の一角が崩れ落ち、半円形のクレーターと化していた。

岩石と土。木々の幹。屋根や壁の残骸(ざんがい)。自動車らしきタイヤ……大量の瓦礫が、十数メートル下の底に溜まっている。

土砂の一部が海に向かって扇状にせり出し、波に洗われている。船着き場らしき細長いコンクリートの塊が、土砂からわずかに顔を覗かせている。

「……嘘だろ」

今日だけで何度、同じ台詞を口にしただろう。自分が危険な場所にいるのも忘れて、ぼくはがっくりと座り込んだ。

何てことだ。

この島唯一の集落だったんだろうこの場所で、よりによって崖崩れが起きて、港もろとも瓦礫の下に埋もれてしまったんだ。

いつ、なぜ崩れたかは解らない。港を作るために岩壁を削りすぎたのかもしれない。ただ、一日や二日前の話じゃないのは一目瞭然だった。

横倒しになった幹から葉が芽吹き、空に向かって枝を伸ばしている。

土砂のあちこちから草が生え、風にそよいでいる。クレーターの壁面は風化し、ぶつ切りになったアスファルトの縁も、心なしか丸みを帯びている。

一年——いや、十年か。崩落からかなり長い年月が過ぎているようだった。

馬鹿な。

これじゃ船は使えない。ヘリコプターも着陸できない。

　ここがずっと昔に崩落したのなら、若林は――ほかの看護師や医師や患者たちは、どこへ消えてしまったんだ？

　物資はどこから運んでいた？　ぼくやコノハのいた無菌病棟をどうやって建設した？

　柳先生やほかの医師たちは、島のどこに住んでいた？

　クレーターの向こうへ目を向ける。崩落を奇跡的に免れたのだろう、さっき見た一軒家が崖の縁に建っている。

　まさか、あんな危ない場所に全員が同居していたのか？

　……どうする。

　クレーターの内と外を行き来できそうなルートは、どこにも見当たらなかった。

　崖の数十メートル沖合で、風車の白い柱が伸びている。海面からの高さは二十メートルくらいだろうか。三枚の羽根がゆったりと回っている。

　ここからでは遠すぎる。ゲームや漫画のように、羽根に摑まって上り下りするなんて真似は不可能だった。

　縄梯子もロープもない。自然の階段もない。崖を下りるのは自殺行為だ。調べられそうな場所はひとつ、クレーターの向こうの家だけだ。

　ぼくはどうにか立ち上がると、崖の縁に沿って森の中を進み始めた。

苦痛と恐怖の行軍だった。

木の根だらけの道なき道だ。スリッパで入り込む場所じゃない。頭上は葉や枝でほぼ完全に遮られ、崖から遠ざかるほど暗さを増している。かといって崖に近付けば、いつ足元から崩れ落ちるかもしれない。

なるようになれと頭では思っても、本能的な恐怖は抑えようがなかった。

時間的にはほんの十分程度、けれど病院からの道のりに勝（まさ）るとも劣らない苦難の歩みを経て、ぼくはようやく、家の前に辿り着いた。根に何度も足を取られ、足首辺りまで土まみれになっていた。

廃屋だった。

雑草だらけの元道路の前に建つ平屋。庭や塀はなく、引き戸の玄関がいきなり道に面している。

屋根や窓は土に汚れ、染みだらけの壁のあちこちを蔦が這っている。潮風のせいか、窓枠や雨樋（あまどい）は錆だらけだった。築何十年過ぎているのか見当もつかない。

荒い息を整え、玄関の引き戸に手をかけて力を込める。

軋みを上げながら、戸は割とあっけなく開いた。鍵をかけないなんて不用心だと思ったけれど、よく考えたら孤島の家だ。泥棒なんてまず来ない。

《クレイドル》では決して嗅いだことのない、カビ臭い空気が流れ出した。戸を開けっぱなしにしたまま、ぼくは足を踏み入れた。

三和土の上に、スニーカーが一足置かれていた。

背中が粟立った。……誰かいるのか？

けれどよく見ると、スニーカーの表面が埃で覆われている。三和土も埃を被っていて、ぼく以外の足跡はない。

玄関の奥は板張りの廊下。暗がりの中、開けっぱなしの襖と畳が見える。

迷った末、土を落とせるだけ落として、スリッパを履いたまま上がり込んだ。

玄関にスニーカーがあったということは、誰かが住んでいたということだ。何か役に立つものが見つかるかもしれないけど、下手をしたら不法侵入だ。疲労や恐怖に別の緊張感が重なって、心臓が鼓動を増す。

とはいえ――

玄関だけでなく、廊下にも埃が溜まっていた。足跡といえば、ぼくが現在進行形でつけているものだけ。ここ最近は人の出入りがないようだ。誰かの気配もない。完全な空き家だった。

その代わり、『過去に誰かが住んでいた』痕跡は大量に見つかった。

ちゃぶ台と本棚。押し入れの中の布団一式と衣類。廊下の端の掃除機。洗面台に歯ブラシが一本、歯磨き粉のチューブ。脱衣所にタオル、風呂場に石鹼（せっけん）。手洗い場にトイレットペーパー。台所の調理器具と食器――などなど。

住んでいたのは女性だったらしい。衣類は下着を含め女性もので、かなり目のやり場に困った。洗面台には口紅などの化粧品が残されていた。

柳先生の家、ではないようだ。一般病棟の分析室にあったような、外国語の分厚い本の類が一冊もない。代わりに、ぼくも知る有名なミステリ作家の文庫本や、『看護学概論』などの教科書っぽい本が本棚に並んでいる。看護師の誰かが住んでいたらしい。

気にかかるのは、歯ブラシと食器がひとり分しかないことだった。

使える家がここしかないのなら、医師や看護師はほぼ全員、ここに寝泊まりしていたはずだ。なのに同居人のいた気配がまるでない。

屋上からは見えなかっただけで、バンガローのような宿舎がどこかにあるんだろうか。崖っぷちの一軒家に大勢が寝泊まりするのは、確かに危険極まりないけれど――

疑問はひとまず措（お）いて、ぼくは家探しを続けた。

水と電気は止まっていた。

固定電話も携帯電話も見当たらない。使えそうなものといえばタオルくらいだ。布団を押し入れから引っ張り出してみたけれど、カビ臭さと黄ばみがひどく、とても横になれそうになかった。

駄目か……肩を落としかけた矢先、押し入れの奥に、四角いクーラーバッグが押し込まれているのが目に入った。

引っ張り出す。ずっしり重い。チャックを開けると、ぼくにとって宝に等しい品物が詰まっていた。

未開封のミネラルウォーターが二リットル容器で五本。魚の缶詰が二十缶。

それぞれ賞味期限らしき年と月が記されている。交換時期を揃えるためか、どれも二〇二八年三月になっていた。

缶詰の賞味期限は三年くらいだと、コノハがいつだったか雑学を語ってくれた憶えがある。となると……製造年月はたぶん二〇二五年三月頃。ミネラルウォーターも同じだろう。ぼくとコノハが出逢う前だ。けっこう時間が過ぎている。けれど、ペットボトル入りの水も缶詰もそうそう腐るものじゃない。充分いける。

「助かった……」

水と食べ物が手に入ったのは幸運だった。飲まず食わずで病院に戻るのはきつすぎる。

けれど食料以上に、大きな収穫がもうひとつあった。

手回し充電式の、ラジオ付き懐中電灯。

存在を忘れ去られたのか、あるいは使われる暇もなかったのか、ともあれ保存状態は良好だ。ハンドルをひたすら回してスイッチを入れたら、綺麗にランプが灯った。

今度はアンテナを伸ばし、ラジオをオンにする。

長いことテレビやネットから隔離され、外の情報に飢えていた。若林の件について、何かニュースを聞けるかもしれない。

けれど、当ては外れた。

いくらダイヤルを回しても、砂嵐のようなノイズが聞こえるだけだった。AMとFMを何度か切り替えても結果は同じだった。

ラジオ局からだいぶ距離があるらしい。仕方ない、使える懐中電灯が見つかっただけでもよしとすべきだ。

……一般病棟ではただの一本も見つからなかった懐中電灯が。

避難する際に持ち出されたんだろうけど……持ち出した医師や患者たちはどこへ消えてしまったのか。

そもそも、物資をどうやって島へ運び込んだのか。

ぼくやコノハが毎日食事を摂っていた以上、何かしらの方法を使ったはずなんだけど……ヘリコプターで空から投げ下ろしたんだろうか。

島から脱出するときも、似た方法を取ったんだろうか。

考えてみたら、ヘリコプターをわざわざ着陸させる必要はない。ホバリング状態で梯子やロープを垂らせばいい。どうしてすぐ思いつかなかったのか不思議なくらいだ。

でも——やっぱり疑問は残る。

着陸の必要がなくても、拓けた場所の方が救助活動はやりやすいはずだ。そんな場所は病院しかない。けれど、ぼくもコノハもヘリコプターを全く見ていない。

そもそも、大嵐の中でヘリコプターを簡単に飛ばせるのかという問題が残ったままだ。……

駄目だ、考えがまとまらない。エネルギーを補給しないと。

風呂場からタオルを一枚持ってきて、畳の埃を払う。腰を下ろしてマスクを外し、ペットボトルを開けて喉を潤す。台所の引き出しからフォークを拝借し、缶詰を開けてサバの味噌煮を胃に押し込んだ。水もサバも新鮮とは言えなかったけれど、空腹のせいか、この上なく美味く感じられた。

いつの間にか、窓の外に暗闇が落ち始めていた。

病院へ戻るべきだろうか。……いや、帰りは上り坂だ。今から出発しても、真っ暗な森の中で行き倒れになるのは目に見えている。

それに……疲れた。

文字通り崖っぷちにいるのは理解していたけれど、外へ出る気力が湧かなかった。

脚を投げ出し、窓をぼんやり眺めているうちに、瞼が重くなってきた。身体を畳に横たえると、意識が急速に薄れていった。

※

よほど疲労が溜まっていたんだろう。目覚めると、窓の外は明るくなっていた。

半日近く眠っていたらしい。体調万全とは言い難かった。寝すぎたせいか頭がぼんやりするし、身体の節々が痛む。脚も筋肉痛だ。

とはいえ、のんびりとはしていられなかった。自分が危険な場所にいるのを思い出し、ぼくは急いで水と缶詰の朝食を済ませた。

クーラーバッグから中身を全部出し、飲みかけのペットボトル一本、缶詰二つとフォーク一本、未使用のタオル数枚、念のため手回し懐中電灯を入れる。水と缶詰を全部持っていきたかったけど、逆に荷物になりそうだったのでやめにした。

重いものは最小限でいい。どう考えても、今日は長丁場になりそうだった。

三和土に残されていたスニーカーを、スリッパの代わりに履く。女性用のはずなのにサイズが割と合っていたのが少々複雑だ。

ぼくは玄関を出て、海岸線に沿って森を歩き出した。

目的はひとつ。もうひとつの港を探すことだった。

一般病棟の人たちがヘリコプターで避難したのでなければ、残る手段は船しかない。けれど病院から続く道の先は、港ごと崖崩れで潰れていた。

なら——港のような場所がもうひとつ、海岸線のどこかにあるかもしれない。医師たちの生活拠点も近くにあるはずだ。……

推測というより願望に近かった。

もし、港も砂浜もなかったら——ぼく自身、自力で島を出る手段がないことになってしまう。

木の幹を手すりにして、切り立った岩壁から海を覗く。

ごつごつした岩々。打ち寄せる波。

船を寄せられそうな場所も、上り下りできそうな場所も見当たらない。

しばらく進み、海を覗く。崖と岩だらけの海岸線を目の当たりにする。またしばらく進む。……大して進んでいないのに、同じところをぐるぐる回っている錯覚に襲われる。

孤島なのだから、海辺沿いを歩けばいつかは元の場所に戻るんだけど……屋上から見た島の大きさは、大雑把に半径二、三キロ。直径×三・一四で考えると、外周は十二キロから十八キロ。一回りし終えるのはまだまだ先だ。

「十二キロから十八キロ……」

めまいがした。何時間かかるのか、一日で一回りできるのか。そもそも計算が合っているのか、考えたくもなかった。

それにしても……波打ち際がゴミだらけだ。

空のペットボトルや、プラスチックらしい包装紙や容器が、崖下の岩々の間をいくつも漂っている。

ほかの場所から流れ着いたのか、それとも絶海の孤島なのをいいことに、島で出たゴミを焼却処分もしないでばら撒いたのか。

震災で生じた瓦礫が太平洋を越えてアメリカに流れ着いた、という話を小学校の頃に聞いた憶えがあるけれど、どちらにしてもあまり気分のいい光景ではなかった。

もっとも、海洋汚染問題を嘆いていられたのは最初のうちだけだった。

舗装道の下り坂と違って、凹凸だらけの未開の道だ。スリッパからスニーカーに履き替えたとはいえ、アップダウンはあるし荷物も抱えている。息が上がるのは昨日以上に早かった。

「やっぱり、やめとこうかな……」

甘美な誘惑を振り払う。

ぼくが《クレイドル》を飛び出したのは何のためだ。コノハを殺した若林を捕まえて、報いを受けさせるんじゃなかったのか？

そのためにも――若林の足取りを探る道行きは、決して避けて通れなかった。


何時間過ぎただろうか。脚と体力が限界に達し、ぼくは木の根元にへたり込んだ。

ここまでの間、収穫はゼロに等しかった。港に使えそうな場所も、砂浜も見つからない。

冒険映画やゲームなら、秘密の洞窟が死角に隠されているのが常だけど、崖の上からではとても解らない。そもそも、島の周りは波打ち際から数メートル離れたところまで岩だらけで、船を寄せられそうになかった。

視線を上げる。どこまでも広い海。水平線。静かな森。最初の頃に目についたゴミの数々も、潮の流れの影響か、ここではひとつも見かけない。

……晴れていたら……最高の眺めなんだろうな。

病気にならず、ただの観光で訪れたなら、きっと一生の思い出になったかもしれない。

コノハは、この光景を一度でも目にしたんだろうか。

解らない。《クレイドル》の窓辺はお世辞にも眺めがいいとは言えない。周囲を木々で遮られ、海なんか一ミリも目に映らなかった。

コノハの父親は、娘のために、少しでも見晴らしをよくしようとは思わなかったんだろうか。

……思わなかったのかもしれない。

ここが絶海の孤島だという事実を――本土から隔離され、誰にも見送られず死を迎えるかもしれないという事実を、思い知らせたくなかったんだろう。

もし、コノハが海を見ていなかったなら。

いつか、二人で外へ出て……この景色を楽しめたかもしれないのに。

目元を拭い、缶詰を二つとも開ける。サバの味噌煮をフォークに刺して口に運ぶ。

空き缶は、気が引けたけど木の根元に置いておくことにした。

ペットボトルの蓋を開け、ミネラルウォーターを一口飲む。中身は残り四分の一近くまで減っていた。空になるまでに島を回り切れるだろうか。

こみ上げる不安を振り払い、ぼくはまた歩き出し――木々の隙間を幾度となく通り過ぎたところで、足が止まった。

白い何かが、幹の隙間から顔を覗かせた。

葉と樹皮と土ばかりの森の中、明らかに場違いな——人の彫像にも見える乳白色の塊。

ぞわりとした感覚が背筋を走った。

疲労を忘れて駆け出した。何度も足をもつれさせながら、息を荒らげてそれの前に辿り着く。

首にIDカードを下げた白衣姿の死蠟が、幹の根元にうずくまっていた。

風雨に晒されたせいか、溶けたように指や顔が崩れ、服や肌に土埃がこびりついている。髪の毛はぼさぼさというよりぼろぼろに近い。

雨具は見当たらなかった。風で飛ばされてしまったのか、元々持っていなかったのかは解らない。ただ、白衣を脱ぐ余裕もなかったらしいことは察せられた。

海風が森を吹き抜け——頭皮に残る長い髪と、『柳恵子』と記されたIDカードを揺らした。

そんな。

「柳先生……!?」

ふらふらと歩み寄りかけ、足が止まる。一般病棟の標本室で見た白い遺体が、目の前の白衣の死蠟に重なった。

《アディポクル》だ。

柳先生も毒牙(どくが)にかかっていたなんて。……いや、《アディポクル》を研究していたのなら、どんなに細心の注意を払っても、感染の危険をゼロにすることはできなかったに違いない。

生きてはいないだろうと覚悟していた。見つけてあげなくては、と思っていた。けれど、いざ無残な遺体を目の前にすると、頭を殴られたような衝撃を受けずにいられなかった。

殺された、と解る傷は見つからなかった。

コノハのような刺し傷も、首を掻き切られた痕もない。殴り殺されたのかもしれないけど、素人のぼくにはさっぱりだ。

逆に、殺されたのでないと断言できる材料もなかった。

――『(ステージⅣ)蠟化の進行、宿主の死』

――『(ステージⅤ)完全蠟化』

柳先生のノートの記述によれば、感染者が死んでも《アディポクル》の蠟化は進むらしい。ひょっとしたら、蠟化とともに傷口が塞がってしまう可能性だってないとは言えない。あるいは単に、顔と同じように傷が溶け崩れて、見た目にはそれと解らなくなっただけかもしれない――

そこまで考えたところで、ぼくはもっと単純な、けれど重大な疑問に気付いた。

い、い、い、い、い、い、い、い、い、い、い、い、い、

柳先生の遺体が、IDカードが、どうしてこんな場所にある？

病院から少なくとも一、二キロ離れたこんな場所までわざわざ、若林は柳先生の遺体を捨てに来たのか？

舗装道どころか均(なら)された道さえない、でこぼこだらけの森の中だ。台車なんて使い物にならない。凶悪な病原体を宿した遺体を、自分で担いで運んだのか？

しかも埋めもせず、木のそばに雨ざらしで放り出すなんて。ここまで来れば誰にも見つからないと思ったのか？　そもそも少し進めば海なんだ。どうして崖から投げ捨てなかった？

でも、遺体が――何よりIDカードが、現にここにある。

若林が《クレイドル》の二重扉を通り抜けるのに使ったはずのIDカードが。

遺体の首からカードホルダーを抜き取り――ジョイント付きの吊り下げ紐だったので簡単に外せた――IDカードを取り出す。

顔写真は褪せていた。偽物か、と一瞬思ったけれど、写真も文字もカード本体にしっかり印刷されている。……本物だ。

理由や事情はどうあれ、柳先生のIDカードがここにあるということは、若林もここへ来たと考えるしかない。先生の遺体とIDカードを捨てて――その後、若林はどこへ消えた？

……まさか。

逃げ去ったのか、この世から？

ぼくの手も、警察の手も届かないところへ？

密かに恐れてはいた。若林はもう、遠くへ逃げてしまって――ぼくは永遠に、コノハの仇を討つことができないんじゃないか、と。

嘘だ。

そんなの嘘だ。

若林が最初から死ぬつもりだったなら、どうしてこんな不自然な場所へ、柳先生の遺体を置き去りにした？

それに――どうして渡り廊下の窓に鍵をかけた？

貯水槽は重くて動かせない。人が通れる隙間もなかった。若林が外へ出るには窓からしかない。外へ出た後、何らかの方法で窓に鍵をかけるしかない。

どうやって、はどうでもいい。死ぬつもりの犯人が、そんな偽装工作をするだろうか？

するわけがない。若林は逃げ延びるつもりだったんだ。どこまでも卑劣に。

そもそも、この死蠟だって、本当に柳先生なのか。

顔が崩れて人相も解らなくなっている。これが柳先生だという判断材料はただひとつ、ＩＤカードだけだ。

柳先生の遺体はほかの場所で処分されていて——たまたま、ほかの医師が錯乱状態でここまで逃げ、《アディポクル》を発症して死蠟になったのを、偶然見つけてこれ幸いにと身代わりにしたんじゃないのか。……

頭の中で軋みが響く。

——何だ、偶然頼りの憶測じゃないか。穴だらけだな。

——違う。じゃなかったら、若林の行動にどう説明をつけるんだ。

——そうか？　本当は、お前もとっくに気付いているんじゃないか？　もっとシンプルな……

——うるさい、うるさい。

悪魔の囁きを振り払う。不吉な予感を押し殺す。

柳先生のＩＤカードと——正体が誰であれ——《アディポクル》の犠牲者の遺体が

見つかったんだ。ほかにも痕跡が残されているかもしれない。

探すんだ、若林の足取りを示す手がかりを。

ぼくはとり憑かれたように、遺体の周囲一帯を歩き回った。


『若林の足取り』は数分で見つかった。

白衣の死蠟から十メートルと離れていない森の端で、看護衣姿の死蠟が、ぬかるみに顔を埋めていた。

窪地へうつぶせに倒れたところを、泥水が流れ込んだらしい。それなりに重量のある死蠟を、なるべく崩れないようぬかるみから引き上げて仰向けにするのは、肉体的にも精神的にも重労働だった。

もっとも、手荒に扱ったところで大して変わらなかったかもしれない。

泥まみれの死蠟の顔は、白衣の死蠟よりぐしゃぐしゃに溶け崩れていた。

身元の手がかりらしき物品はただひとつ――首に掲げられた『若林諒』のIDカードだけだった。

心が麻痺(まひ)したようだった。

馬鹿な……若林まで!?

違う、これも偽装に決まってる。たまたまもうひとり、ここへ逃げ込んだ医師か看護師がいて――自分の服を着せてＩＤカードを掛けたのかもしれないじゃないか。

どこだ、どこから逃げた。

ふらふら歩きながら、辺りへ必死に目を走らせる。

と――崖のすぐ間近、森の一番端の木のひとつに、麻のロープが巻き付いていた。

一方の端が輪になって幹へ食い込み、もう一方の端が崖の下へ消えている。

あれは――

駆け寄り、崖を覗く。海面からの高さは、これまで見てきたどの場所より低めだ。

一般病棟の三階くらいだろうか。

ただ一点、ほかの場所と違うところがあった。

平たい岩が、崖の半ばからテラスのようにせり出し、二畳分くらいの天然の中継地点となっていた。

ロープの先端が中継地点の岩場に載っている。崖のてっぺんから中継地点までは二、三メートル。上り下りできない高さじゃない。

ロープを摑んで引く。太さは四センチほど。見た目は古いけど強度は充分だった。

ぼくはクーラーバッグを肩から下ろし、一呼吸すると、ロープ伝いに崖を下り始めた。

手に汗が滲んだ。

中継地点は大して広くない。転げ落ちたら一巻の終わりだ。何度も滑りそうになり、心臓が止まる思いを味わった。無事に中継地点に足を付けたときは、思わずへたり込みそうになった。

ロープを握ったまま、海面を見下ろす。岩はほかの場所よりまばらだった。小型ボート一隻分くらいの隙間はありそうだ。

が——そこまでだった。

目一杯引っ張っても、ロープの先端は、中継地点の縁のすぐ下辺りまでしか届かなかった。

たぐり寄せて先端を見る。至るところがほつれて乱れ、ぼろぼろになっていた。

強い力で引きちぎられたらしい。刃物で切断されたにしては、繊維の端があまりに不ぞろいだ。断面は風化が進み、変色していた。かなり長いこと野ざらしになっていたことを窺わせた。

もう一度、中継地点の下を覗き込む。海面まではさらに数メートル。ほかのロープや梯子、階段の類は見当たらない。ぼくの握っているロープは、単に中継地点へ下りるだけの中途半端な代物だった。

「何だよ……」

これでは海へ下りられない。何のためにロープを垂らしたのか。中継地点に腰掛けて釣りをするのがせいぜいだ。

……あるいは、本当に釣り場になっていたんだろうか。

娯楽らしい娯楽もない島だ。病院から数キロハイキングして釣りを楽しむ、そんな息抜きスポットになっていた可能性はある。

これ以上の手がかりは得られそうになかった。徒労感だけを手土産に、ぼくはロープを握り直した。

下りよりスリリングな崖上りをどうにか乗り切り、しばらく休んだ後、ぼくは行軍を再開した。

二つの死蠟は、そのまま置いていくしかなかった。

担いで運ぶ体力はないし、墓を掘ろうにも道具がない。遺品を持ち帰るのが精一杯だった。

柳先生と若林のＩＤカード。それから——スマートフォンが計二台。

それぞれの衣服のポケットに、一台ずつ入っていた。ようやく見つけたと喜んだのも束の間、どちらも電源が切れていて、ボタンを押してもぴくりともしなかった。

一応は防水性のようで、裏面のシールに『防水性を保つためにスロットキャップをしっかりはめてください』と記されていた。が、大雨の前にはひとたまりもなかったらしい。『若林』の持っていた方など、スロットの奥にまで泥が入り込んでいた。病院に充電器があったけれど、本体自体が壊れている可能性がある。正直、望みは薄いかもしれない。

ひとまず、持ってきたタオルでＩＤカードとスマートフォンを拭い、クーラーバッグに入れた。

死蠟が身に付けていたものだ。《アディポクル》の病原体が気にならないといえば嘘になる。

けれど、今さら怖がったところでどうしようもない。無菌病棟の外へ出た時点で、ぼくの身体は毒まみれも同然だった。

立ち去る前に、もう一度辺りを歩き回った。手がかりらしい手がかりはもう見つからなかった。

彼らは――森の中で死蠟になった二人は、どうしてあんな場所にいたんだろう。

ほかの患者や医師たちを見捨てて、例の釣り場まで船を呼んで、自分たちだけ逃げるつもりだったんだろうか。

それとも、発症したせいで逆に見捨てられ、あの場に残されたんだろうか。

　どちらにしても、もし釣り場から救助活動が行われたのなら、ぼくとコノハの――無菌病棟の様子を、誰も確認に来なかった理由も解る気がする。何キロもの道なき道を、大嵐の中、二次感染の危険を冒して進むのはリスクが大きすぎる。

　ただ――

　岩の隙間を考えたら小型ボート一隻がせいぜいだ。安全に係留できる場所もなかった。救助を待つ人たちが何人いたかは解らないけど、往復回数は一度や二度じゃ済まなかったはずだ。そっちの方がリスクは大きくないだろうか。

　中継地点からボートまで、どうやって人を行き来させたかも解らない。

　嵐の中では梯子なんてかけられない。ロープを使うにしたって、中継地点行きまでのロープに結び付けるなり、もっと長いロープを木の幹に結ぶなり、とにかく『海面まで届く長さのロープ』が残されたはずだ。

　なのに、そんなものはなかった。

　……なのに、二人分の遺体があった。

　若林はどこへ消えたのか。生きているのか死んでしまったのか。肝心の手がかりはどこにもない。見つかったのは、誰とも解らない死蠟の首にかかったＩＤカードだけだ。

　ぼくの見た二つの遺体のほかに、医師や患者たちの遺体がどこかで眠っているのかも、今は確かめようがない。

ぼくの体力では、海岸線を一回りするのが限界だ。島の大半を覆う森を、隅から隅まで調べ回るなんて不可能に近い。危険な動物に出くわしていないのが不思議なほどだ。

……そういえば《クレイドル》でも、窓の外に猫一匹歩いているのを見た記憶がない。考えてみれば絶海の孤島だ。空を飛べない動物はほとんどいないのかもしれない。

聞こえるのは鳥の歌声、波の音と木々のざわめきだけだった。

ペットボトルが空になり、夕闇が周囲を覆い始めた頃、ぼくはようやく、元の場所――崖の端の一軒家へ帰り着いた。

手回し懐中電灯の光を頼りに引き戸をくぐり、スニーカーを脱いでスリッパに履き替え、玄関を上がる。留守中に誰かが上がり込んだ様子はなかった。

ペットボトルの在庫を一本開けて半分飲み、畳にへたり込んで寝転がる。あまりの疲労に、食欲も、指一本動かす気力も湧かなかった。

結局、収穫らしい収穫があったのは、例の釣り場の周辺だけだった。

船を停められそうな場所も、人のいた痕跡も、あれ以降一切見つからなかった。朝から夕方まで島を一回りして手に入ったのは、柳先生と若林のＩＤカード、起動しない二台のスマートフォンだけだった。

いや……発見できただけでも上出来か。全くの無駄足に終わる可能性だってあったんだから。

だけど、謎はむしろ深まった気さえする。

二つの死蠟は本当に柳先生と若林なのか。彼らはなぜあんなところにいたのか。ほかの医師や患者たちはどこへ行ってしまったのか。……

コノハ――ごめん。

警察に連絡を取ることも、若林の行方を突き止めることも、肝心なことは何ひとつできていない。

目を閉じる。情けないぼくを慰めるように、瞼の裏でコノハが笑顔を向ける。

――あなたが来てくれてよかった、って今は思ってるから。

ぼくが《クレイドル》に来たことを、嬉しいと言ってくれたコノハ。

――そ、そう？　なら……いいのかな。

背が低くても大丈夫というぼくの言葉に、照れながら髪をいじっていたコノハ。

――当たり前でしょ……フィクションだよ。推理小説だよ？

クローズドサークル談議で、ぼくをからかってくすくす笑っていたコノハ。

――よかった。タケルも同じだって解ったから。

閉じ込められて不安に襲われたぼくを、自分も同じだと支えてくれたコノハ。……

最初は仲違いしていたけれど、気付けば誰より大切な存在になっていた。たとえ《クレイドル》の中でだって、想い出をたくさん増やしていける。そのはずだったのに。

最後に交わした言葉は……何だったろう。

彼女との記憶をひとつひとつ思い返しながら、ぼくはいつしか眠りに落ちていった。

※

思った以上に疲労が溜まっていたらしい。

目覚めると夕闇は消え、代わりに、昨日より色の濃い雲が空を覆っていた。時刻は解らないけど、まだ昼にはなっていないだろう。

……戻ろう。一雨来る前に。

海岸線は回り尽くしてしまった。道なき森へ飛び込むより、今は病院へ戻って、柳先生のタブレットと二台のスマートフォンを確認する方が先だ。

缶詰を二つ食べ、残りのペットボトルと缶詰を、懐中電灯と一緒にクーラーバッグに入れる。病院までせいぜい数キロだ。昨日の行程よりずっと短い。せっかく見つけた水と食料を、いつ崩れるかもしれない場所に置き去りにするのは忍びなかった。

けれど……

何だろう、この胸騒ぎは。大事なことを見落としてしまったような感覚は。

空き家の中を隅から隅まで見渡したけれど、一昨日や昨日から特に変わった点はなかった。

気のせいか。ぼくは軽く息を吐き、二晩お世話になった空き家を後にした。

結論を言えば、食料を全部持っていくという判断は正解とは言えなかった。

「上り坂、だった……」

クーラーバッグが凄まじい重さで肩に喰い込む。四分の一も歩かないうちに早くも息絶え絶えとなった。

かといって、缶詰とペットボトルを捨ててしまうのも抵抗があった。一般病棟に着く頃には、ほぼ気力だけで足を動かしていた。

水滴が頬を叩いた。……雨だ。

足を引きずるように通用口をくぐり、『控室』へクーラーバッグを下ろし、椅子に座り込む。呼吸が整うまでかなりの時間が必要だった。

嫌と言うほど思い知った。重量物は《クレイドル》に持っていけない。ペットボトルと缶詰は一般病棟（こっち）に置いておこう。

とりあえず、柳先生のタブレットと充電器類の回収だ。

靴擦れの痛みと筋肉痛をこらえ、ぼくは『控室』を出て廊下を進み、階段の手すりに手をかけ——足を止めた。

そういえば……こっちは調べただろうか？

地下へ続く階段が、黒々と口を開けていた。

『控室』へ戻り、懐中電灯のハンドルを回せるだけ回してスイッチを入れ、ぼくは暗闇の奥へ足を踏み出した。

電灯も窓明かりもない。懐中電灯が唯一の光源だ。空気も淀んでいる。不気味さと恐ろしさは肝試しの比じゃなかった。

階段が終わり、廊下へ出る。懐中電灯の光の中に、部屋の案内札が浮かび上がった。

——『霊安室』。

ほかは『備品室』と『機械室』だけだ。しばらく迷った末、ぼくは『霊安室』の重い扉を開けた。嫌なことは早く済ませてしまうに限る。

腐臭は——しなかった。

懐中電灯の光を巡らせてみたけれど、遺体はひとつもない。代わりに、というべきか、いくつかの位牌らしきものが最奥の棚に並んでいた。


『千葉昭一　二〇二四年十一月二十日永眠　享年七十二歳』

『洞口清　二〇二四年十一月十六日永眠　享年七十四歳』

『郡司日奈　二〇二四年十一月十六日永眠　享年七十一歳』

『橋本百合　二〇二四年十一月十七日永眠　享年八十二歳』


お年寄りばかりだ。命日も近い。遺体はどこだろう。家族のところへ返されたのだろうか——

命日が、ほ、ほ、ほとんど同じ……!?

頭がうずいた。脳の奥で、記憶の欠片が叫び声を上げる。

二〇二四年十一月——ぼくとコノハの出逢いの約半年前。

……そうだ。

二階の標本室の遺体——カスミにヨウコ、だったろうか——も、命日が同じ頃じゃなかったか？

彼女たちが《アディポクル》で命を落としたのなら……この四人の死因は何だ。

標本室の二人とは全く関わりなく、たまたま同じ時期に亡くなっただけなのか。

とても偶然とは思えなかった。

標本室の二人と位牌の四人は、たぶん同じ場所に暮らしていて……《アディポクル》の餌食になったんだ。

でも、どこで？　位牌が霊安室にあるということは、亡くなったのもこの病院なんだろうけど──

……院内感染？

いや待て。彼女たちが亡くなったのはぼくが来る前だ。孤島の病院で六人も死ぬ院内感染が起きたら、その時点で病院ごと放棄されないか？

箱の中の実験マウスみたいに、よほど隔離された場所で発生したのでない限り──

鳥肌が立った。


──ほかの患者さんが少しずつ入ってきたの。

──一時は八部屋が満室になって……賑やかだったなぁ。

ほかの患者さんって誰だ。彼らはどうして、い、な、く、な、っ、た、んだ。

不吉な想像が膨らむ。

……コノハの《アディポクル》は、完治していなかったんじゃないか？　症状が治まって見逃されただけで、《アディポクル》の病原体はコノハの体内に隠れ潜んでいて……柳先生も、ほかの医師たちもそれと知らず、彼女を《クレイドル》に入れてしまったんじゃないか。

病原体の侵入を決して許してはならないはずの無菌病棟へ。トロイの木馬のように。

そんな場所へ、免疫力の落ちた患者たちが次々にやって来たら、どうなる？

待て、決めつけるな。

彼女たちは合わせて六人、コノハを足しても七人だ。彼女の言った通り「八部屋が満室に」なったなら、残りのひとりはどこへ――

……いる。

四階の病室で死蠟になっていた老人。名前は……藤原何とか、だったろうか。

彼だけは、発症する前に《クレイドル》から連れ出され――けれど時すでに遅く感染していて、一般病棟の隅の、ビニールカーテンで囲まれたブースの中で治療を続け……今回の院内感染の引き金になってしまったんだとしたら。

膝から崩れ落ちそうになった。

……そんな。

それじゃあまるで、コノハが皆を殺してしまったようなものじゃないか。

彼女に罪はない。コノハとほかの患者たちを《クレイドル》に詰め込んでしまった大人たちの責任だ。もしかしたら何もかも解った上で――柳先生が加担していたとは思いたくないけど――患者たちを実験動物のように扱った可能性すらある。

でも。

――仕方ないよ。

コノハの苦痛に満ちた笑顔が蘇る。

たとえ大人たちの責任だろうと、同居人の死が、コノハに深い傷を負わせてしまったのは簡単に想像できた――自分は疫病神だ、周りの人たちを次々に死なせてしまう死神だ、と。

初めて対面したときの、コノハの投げやりで無気力な態度。

――触らないで！

ぼくが不用意にコノハへ手を伸ばしたときの、彼女の激しい拒絶。

バイ菌扱いしていたんじゃない。逆だ。自分に触れたらぼくの方が死んでしまうと思っていたんだ。露骨に消毒液で手を拭いたのも、今思えば、彼女なりの警告だったんだ——あなたも早く消毒して、と。

——何で？　……何でタケルが、ここに。

冷戦を終えるきっかけになったコノハの涙。その本当の意味を、今になって理解する。

ぼくが姿を見せなくなって、彼女はまた、自分が殺してしまったと思い込んだんだ。そこへぼくがひょっこり現れた。とても驚いただろう。改めて思い出すと、ひどくこそばゆく感じる。

……そのコノハも、今はもういない。思いもよらない形で命を落としてしまった。

そして、ぼくは。

コノハのそばに半年も居続けて、本当ならとっくに死んでいるはずのぼくは、何事もなく、のうのうと生き続けている。

懐中電灯の光に手の甲をかざす。中学生男子にしては白すぎる肌が、ぼんやり浮かび上がる。

実験台だったんだ、ぼくは。

同じように《アディポクル》を発症し、生き延びたぼくが——《アディポクル》の病原体まみれになった《クレイドル》の中で、死なずにいられるかどうか確かめるための。

怒りがこみ上げないと言ったら嘘になる。

けれど——記憶の中の、柳先生の不安や気遣いの表情が、実験動物に対するそれだとは思いたくなかった。

何より、《クレイドル》に来なければ、ぼくはコノハに出逢うこともなかった。それを考えると、怒りの矛先はどうしても鈍った。……

え？

……おかしい。コノハの《アディポクル》が完治していなかったのなら、

若林はどうしてコノハを傷付けた？

致死率九十パーセント以上の病原体を抱えた相手にそういう真似をするなんて、自分から《アディポクル》に感染しに行くようなものじゃないか。コノハの病症を知らなかったのか？

そんなはずない。だって——そうだ。

風の感触が、記憶の隅から蘇る。滅菌室の外へ出るとき、前室から空気が流れ込んでいた。

小学生の頃、ドーム球場から外へ出るとき、風に背中をあおられたことがある。ドームを膨らませるために内側の気圧が高くなっていて、外との気圧差で風が吹くんだと、理科の先生が教えてくれた。

逆の現象だ。前室より滅菌室の方が、気圧が低くなっていたんだ――《アディポクル》の病原体が、外へ漏れ出さないように。

コノハの同居人たちが次々に亡くなった後で、慌てて設定したんだろうか。あるいは――コノハが入った当初からそうだったのかもしれない。とにかく、《クレイドル》を本当に無菌状態にしたいなら、外から菌が入らないよう、中の圧力を高く設定していたはずだ。

それに、若林も柳先生も、《クレイドル》に入るときは無菌服を着てたじゃないか。ただの無菌服じゃない、全身をすっぽり覆うタイプの厳重なものを。

ぼくやコノハへ病原体を移さないためじゃない。自分たちが《アディポクル》に感染しないための服だったんだ。

でも、コノハを犯すには、無菌服を脱がなきゃいけない。

無菌病棟が《アディポクル》の巣窟（そうくつ）だと知りながら、どうしてそんな危険を冒さなきゃいけないんだ。そこまでしてコノハの身体が欲しかったのか？

昨日の遺体を思い出す。若林のＩＤカードを首に掛け、死蠟と化した遺体。

もしかして……若林もすでに感染していたんだろうか。

それなら、コノハの身体や《クレイドル》の中がどうなっていようと、知ったことではないけれど――

いや、やっぱり変だ。

自分が死ぬと解っていて、どうして渡り廊下の窓に鍵をかけた。柳先生の遺体はどうなった。どうして柳先生のIDカードを持って島の果てまで逃げた？

十パーセント未満の生存率に賭けたのか？　嵐と院内感染と停電でめちゃくちゃになって、まともな治療も救助も期待できず、自力で逃げることもままならない孤島の病院で？

抑え込んでいた不吉な憶測が、重石を押し退けて溢れ出す。

――犯人は、本当に若林なのか？

駄目だ、変なことを考えるな。

犯人はあいつしかいないじゃないか。柳先生からIDカードを奪い取れて、メスを手に《クレイドル》へ忍び込める左利きの男。そんな奴、若林以外に誰がいる？

大体、コノハの《アディポクル》が治っていなかったというのも、コノハが《アディポクル》にかかっていたというのも、全部憶測じゃないか。

探すんだ。手がかりを。

真っ暗な地下の霊安室にいる、という恐怖は吹き飛んでいた。ぼくは廊下へ出ると、残りの部屋のひとつ、『備品室』の扉を開けた。

懐中電灯の光を這わせる。ステンレスの棚の上に、ガーゼやマスク、注射器や点滴袋といった細かな医療品がパック詰めされている。

小さな段ボール箱も数多く目についた。薬剤らしき名前が記されている。ぼくやコノハの飲んでいた薬も、この中にあるんだろうか。薬の知識のないぼくにはさっぱりだ。

と——

棚の一番隅に、ほかの箱とは毛色の違う段ボール箱が置かれていた。

レトルト食品の商品名が側面に印刷されている。『備品』と呼ぶには若干違和感があったが、ほかに置き場がなかったのかもしれない。

ともあれ、食料はあるに越したことはない。ぼくは段ボールのガムテープを剝がし——目を見開いた。

入っていたのは食料ではなく、『経過観察記録』と記されたルーズリーフの束だった。

空の段ボールに古い紙を収めたらしい。枚数はさほど多くなく、ビニール紐(ひも)で一束に結ばれていた。

……もしかして。

紙をめくり、二〇二四年十一月辺りの記録を探す。目的の記述はすぐ見つかった。

『十月十三日　無菌病棟3へ新規入院』
『十月十五日　無菌病棟5へ新規入院』
『十月十六日　無菌病棟6、7、8へ新規入院』
『十月十七日　無菌病棟1、2へ新規入院』

『3』や『6、7、8』は病室の番号だろう。コノハは九号室だったから、十月十七日の段階で《クレイドル》が満室になった様子が窺える。

けれど——

『十一月十二日　無菌病棟よりNC　患者5搬出
↓死亡、ステージⅤへの進行を確認』
『十一月十四日　無菌病棟よりNC　患者3搬出
↓死亡、ステージⅤへの進行を確認』
『十一月十六日　無菌病棟よりNC　患者7、8搬出

↓死亡、ステージVへの進行を確認
柳Dと対応協議　遺体を焼却処分　以後同様とする』
『十一月十七日　無菌病棟よりNC　患者6搬出
↓死亡、ステージVへの進行を確認』
『十一月二十日　無菌病棟よりNC　患者2搬出
↓死亡、ステージVへの進行を確認
患者1、無菌病棟からの退去を要求　強い錯乱状態
↓鎮静剤投与、柳Dと対応を協議』
『十一月二十一日　患者1を無菌病棟より非常用無菌室へ移転　要監視
（私見）
無菌病棟への新規患者受け入れは危険。患者9へのメンタルケア必須（ひっす）』
……

『ステージV』――《アディポクル》だ。

『患者5』とは、五号室の患者という意味だろう。ほかの患者も同様だ。いくつかの日付が、霊安室の位牌に記された命日と重なっている。

『患者1』の移された『非常用無菌室』は、たぶん、藤原という老人のいた一般病棟

四階の端の病室だ。そして。

――『柳Dと対応協議　遺体を焼却処分　以後同様とする』。

柳先生と相談して、以後の遺体は火葬することにした……。

位牌の作られた四名が、『患者7、8』『6』『2』なんだ。それ以前に亡くなった二人は、標本として残された。

記録の書き手が誰なのか、想像を巡らせるまでもなかった。『経過観察記録』の表題の下に、『若林』の署名がはっきり記されていた。しかも。

――無菌病棟への新規患者受け入れは危険。

《クレイドル》の有様を、若林は去年の段階で認識していた。恐らくはコノハの病状も。

なのに、コノハを襲った？　柳先生を殺してまで……？

違う、違う。

まだだ。若林も《アディポクル》に感染して、ヤケになっていた可能性だって捨てきれないじゃないか。

記録は、二〇二四年十二月九日という中途半端な日付で途切れている。書く意味がなくなって打ち切られたのか、どこかに続きがあるのかは解らない。あるとしたら上の階だろうけど、こんな記録は見た憶えがなかった。

探さないと。……若林が《アディポクル》に冒されていたと解る何かを。

足元がふらつくのを覚えながら、『備品室』を出る。

残る『機械室』に、これといった痕跡や物品は見つからなかった。地下の暗闇に背を向け、ぼくは階段を上った。

※

一度訪れたはずなのに、二階の分析室は、初めて足を踏み入れる場所のようだった。

大きなブースも、数々の器具や装置も、見たことのない遺跡みたいだった。

ブースの隙間を抜け、部屋の奥へ。机の隣の書棚からバインダーを手当たり次第に引っ張り出す。柳先生の実験記録を見つけ、ルーズリーフをめくって手書きの文字を追った。

柳先生は《アディポクル》を研究していた。自分や若林への感染にはかなり気を遣っていたはずだ。もし体調に異常を感じたら、何かしら記録を付けてもおかしくない。

けれど――何度読んでも、二人が《アディポクル》に感染したことを匂わせる記述は見つけられなかった。

最後の日付は、ぼくとコノハが閉じ込められた日の前日。『精製ステップ9開始終了予定：36 hr後』『クレイドル：採血および診断実施、予備薬支給』……ほかのページ同様、あっさりした記述で終わっている。体調不良のたの字もなかった。以後に続く白紙のページが、事態の急変を物語っていた。

いや……記録にないからといって、感染していないとは限らない。

ぼくは自身、具合の悪さを感じてから道端で倒れるまで半日も経っていなかった。若林だって、貯水槽に閉じ込められてから、急に自覚症状を覚えたかもしれないじゃないか。……

——まだ、そんな言い訳を続けるのか？

ぼくの中の悪魔が、耳元で囁く。

——柳先生も一緒に閉じ込められたんだよな。

——ナースコールで最後に会話した直後に、若林は柳先生を殺したんだよな。

——でなければ、一般病棟へ助けを求めに行かれてしまうからな。

——ということは、若林はこの時点で症状を自覚して、コノハをものにしようと考えたんだよな。

——最後のナースコールからコノハが殺されるまで、どれだけ時間が空いたと思ってる？

——お前が症状を覚えてから倒れるまで、半日もなかったんだろう？

——コノハを犯して、柳先生の遺体を片付けて、島の海岸線まで逃げるだけの体力が、若林に残っていたと思うのか？

「うるさい！」

耳を塞いで叫ぶ。

そんなこと解らない。たまたま、軽い症状が長く続いたかもしれないじゃないか。

ぼくは書棚から医学事典を引っ張り出し、『感染症』の項を探した。何でもいい。症状の出方について書かれていないか。

焦りのせいで『感染症』を探し当てられず、何度かページを行き来する。

と——

同じ『か』行の一項目が、待ち構えていたかのようにぼくの目を捉えた。

『解離性同一性障害【かいりせいどういつせいしょうがい】／Dissociative Identity Disorder

解離性障害の最も重い症状。切り離された感情や記憶が、個別の人格のように一時または長期間にわたり表に現れる。一般に「多重人格」と呼ばれる。

各々の「人格」の相違は多岐にわたり、性格や記憶だけでなく、口調、しぐさ、利き腕等が異なる場合もある』

足元が音を立てて崩れていくようだった。

……ぼくが、犯人を若林だと考えたのはなぜだ。

犯人が『左利きの男』で、ぼくは右利きだからだ。

けれど――もし、ぼくの中にぼくでない誰かがいて……そいつの利き腕が、ぼくと違っていたのなら。

コノハを犯して殺したのは、若林じゃなく――

「うわあああああ――っ!!」

事典を床に叩きつけた。頭を抱え、髪を掻きむしる。

違う、違う違う違う違う。

ぼくじゃない。だって、メスをどうやって手に入れる? コノハと出逢ってからずっと、ぼくは《クレイドル》から一歩も外に出ていないんだ。力ずくで二重扉を壊さない限り、物理的にも不可能じゃないか。

――そうか? メス一本くらいなら、簡単に手に入ると思うけどな。

――誰かに頼んで、無菌病棟の一階から食事のトレーに載せてもらうなり、いくらでも方法はあるだろう。

誰に頼むんだ。《クレイドル》での知り合いなんて柳先生か若林しかいない。「メスが欲しい」なんてどうやって頼める？

――お前が知らないだけで、もうひとりのお前にはいたかもしれないぞ。柳先生と若林以外の知り合いが。

――この島で働いていたのは、あの二人だけじゃない。一般病棟や島を調べ回って解っただろう？

――例えば、お前が寝ている間に、タブレットを見せるなりして窓越しにやりとりできたかもしれない。

「ふざけるな！」

苦し紛れなのはどっちだ。仮にそんな知り合いがいたって、メスを盗んでぼくに渡すなんて危ない橋を渡るわけがないじゃないか。

――なら、どうして渡り廊下の窓に鍵がかかっていた？

――お前だって散々考えたじゃないか。大嵐の中、そんな偽装を行える余裕がどこにある？

――無菌病棟にも渡り廊下にも、柳先生の遺体がなかったのはなぜだ？

――若林がやけになっていたのなら、先生の遺体なんて放ったらかしにするはずだろう。

――間違っているんじゃないのか、そもそもの前提が。

――犯人は《クレイドル》の外から来たんじゃなくて、最初から――

「うるさい！」

黙れ、黙れ黙れ黙れ。

どうしてぼくがコノハを殺さなきゃいけないんだ。どうして。……

内なる反論の声は弱々しかった。信じるべき何もかもが、罅割れて崩れ落ちていくようだった。

……戻ろう。

《クレイドル》に戻って、柳先生のタブレットとスマートフォンを確認するんだ。電波を拾えたら、警察に連絡する。それ以外に、ぼくのできることは残されていない。

机の上の電源コードを手に取って、ぼくは分析室を後にした。

昨日回収したスマートフォンは、一階の事務スペースの充電器にぴったり繋がった。

これで動作確認ができる。壊れていないかどうかは祈るしかない。

外は本降りの雨になっていた。タブレットとスマートフォン、電源コードと充電器、柳先生と若林のIDカード、それから念のため手回し懐中電灯をクーラーバッグに入れ、チャックを閉めて肩に担ぐ。ペットボトルと缶詰は、最初の予定通り控室に置いていくことにした。

雨粒を髪と病衣に浴びながら、渡り廊下沿いに無菌病棟へ向かう。禍々しい貯水槽の残骸の下を抜けると、渡り廊下の窓からシーツ製のロープが垂れ下がっていた。

そうか……あれで地上（した）へ下りたんだっけ。

下りてからどうしただろう。無菌病棟の周りは、もう調べ終えたんだろうか。

他人事のような思いに囚われていると、病衣のポケットの中で、鍵束が音を立てた。一般病棟の屋上の扉を開けて以来、ずっと突っ込んだままだった。

鍵？

——メンテ用の出入口から、ってこと？

——確かに、一階（した）に扉があってもおかしくないかな。

クーラーバッグを渡り廊下の下に退避させ、雨の中、無菌病棟の周囲を歩く。と、渡り廊下の反対側の壁に扉があった。

ポケットから鍵束を取り出し、一階の扉へ歩み寄る。『無菌病棟機械室』の札の付いた鍵が、するりと鍵穴に吸い込まれた。

――扉の中は、想像以上に狭苦しかった。

地熱発電の余熱のせいか、室温は高めだ。空調は効いているようだけど、四角く太い配管が所狭しと折り重なっていて、風通しがいいとは言えない。

目が痛む。床や配管がぼんやり紫色を帯びている。階全体が紫外線滅菌されているらしい。あまり長居はできなさそうだ。

配管の隙間の一角に、ぼくの背丈より大きな箱状の機械があった。

『食材投入口』と書かれた引き戸がついている。自動調理システムの本体のようだ。

誰かが食材を運び入れに来るのを見た記憶がなかったから、ぼくたちが寝ている間――たぶん早朝に、その日の食材を入れていたのかもしれない。

『食材投入口』の隣に、『食器投入口』と記された小さな扉があった。こちらは先割れスプーンを入れる場所のようだ。

けれど、病室ごとに分かれてはいなかった。

これでは、外部の人間がメスを入れても、一号室のぼくの手元に届くかどうか解らない。もしコノハの方に行ってしまったら大騒ぎになったはずだ。

でも……ありえないとも言い切れない。

煮え切らない思いのまま、ぼくは外へ出た。結局、一階を調べて得られたのは、外部からメスをぼくの手元に届けられる可能性が「低い」という、曖昧な結論だけだった。

渡り廊下の下へ戻り、クーラーバッグを担ぎ直す。シーツ製ロープを摑んで体重をかける。雨に濡れたおかげか、結び目は緩んでいないようだ。下を見ないようにしながら、ぼくはもう一方の手を伸ばした。

海岸沿いの釣り場と違って、足をかける場所もない。何度も滑り落ちそうになりながら、ほぼ腕力だけで這い上がる。窓枠をまたいで渡り廊下の中へ足を付けた頃には、両腕の筋肉が震えていた。

呼吸を整え、ロープはそのままにして、スリッパの挟まった大扉を開けて中へ入る。

前室のハンガーに無菌服が吊るされていた。自分の身体へ視線を下ろすと、病衣がすっかり汚れていた。

本当はここで着替えた方がいいのだろうけど、今さらだったし、サイズの合いそうな無菌服がない。ひとまずスニーカーだけスリッパに履き替え、ぼくは奥の扉へ向かった。

紫外線と風を浴びながら滅菌室を抜け、待機室を進むと、ガラスの二重扉がぼくを待っていた。奥側の扉に大きな穴が開いている。

クーラーバッグから柳先生のＩＤカードを取り出し、扉脇のパネルにかざす。短い電子音とともに手前側の扉が開いた。

本物だ――偽造の可能性は完全に消え去った。

けれど、なぜ柳先生が――先生のＩＤカードが、数キロも離れた海岸沿いにあったのか。

細かい疑問を振り払い、飛び散ったガラス片を避けるように歩を進める。背後で扉が閉まり、左右の壁と天井から風が吹き出る。一時の心地よさに身を任せていると、しばらくして、穴開きの二枚目の扉が開いた。

「……ただいま」

《クレイドル》の廊下へ足を踏み入れる。返事はなかった。おかえり、と笑顔で迎えてくれる人はどこにもいなかった。

たったひとりで《クレイドル》の外へ出た。たった二晩で戻ってきた。けれどその間に、何もかも変わってしまった気がした。

とりあえず、充電だ。シャワーも浴びたい。

一号室へ戻り、柳先生のタブレットをコンセントに繋ぐ。電源ボタンを押すと、ディスプレイにロゴが表示された。やはりバッテリーが切れていただけらしい。

小テーブルの下の床に、平たい薬箱が二つ、重ねて置いてある。上の箱は空。下の箱を見ると、五日分の薬が残っていた。

ああ……そうだ。

コノハと出逢ってまだ日が浅い頃、薬を飲む飲まないで喧嘩して、それが冷戦のきっかけになったんだっけ。

お世辞にも楽しいとは言えなかったはずの記憶さえ、今はひどく懐かしく感じられた。

ぼくのタブレットと柳先生の分で差込口が埋まってしまったので、二台のスマートフォンは向かいの六号室で試すことにした。一台ずつコンセントに繋ぎ、電源ボタンを押す。

けれど、こちらは駄目だった。いくらボタンを長押ししても、二台ともまるで無反応だった。

水に浸りすぎたのがいけなかったらしい。防水仕様なんて詐欺もいいところだ。いや……柳先生のタブレットは生きていた。まだ望みはある。

起動完了までにはしばらく時間がかかりそうだ。ぼくはリネン室から着替えとタオルを取り、一号室に戻ると、汚れた病衣と下着を一号室の洗濯物入れに放り込んだ。二日分の汗と泥を、シャワーの熱い湯が洗い流していった。

身体を拭き、新しい下着と病衣を纏うと、柳先生のタブレットは起動を終えていた。裏面のテープを見ながらパスワードを打ち込む。

ほんの少しでいい。電波が入ってくれれば――

けれど、淡い願望はあっさり打ち砕かれた。

『圏外』の二文字が、嘲笑うようにディスプレイの右下に踊っていた。

駄目かもしれない、と覚悟はしていた。

陸さえ見えない絶海の孤島だ。外から電波が届く可能性は、決して高いとは言えない。それでも、ショックは想像以上に大きかった。

……どうする。どうすればいい。

アクセスポイントがどこかにあれば、充電したタブレットを持ってネットに繋ぐことができるかもしれない。

けれど、一昨日昨日と島を巡ったものの、そんな場所はどこにもなかった。一般病棟も、崖の際の一軒家も、停電したままだった。

無線ルーターを一般病棟から持ってこようにも、大本がネットワークに繋がっていなければ意味がない。一般病棟から無菌病棟までコードを延長しようにも、とても長さが足りない。

外部へは連絡できない。いかだや浮き輪で島の外へ出ても、どの方角へどれだけ進めばいいかも解らない。途中で波に呑まれるか、体力が尽きるのが落ちだ。

来る当てもない救助をじっと待つ。結局、今のぼくにできるのはそれだけだった。

……食事にしよう。

ここしばらく、魚の缶詰しか口にしていない。食欲はなかったけれど、ちゃんと栄養の取れるものを食べた方がいい。

備蓄庫には十年分の保存食がストックされている。コノハと一緒に確認済みだ。狼煙(のろし)を上げたりＳＯＳサインを作ったりしながら、救助されるまで何とか生き延びる……先行きの暗さに気が遠くなりそうだった。

一号室を出て、忌まわしいメスと血痕の横を通り過ぎ、備蓄庫の扉を開け――

愕然とした。

何もなかった。

計十個の棚が、ことごとく空になっている。

保存食と水が残っているのは、一番手前の左右の棚だけ。それも、一番下の段の片隅に、わずか三食分が置かれているだけだった。

……そんな。

コノハと確認したときは、全部の棚、全部の段に水や食料が詰まっていた。なのにどうして、棚が空になっているんだ!?

備蓄庫を飛び出し、五号室へ入る。何もない。九号室以外のほかの部屋も覗いてみたけれど、保存食やペットボトルは影も形もなかった。

自分が別の場所へ迷い込んだのか、とも思った。けれど廊下にメスと血痕がある。割れた二重扉がある。渡り廊下にはシーツ製のロープもあった。ここは間違いなく、ぼくとコノハの暮らしていた《クレイドル》だ。なのに、なぜ。

まさか――『もうひとりのぼく』が、本当にいたのか。

ぼくの知らない間に、食料をどこかへ捨ててしまったのか?

血の気が引くのを感じながら、ふらふらと一号室へ戻る。充電中の柳先生のタブレットが目に入った。

「カルテ――」

タブレットに飛びつき、電子カルテのアプリを探す。ぼくの中にもうひとりのぼくがいたのなら、柳先生のカルテに何か書いてあるはずだ。

それらしきアプリを立ち上げる。操作の仕方は全く解らなかったけれど、メニューをいじっていると『カルテ選択』のウィンドウが開いた。

指を震わせながら、ぼくは自分の名前をタッチした。

『【氏名】尾藤　健（ビトウ　タケル）
【性別】男
【生年月日】二〇一二年六月十七日
……
【特記事項】
《Adipocere》生還例（サンプルB）。
二〇二五年四月十日、路上で昏倒。救急搬送先で《アディポクル》陽性を確認。一時危篤に陥るもステージⅢで症状回復。
（感染による後遺症）
・皮膚の白化（中度）
・発育の停止
・海馬に損傷。発症後のエピソード記憶を約四十八時間しか保持できない』
タブレットを取り落としそうになった。
……『記憶を約四十八時間しか保持できない』!?
嘘だ、そんな馬鹿な。だって、ぼくはちゃんと憶えている。コノハとの出逢いを、彼女と過ごした四十八時間では収まらない日々を。なのにどうして——

——『思い出す』っていうのは、『憶え直す』ことなんだよ。

コノハの言葉が、耳元で囁かれたように蘇る。

「……ああ……！」

震え声が漏れた。

そんな……そんなことが。

四十八時間以内に思い出せば、『新たな記憶』として脳に刻まれる。繰り返し思い出すことで、ずっと記憶を維持できる。

けれど——

四十八時間以内に再び焼き付けられることがなかったら、その記憶はぼくの脳から綺麗さっぱり消えてしまう。

保存食をどれだけ食べたかも。メニューが何だったかも。

なら。

コノハの遺体を目の当たりにしてから、二重扉を叩き割るまで——

ぼくは何年間、《クレイドル》の中に籠っていた？

どれだけ長い間、コノハの死の謎を考え続けていた？


びっしり詰まっていたはずの備蓄庫は、あと三食分しか食料が残っていない。

最初は何年分あった？

それらをほとんど全部食べ尽くしてしまうまで、ぼくは《クレイドル》にいて、コノハを殺した犯人の正体を考え続けていたというのか。


「……嘘だ」

一号室を出て、診察室へ入る。

ペットボトルと保存食の袋が、ダストシュートからはみ出していた。

どこかで詰まってしまったのだろうか。溢れ出したペットボトルと袋が、診察室の床にいくつか転がっている。ゴミ屋敷（やしき）まであと一歩という有様だった。一食や二食分で済む量じゃなかった。

「ああ――」

ぼくは、ずっと――何年も何年も、《クレイドル》で過ごしていたんだ。

九号室に足を踏み入れられないまま。

コノハの遺体を見るのが——彼女が腐り果てていくのを目の当たりにするのが、怖かったから。

けれど、いつまで経っても謎は解けなくて、食料も底を突きかけて……ぼくは九号室を調べるしかなくなった。

コノハは、変わらない姿でそこにいた。

《アディポクル》だ。

彼女が命を絶たれた後、体内に残っていた《アディポクル》の病原体が、コノハの遺体を死蠟に変えたんだ。

けれど、このときのぼくは《アディポクル》なんて知らなかった。

延々と繰り返される日々の中、ぼくはたぶん、時間感覚を失いかけていた。コノハの死の謎を考えるのに必死で、血痕付きの病衣を見つけてからは薬を飲むのも忘れていた。

備蓄庫の食料も同じだ。メスや血痕や九号室のドアを見るのが怖くて、ぼくは何食分かをまとめて談話室に移動させていた。食料が尽きかけ、「もう後がない」ことは認識していただろうけれど、備蓄庫の中を覗かないでいるうちに、あと何食分が棚に残っているかは記憶から消え去っていた。

時間が止まったかのようなコノハの遺体を見て——ぼく自身、どれだけの時間を過ごしたかを忘れてしまった。

手のひらを見る。ずっと変わらない大きさの手。

――『（感染による後遺症）……発育の停止』。

――全然伸びない……。

成長期のはずなのに、一センチも伸びなくなってしまったぼくの身体。

時間が止まったのは、ぼくも同じだった。

思い返せば、ぼくは《クレイドル》に入って以来、一度も散髪した憶えがない。病室には刃物もない。四十八時間のリミットがあるとはいえ、髪の毛を切ったり切られたりしたら、いくらかは記憶の隅に残ってもおかしくないのに。

背丈だけじゃない。体毛の伸びも止まってしまったんだ。……

――日記は毎日ちゃんとつけてる？

――些細なことでもいいから、コノハちゃんのことをたくさん書いてあげて。

――きっと大事な記録になるわ。タケル君にとっても、コノハちゃんにとっても。

ただのアドバイスじゃなかった。柳先生からの真剣な助言だった。

コノハとの日々を忘れないように。

四十八時間の記憶しか持たないぼくが――日記を書いたり読み返したりすることで、コノハとの思い出をずっと頭にしまっておけるように。

診察日が二日空くとき、柳先生は決まって、ナースコールの回線でぼくに連絡を入れた。「柳恵子」という主治医の存在を、ぼくの記憶から消さないようにしていたんだ。

──どう出る？　まさか真に受けはしないだろうけど。

もうひとりのぼくなんていなかった。書いたのはぼく自身だった。コノハへの些細な悪戯のつもりでネームプレートを隠して……二日経って、自分のやったことを忘れてしまったんだ。

──興味ないから。……昨日の夕食しか憶えられない鳥頭なんて。

ぼくにとってのコノハとの『初対面』。けれどコノハにとってはそうじゃなかった。

──サンプルB到着、事前テスト開始。

──事前テスト終了：約48時間継続（情報と一致）。

柳先生の研究記録でも触れられていた気がする。

ぼくが忘れてしまっただけで、コノハはそれ以前に一度ぼくと対面していて……ぼくは四十八時間眠らされるか何かして、コノハの記憶をすっかり失ってしまった。

三日前のことも思い出せない鳥頭。あの頃のコノハにとって、ぼくは、いい加減な記憶しか持ち合わせない、苛立たしい存在だった。……

気付くと、ぼくは床に膝を突いていた。二重扉を突っ切ったときにスリッパにこびりついたのか、小さなガラス片が転がっている。
いけない、後で掃除しないと。ぼんやりと思考が巡り……身体が固まった。
掃除？
頭が痛んだ。脈拍が増す。何か、とてつもなく重大なことを忘れてしまったような。
——ちょっと、入ってこないで……
顔が跳ね上がった。
いつか……いや、幾度となく耳にした、コノハの悲鳴。
身体が勝手に動いた。
一号室を出てリネン室へ入る。部屋の奥、紫色に照らされた小さなブースを見つめる。
自動掃除機。
廊下へ飛び出す。メスと血痕が廊下に落ちている。
——あの夜のまま。全く同じ位置に。
おかしい。

どうしてメスが同じ位置にある。自動掃除機に蹴飛ばされて、廊下の隅かどこかの部屋まで転がっているはずじゃないか？

一号室へ戻り、自分のタブレットから日記アプリを呼び出す。自動掃除機の記述を片っ端から探す。

最初の頃にひとつ見つかった。コノハとの冷戦が続いていた頃。

『一日おきに勝手に押し入ってくる。オカンか、この自動掃除機は』

そして――嵐が訪れた日。貯水槽の落ちる前日。

『コノハが気になっていると、自動掃除機が空気を読まずにやって来た。嵐だというのに呑気なものだ』

翌日に貯水槽が落ち、深夜にコノハが殺された。次の日、さらに次の日の昼が過ぎても、ぼくは悲しみと疑問に囚われていた。

最後に自動掃除機が動いてから三日が過ぎている。なのに、メスが変わらず同じ位置に落ちている。

なぜ。答えはひとつしかない。貯水槽の落ちた日の前日を最後に、自動掃除機が稼働しなくなったとしか考えられない。

無菌病棟が非常時待機モードになったのと連動して、節電のために自動掃除機も停止した……？

違う。無菌病棟の電力は自給自足だ。第一、非常時なら塵のケアは余計に大事じゃないか。自動掃除機を止める理由がない。

誰かが意図的に自動掃除機を止めたんだ。——何のために。

ぼくはブースから自動掃除機を引っ張り出し、検めた。

四角い筐体の端に、ほんのわずか、小さく丸く色褪せた、赤っぽい染みが付いていた。

自動掃除機をブースに戻し、九号室分の着替えを数える。

シャツとショーツが五着ずつ。病衣が四着だった。

やっと——

ここに至ってやっと、ぼくは、本当の事実に思い至った。

※

自分のタブレットを手に、ぼくは九号室へ入った。

わっていた。

《クレイドル》を出る前と――あの日の夜と変わらない姿で、コノハはベッドに横た

「ごめん――」

謝罪の言葉を呟き、コノハの左腕の裾をまくり上げる。蠟と化した生身の腕と、義手との繋ぎ目があらわになる。

慎重に力を込める。思いのほか簡単に義手が外れた。

想像は当たった。

義手の中はほぼ空洞で――内側の側面に、肌色のテープが三本、間隔を置いてくっついている。

どれも、端の方だけを残してめくれていた。

棒状の何かを固定して、後から剝がしたように。

、、、、、、、、
ここにメスを隠していたんだ。

メスを持ち込んだのは、ほかの誰でもない――コノハだ。

コノハの胸を刺したのは、ほかの誰でもない。

コノハ自身だ。

どうして、ぼくはコノハの死を他殺と考えたのか。

メスが廊下の外に転がっていたからだ。血痕の大きさが、メスに近いほど小さくなっていたからだ。

けれど──もしコノハが、自分で胸を刺した後、メスを廊下の外へ運ぶことができたなら。

……自動掃除機だ。

コノハは、リネン室のブースから自動掃除機を九号室へ運び込み、ベッドのそばに置き──自分の胸を刺した。

メスには指紋が付いていなかった。シーツ越しに握ったんだろう。皺だらけのシーツに血痕が散っていたのはそのためだ。

コノハは最後の力で、血の付いたメスを自動掃除機の上に置いて、動作を開始させた。そのままリネン室へ帰るよう、ルートを設定した上で。

掃除機はメスを載せたまま、九号室のドアから廊下へ出て──メスを廊下に落とした。

自動掃除機の端ぎりぎりに、バランスを保つように載せたんだろう。九号室からリネン室への進行方向に向かって後ろ側、九号室のベッドから見て、左手側に来るように。

途中でスピードが上がるように設定したのかもしれない。廊下の半ばでメスはバランスを崩し、転がり落ちた。

だから、血痕がベッドからドアに向かって左寄りに滴っていたんだ。左利きの犯人なんてどこにもいなかった。

設定を変えたから、自動掃除機は掃除をしなくなった。何らかのタイマー設定があったのを、一度きりの動作モードに変更したのかもしれない。

ぼくに気付かれないよう、メロディの音量をオフにしたから。

オフ状態でタイマー設定を生かしたままにしたら、無音の自動掃除機が《クレイドル》を走り回り、仕掛けが明らかになってしまうから。

ぼくは二日間しか記憶を維持できない。異常事態が発生したら、自動掃除機のことは頭から消えてしまうだろうと予想したんだろうか。

解らない。でも実際、その通りになった。

コノハを喪ったショックで――誰がどうやってコノハを殺したのかを考え続けてばかりで、ぼくはいつしか、自動掃除機のことを思い出しもしなくなっていた。

些細なこととして消えかけていた、彼女との日常の一幕が蘇るまで。

コノハはいつ、どうやって自動掃除機を九号室に持ち込んだのか。

たぶん、メスを運ばせたのと同じように――リネン室から九号室へ、ぼくが寝静まった頃に直接移動するようルート設定したんだ。

――自動掃除機が空気を読まずにやって来た。嵐だというのに呑気なものだ。なのにこのとき、コノハの騒ぎ声が聞こえなかった。自動掃除機を一時停止させて、新しいルートを登録していたんだろう。

どうして気付かなかった。

自動掃除機が来たのなら、床の衣類は洗濯物入れに放り込まれて、次の日にはせいぜい一着分しか散らばっていないはずだ。けれど翌日、ぼくが九号室へ招かれたとき、衣類は何着分も床に溜まっていた。

前日にルート設定した後、九号室の掃除をスキップさせて自動掃除機を追い返したんだ。

九号室での見張りのとき、ぼくは一度病室に戻った。ベッドで目を閉じていると、コノハの足音が聞こえた。

このときにリネン室へ入って、自動掃除機のルート設定を、新しく作ったそれに変更したんだ。

リネン室へ引き返し、ブースから自動掃除機を取り出してメニューボタンを押す。

『音量』と『タイマー』が『OFF』になっていた。

『経路設定』が『設定4』になっていた――ひとつしか必要ないはずの設定が。


自動掃除機をブースに戻し、再び九号室に入る。

コノハが殺されたのでないなら、彼女は誰に犯されたのか。

犯されてなんかいない。コノハは自分の意思で、相手を受け入れたんだ。

ぼくを。


コノハの亡骸へ目を戻す。整えられた病衣とは対照的な、シーツの乱れ。

「病衣が整っているのに、なぜシーツが乱れているのか」。それが、ぼくの推測の出発点だった。

どうしようもない間違いだった。逆に考えなきゃいけなかった。

い、い、い、い、い、い、い、い、い、い、
シーツが乱れているのに、どうして病衣は整っているのか、と。

謎でも何でもない。行為の後、コノハが自分で病衣を整え直しただけなんだ。

彼女が、病衣の下に何も着ていなかったことだって、もっとよく考えなきゃいけなかった。

どうして病衣だけ纏っていたのか、穿いていた下着はどこへ行ってしまったのか、と。

下着をすべて脱がすには、まず病衣を脱がさなくちゃいけない。コノハは少なくとも一度、生まれたままの姿になっていたはずなんだ。シャツもショーツも、病衣も剝ぎ取られて。

でも、下着はどこにも落ちていなかった。病衣だけ纏っていた。

コノハとの行為を終えた後、そいつは下着を洗濯物入れに放り込み、病衣だけ着せた——ことになってしまう。

何のために？

「乱暴された」のをアピールしたいなら、病衣もシャツもショーツも、全部床へ放ったらかしにすればいい。「乱暴されていない」と思わせたいなら、すべて着せ直せばいい。病衣だけ着せるなんて中途半端な真似をする必要がどこにある？

違うんだ、前提が。

コノハの最期の姿は、本当に、誰かに強いられたものなのか。

でないとしたら、コノハの相手は誰なのか。

ぼくしかいない。

自惚れじゃない。物理的に、最後まで彼女の近くにいた『男』は、ぼくひとりしかいない。

ぼくは――『サンプルB』こと尾藤健は、コノハをひとりぼっちにさせないための存在だったんだ。《アディポクル》から生還し、耐性を獲得し、コノハを決して置き去りにしない存在。

貯水槽の落ちた日、ぼくはコノハの部屋を訪れた。床の上に衣類が散らばっていて、コノハは真っ赤になって……片付けが終わって招き入れられたとき、床の上にも、棚にも着替えはなくなっていた。

だから、彼女は病衣だけを纏っていたんだ。……一度脱いだ下着をもう一度着るのはためらいがあって、替えの下着もなくて――けれど、素裸のままでいるのが恥ずかしかったから。

コノハの遺体を発見して、二日経って――洗濯を終えたぼくの病衣の内側に、血痕がついていた。

偽装でも何でもなかった。コノハのベッドのシーツが汚れないよう、ぼくが、自分の病衣をシーツの上に敷いたんだ。

コノハの初めての行為の証を――愚かなぼくは忘れ去り、犯人の偽装だと思い込んでしまった。

あの日の日記を読み返す。

疲れていたんだろう、コノハと夕食を終えたところで終わっている。次に記されたのは、コノハの遺体を発見する前後の状況。

ぼくとコノハが交わした行為のことは、日記にも、記憶にも、どこにも残っていない。

忘れてしまったんだ――罪の意識を感じていたから。

ぼくとコノハが、まだ大人じゃなかったから。

感染症にかかりやすい無菌病棟の患者にとって、身体を触れ合わせることは、相手を死に追いやりかねない行為だから。

自分がコノハを殺してしまったのではないか。その恐れが、ぼくの思考を、ありもしない「もうひとりのぼく」やほかの犯人探しに向かわせて――

何より大切にしなければいけなかったはずの記憶を、永遠に消し去ってしまったんだ。

謎なんて最初からなかった。

記憶の掻き消えたぼくが、ありもしない謎を勝手に作り上げていただけだった。

一般病棟が荒れ果てていたのも。

柳先生のタブレットのバッテリーが切れていたのも。

崖崩れの瓦礫の中から木が芽吹いていたのも。

釣り場のロープの断面が風化していたのも。

森で見つけたスマートフォンが二台とも壊れていたのも。

ぼくが《クレイドル》を出るまでの、十年の歳月がもたらしたものだった。


たぶん、助けは来ない。

島との連絡が途絶えて十年も過ぎたのに、ヘリコプターの一台も飛んでこない。

きっと、世界中が同じ運命を辿っている。

ラジオ付き懐中電灯でニュースを聞こうとしても、何の放送も入らなかった。聞こえたのはノイズだけだった。

致死率九十パーセント以上の災厄に飲み込まれ、ラジオ放送さえできなくなったんだ。

たとえ生き残った人々がいたとしても、世界を維持し続けられるだけの力は、たぶん残っていない。

一般病棟の医師も看護師も患者も、きっと、誰も生きてはいない。

『……どこかで雷が落ちたらしい。轟音がして窓と床がかすかに揺れた。「非常時待機モードに移行します」とアナウンスが響いた。……』

ナースコールが途切れた直後の日記の記述だ。

轟音と揺れ——このときに崖崩れが起きたんだ。

崖崩れの瓦礫の中に、ワゴン車らしいタイヤが見えた。《アディポクル》の院内感染が発生して、嵐の中、感染を免れた人たちがワゴン車で避難して——港で待っている最中に崖崩れが発生し、クルマごと土砂に埋まってしまったんだ。

柳先生も——若林看護師も、無菌病棟側に閉じ込められてなどいなかった。

最初から最後まで、二人は一般病棟の側にいた。ほかの皆を先にワゴン車で避難させて、二人で残って《アディポクル》の院内感染に対処していたんだ。

けれど崖崩れが発生し、港からは避難できなくなった。二人は次善の策として、救助を呼ぶために、島の端の釣り場へ向かった。

万一の緊急避難用に、小型のボートをロープに繋いでいたんだろう。だけど、あまりの大風にロープが切れ、二人が辿り着いた頃にはボートが流されてしまっていた。なすすべなくなった二人は——《アディポクル》を発症し、病院へ戻ることもできず息絶えた。院内感染の対処の最中に、二次感染してしまったんだ。

釣り場の近くで見つけた二体の死蠟。偽装でも何でもない。あれが本当に、柳先生と若林看護師の最期の姿だった。

ぼくたちのために、ほかの皆のために、二人は一分一秒を惜しんで、最後まで懸命に走り回っていたんだろう。ぼくたちの顔を見る余裕もなく。

そのひとり——若林看護師を、ぼくは見当違いの憶測で、犯人と思い込んでいたんだ。

コノハが遺体となった夜、点けっぱなしになっていた一号室の電灯を、彼が見ることができなかったのも当然だ。

島の海岸で、すでに息絶えていたのだから。

もう、謝ることさえできない。

彼からもらった動画ファイルのひとつ——ろくに観ずにいた自撮り動画を、ぼくはタブレットで再生した。

『タケル君、ここまでいかがでしたか。楽しんでもらえましたか。

……

まあ、冗談はさておき。

この場を借りて、あなたへ、私からの希望を伝えます。

これは私の独断です。柳先生の了承は得ていません。ですが――先生の本心はきっと同じだと信じます。

コノハさんの願いを叶えてあげてください。

何を、とは語りません。彼女と向き合ってあげてください。

たとえどんなことであろうと、それがコノハさんにとって一番の幸福だと、私は信じます。

……柄にもないことを喋りすぎました。この辺りで終わりにします。

それでは、また』

「……余計なお世話だよ……」
何だよ、コノハの願いって。
それに、どうして。身体を触れ合わせちゃいけないと解っていて、どうしてぼくは
――コノハと。

コノハのベッドの枕元に、彼女のタブレットが置いてある。

自分のタブレットを脇に置き、ぼくは彼女のタブレットを手に取った。画面に触れる。パスワード入力画面が表示される。

ふと、ある文字列が頭に浮かんだ。まさかと思いながら、ぼくは入力欄に打ち込んだ。


『Adipocere』


エラーメッセージは——出なかった。

シンプルな壁紙の上に、文書ファイルのアイコンが表示されている。

『タケルへ.txt』という名のファイルを、ぼくは開いた。

※

『ごめんね、タケル。

それと、ありがとう。私の最後のわがままを叶えてくれて。

駄目だ、とあなたは最初に言ったよね。そんなことできない、って。解ってるよ。私のことが嫌いなのでも、自分が病気になりたくないのでもなくて——タケルはただ、私を心配して、私のことを大切に思って、言ってくれたんだってこと。

けど、私は泣いちゃって——あなたは恐る恐る、でもしっかり、私を抱きしめてくれた。

嬉しかった。最後まで優しくしてくれた。髪を撫でてくれたのが恥ずかしくて寝たふりしちゃったけど、今はちょっとだけ後悔してる。

もう少しきちんと、最後のお別れができればよかったかな、って。

これを読んでくれてるってことは、タケルは大体のことは解ったのかな。それとも、まだまだ解らないことがたくさんあるのかな。

ほとんど解ってくれたと信じて、最低限のことだけ付け加えます。

私の身体は、たぶん、あと一日ももちません。

感覚で解るの。緊張の糸が切れちゃった、っていうのかな。閉じ込められて、あなたの血液から作った薬がもう手に入らない、って解って——身体の中で、ぷつって切れるような感じがしたの。心配させたくなかったから、薬は飲み続けたけど……そろそろ限界みたい。

実は今も、ちょっとだけ口から血がこぼれて、襟元がお行儀悪い吸血鬼みたいになってます。拭ったらバレちゃうので結構大変。

だから——前々から考えてたことをします。名付けてプランB。

上手く行ってくれたら……いいのかな？


凶器をどこで手に入れたのか、疑問に思ってるかもしれません。

実はここへ入る前に、実家の病院からこっそり持ち出したの。

死にたい、と思ってたから。

病気にかかって、片腕を失くして、大人になれないと解って——だから、苦しくなったらいつでも死ねると思うと、少しだけ気が楽になった。

おかしいよね。そんな私が……カスミちゃんたちを殺してしまった私が、あなたに出逢って——最後まで生きたいと思うようになるなんて。

本当は、もっと、ずっと長くいたかったけれど……ここまでみたい。


ごめんね。

あなたの願いを叶えてあげられなくて。一緒について行ってあげられなくて。

解ってたよ。外の世界へ出たがってたあなたが、私のために《クレイドル》に残ろうとしてくれたこと。私が治るのを待っててくれたこと。

でも。

私がいなくなったら――あなたは私のために、自分の願いを捨てて、死ぬまで私のそばに居続けてしまいそうだったから。

だから――ごめんね。あなたを騙すような真似をして。

外の世界はどうだった？

森は綺麗だった？　空は青かった？　海は広かった？

後でいいから、聞かせてくれると嬉しいな。

ありがとう、私の願いを叶えてくれて。

最後まで一緒にいてくれて。

大好きだよ。

赤川　湖乃葉』

※

手を震わせながら、ぼくはコノハのタブレットを充電器に戻した。

——外の世界はどうだった？

全部、このためだったんだ。

ぼくを揺籠(クレイドル)から出すために。

ぼくに外の世界を見せるために——コノハは、幻の犯人をぼくに追いかけさせたんだ。

裸じゃなく、病衣の上から胸を刺したのも——吐血の跡をごまかすためだった。

——左右五棚ずつ、左が保存食で右側が水。

——各棚六段、保存食の棚は奥行き含めて一段に一列三十六袋×十列……

保存食の在庫は全部で一万八百袋。一日三食として、三千六百日——確かに約十年分だ。

ひとりなら。

ぼくとコノハの二人で分けたら、在庫は五年分しかなかったはずなんだ。

こんな単純なことを、コノハが見落としていたとは思えない。最初から解っていたんだ——自分が保存食を食べ切ることは決してない、と。


「回りくどいんだよ……」

頬を濡らしたまま、ぼくはコノハへ顔を近付けた。

どれだけ苦労したと思ってるんだよ。どれだけ時間がかかったと思ってるんだよ。

ぼくがどれだけ馬鹿だったかも知らないで。ぼくのことを「鳥頭」と散々からかったくせに。


大変だったよ、外の世界は。

森はでこぼこして歩きづらくて——けれど、鳥の歌が綺麗だった。

空は雲だらけで雨も降って——けれど、隙間から差す光が黄金色に輝いていた。

海は嫌になるほど広くて——けれど、波の音が心地よかった。

決して大きいとは言えない島だったけれど、充分すぎるくらい歩き回った。

だから、コノハ。
ぼくはもう、どこにも行かない。
ずっとここにいる。君の願いを叶え続ける。

全身が、見えない何かで固まっていくのを感じながら——
ぼくは、コノハと唇を重ね合わせた。

【主要参考文献】

『無菌病棟より愛をこめて』（加納朋子／文藝春秋）
『あなたの体は9割が細菌　微生物の生態系が崩れはじめた』（アランナ・コリン　矢野真千子訳／河出書房新社）
『美しき免疫の力　人体の動的ネットワークを解き明かす』（ダニエル・M・デイヴィス　久保尚子訳／NHK出版）

解説

嵩平何（ミステリ研究家）

この解説を読まれているあなたは市川憂人ファンだろうか？　それともこれが初市川作品だろうか？

たった二人だけが生活する無菌病棟《クレイドル》の中で、紆余曲折を経ながらも徐々に互いの関係を深めていくタケルとコノハ。だが大嵐のため完全に閉ざされた空間となったクレイドルの中で、タケルはコノハの亡骸を見つけ……。

というあらすじのノンシリーズ作品である本書は、叙情的な恋愛要素や謎また謎のスリリングな展開、そして読者の感情を揺さぶる結末が待ち受ける作品で、市川憂人作品の入門にもオススメの逸品である。市川ファン・初市川作品読者のいずれであっても、本書を一読された方は、二〇一六年に『ジェリーフィッシュは凍らない』にてデビューしてからわずか四年の〝新鋭〟本格ミステリ作家が生み出したとは思えない、細部まで神経が行き届いた厚みのある構成と、情感溢れる物語に驚かれるのではないだろうか。

だが実際には著者の執筆歴は驚くほど長い。東京大学新月お茶の会という文芸サークルに所属していた著者は、一九九五年五月に同会の機関誌「月猫通り」に創作を発表したのを皮切りに、年四回刊の同誌に毎号必ず一作以上の作品を六年以上にわたり発表し続け、その後は個人の創作サークルAnonymous Bookstoreを立ち上げ、コミケや文学フリマなどの即売会を通じて、ほぼブランクなく三十年弱にわたり新作を世に問い続けている。つまり著者は専業作家顔負けの継続性&安定性をもって長年活躍してきたベテラン作家でもあるのだ（それどころか、プロデビュー後も会社勤めを続けながら同人創作を今なお継続中！）。そして二十年の執筆実績をひっさげて、明らかにグレードがワンランク上がったブレイクスルー作品『ジェリーフィッシュは凍らない』で鮮烈なプロデビューを果たす。

いま現在著者が具えているその技術や能力は、長年にわたってミステリを中心とした様々な作品を完成させてきた成果なのだろう。それに同人作品を読んでいくと、まだまだ商業作品では披露されていない様々な魅力が潜んでいることに気付かされる。

ここからは主に商業出版された市川憂人作品の特徴について、影響を受けたと思しき作家を通じて少し語ってみよう。

市川作品の特徴として第一に挙げられるのが、科学的・工学的知見に支えられた特殊設定——現実には存在しない要素の積極的な活用であろう。現在のところ、『神とさざなみの密室』を除く長編では多かれ少なかれ、特殊設定要素を取り込んでいる。この手法にもっとも大きな影響を与えたのが、一九九〇年代後半から数々のＳＦミステリを発表した西澤保彦作品である。氏が発表した初期のＳＦミステリ群においては、現実に有り得そうなもっともらしさより、本格ミステリ的なプロットに寄与する多彩なＳＦ的モチーフ設定を援用することが多い。西澤作品の影響を強く受けた著者が、作中における科学的説得力が生むリアリティーも重視しており、西澤作品と一見対照的に見えるのは興味深い。特殊設定ミステリ全盛の現代においても、いかにもありそうな科学・工学的エクスキューズを備えている一連の市川憂人作品群はミステリ界隈でも頭一つ抜けている。著者の工学的・科学的知識と知見は、単純な物理トリックのみに活用されるのではなく、作品全体を形作るテーマとも密接に結びついており、科学技術を新たなる謎の創出と謎解きに入れ込む島田荘司らが志向した二十一世紀本格ともまた異なるアプローチで本格ミステリの新たな地平を切り拓いている。

それに、デビュー作の『ジェリーフィッシュは凍らない』において、既存の飛行船などでは当初のトリックが成立しないとみるや、自然と真空気嚢という特殊設定を取り込んだ作品に切り替えられるのは、西澤作品の影響と、大学時代からのＳＦ創作の実績が土台となっているからであろう。

またその著者が生み出した世界の設定については、「実質的には、謎があってそこから世界を作っていくという形にはなるんですけどいかにも最初から世界があるように細部まで詰めていく。」（「月猫通り」二一七七号インタビュー）や、「自分はまず、謎解きを構築する上で面白い設定は何だろう、というところからスタートします。設定をあれこれと考えながら作り上げる過程で、次第に物語全体が出来上がっていくんです。」（ブックバンでの逸木裕との対談）と語っている。メインの着想からその周囲の世界や人物たちを形作っていく手法は、本格ミステリとしてはかなり多いものの、その性質上無理のある設定のものも多いのだが、市川作品には設定のぎこちなさは一切感じられない。近年ではミステリ的な核を実現させる目的で生み出した世界自体が、読者にとって魅力的なものに仕上がる作品も生まれているが、本書『揺籠のアディポクル』もその代表的な一例だろう。

　著者が強い影響があったことを公言している作品としては綾辻行人『十角館の殺人』が筆頭に挙がる。市川憂人の代表的なシリーズであるマリア＆漣シリーズの二元構造をはじめとして、新本格ミステリ名物の傍点使用や、読み心地の良さと謎解きの親切さなどもまた、本格ミステリの面白さを伝道してきた綾辻作品によって培われたのではないか。市川作品の多くに見られる、終盤でのビジュアル的で視認しやすい鮮やかな反転劇もまたその発展系であるように感じられた。当初は事件パートがメインという構想だった『ジェリーフィッシュは凍らない』において、「書いていたらいつの間にか登場していた」というマリアと漣が活躍する捜査パートの存在などはまさに「十角館の呪い」(ワセダミステリ・クラブ市川憂人講演会より)と著者が呼ぶほどの影響の深さを物語るものだろう。それらが長年の執筆&読書経験に基づくものであることは想像に難くない。

よく言及される作家としては他にも、古野まほろ・久住四季作品などが挙げられ、彼らや数多くの作家からも、ロジック、ラノベ的で魅力的な人物造型やユーモアのノウハウを学び、咀嚼した上でオリジナリティの高い物語を生み出している。

著者のアレンジの巧みさについて一例を挙げると、マリア&漣シリーズや『断罪のネバーモア』などにおいて、歴史の分岐点を過去に置いた点がある。新技術といえばその発生をつい未来に設定したくなってしまうが、いずれ過去になってしまう近未来の方が現実との乖離という点でむしろデメリットになるという「未来」を見据えた先見の明が光る。そしてその試みは、本書や著者の某作品において大きな役割を担わせ、見事な効果を生んでいる。

著者は設定の組み方についても自覚的である。たとえば『灰かぶりの夕海』における特殊設定は過去の自作の積み上げが可能とした秀逸なものであった。そしてまた本書も今までの自著におけるイメージを逆手に取ったプロットで、読者を驚かせてくれる。

『揺籃のアディポクル』はクローズドサークルや科学的な特殊設定の導入など、市川作品におけるお馴染み(なじ)の道具立てが揃(そろ)えられた一方で、本書最大の特徴として挙げられるのが、著者の叙情的なプロットを組み上げる資質が初めて前面に顕(あらわ)れた作品であるという点だろう。マリア&漣パートの影に隠れた事件関係者たちのサイドストーリーなどにも部分的に情感溢れるパートは存在したが、本書では結末に至るまでの謎解きを通じて、読者の感傷や情感を最大限に高める工夫が為されている。

本格作品では本来謎解きのコマとして生まれてくることが多い登場人物も、作者によって血肉を与えられ息が吹き込まれていくように、タケルにとって最初は半人形のように見えたコトハが、次第に人間味を帯びて愛情を覚えていくという過程は創作における肉付けと重なってみえる。

そして本書のもう一つの特徴が、特殊設定に対するアプローチの変化だ。不可解な殺人事件に纏(まつ)わる謎がメインだったこれまでの長編作品とは異なり、本書や直近の二長編――『灰かぶりの夕海』『ヴァンプドッグは叫ばない』では、何が起きつつあるのか、何が起こっているのかという特殊設定や世界自体の謎をも、中盤以降に至るまで読者に問いかけ続けている。

本書の場合、そのような世界の謎を解くのと両輪で、問題解決のための推理力の活用や、日常の謎的なちょっとした謎解きが端々に用意され、それをメインの謎解きにも絡めているのも実に周到だ。中盤以降のギアチェンジもまた、本書以降に見られる著者の新たな試みとして読者を驚嘆させるに違いない。

本書を起点として新境地に積極的に挑み、積み上げてきたものを活かしつつも前傾姿勢を崩さない。ベテランの能力を具えた新鋭作家として、常に期待に応え続けているのはなんとも心強い。マリアに代表される市川作品の探偵役の多くは、誤った推理を経ながらも試行錯誤を重ねて徐々に真実に迫っていく。その過程は別解潰しとして読者に推理の愉しみを提供するのとともに、著者自身の姿勢ともみてとれる。

本書におけるタケルの終着点を見届けながら、著者のこれからの更なる挑戦をずっと追い続けていきたい。

本書は小社より二〇二〇年十月に刊行されました。

|著者| 市川憂人　1976年、神奈川県生まれ。東京大学卒業。2016年『ジェリーフィッシュは凍らない』で、第26回鮎川哲也賞を受賞しデビュー。他著に、『ブルーローズは眠らない』『グラスバードは還らない』『ボーンヤードは語らない』『ヴァンプドッグは叫ばない』（以上、東京創元社）、『神とさざなみの密室』（新潮文庫）がある。

揺籠（ゆりかご）のアディポクル

市川憂人（いちかわゆうと）

定価はカバーに
表示してあります

2024年３月15日第１刷発行

発行者——森田浩章

発行所——株式会社　講談社

東京都文京区音羽2-12-21　〒112-8001

電話　出版（03）5395-3510
　　　販売（03）5395-5817
　　　業務（03）5395-3615

Printed in Japan

デザイン—菊地信義

本文データ制作—講談社デジタル製作

印刷———株式会社KPSプロダクツ

製本———株式会社国宝社

ISBN978-4-06-534342-5

講談社文庫刊行の辞

二十一世紀の到来を目睫に望みながら、われわれはいま、人類史上かつて例を見ない巨大な転換期をむかえようとしている。

世界も、日本も、激動の予兆に対する期待とおののきを内に蔵して、未知の時代に歩み入ろうとしている。このときにあたり、創業の人野間清治の「ナショナル・エデュケイター」への志を現代に甦らせようと意図して、われわれはここに古今の文芸作品はいうまでもなく、ひろく人文・社会・自然の諸科学から東西の名著を網羅する、新しい綜合文庫の発刊を決意した。

激動の転換期はまた断絶の時代である。われわれは戦後二十五年間の出版文化のありかたへの深い反省をこめて、この断絶の時代にあえて人間的な持続を求めようとする。いたずらに浮薄な商業主義のあだ花を追い求めることなく、長期にわたって良書に生命をあたえようとつとめるところにしか、今後の出版文化の真の繁栄はあり得ないと信じるからである。

同時にわれわれはこの綜合文庫の刊行を通じて、人文・社会・自然の諸科学が、結局人間の学にほかならないことを立証しようと願っている。かつて知識とは、「汝自身を知る」ことにつきていた。現代社会の瑣末な情報の氾濫のなかから、力強い知識の源泉を掘り起し、技術文明のただなかに、生きた人間の姿を復活させること。それこそわれわれの切なる希求である。

われわれは権威に盲従せず、俗流に媚びることなく、渾然一体となって日本の「草の根」をかたちづくる若く新しい世代の人々に、心をこめてこの新しい綜合文庫をおくり届けたい。それは知識の泉であるとともに感受性のふるさとであり、もっとも有機的に組織され、社会に開かれた万人のための大学をめざしている。大方の支援と協力を衷心より切望してやまない。

一九七一年七月

野間省一

吉本隆明

わたしの本はすぐに終る 吉本隆明詩集

解説＝高橋源一郎　年譜＝高橋忠義

よB11

つねに詩を第一と考えてきた著者が一九五〇年代前半から九〇年代まで書き続けてきた作品の集大成。『吉本隆明初期詩集』と併せ読むことで沁みる、表現の真髄。

978-4-06-534882-6

加藤典洋

人類が永遠に続くのではないとしたら

解説＝吉川浩満　年譜＝著者・編集部

かP8

かつて無限と信じられた科学技術の発展が有限だろうと疑われる現代で人はいかに生きていくのか。この主題に懸命に向き合い考察しつづけた、著者後期の代表作。

978-4-06-534504-7

我孫子武丸　新装版8の殺人
我孫子武丸　眠り姫とバンパイア
我孫子武丸　狼と兎のゲーム
我孫子武丸　新装版殺戮にいたる病
我孫子武丸　修羅の家
有栖川有栖　ロシア紅茶の謎
有栖川有栖　スウェーデン館の謎
有栖川有栖　ブラジル蝶の謎
有栖川有栖　英国庭園の謎
有栖川有栖　ペルシャ猫の謎
有栖川有栖　幻想運河
有栖川有栖　マレー鉄道の謎
有栖川有栖　スイス時計の謎
有栖川有栖　モロッコ水晶の謎
有栖川有栖　インド倶楽部の謎
有栖川有栖　カナダ金貨の謎
有栖川有栖　新装版マジックミラー
有栖川有栖　新装版46番目の密室
有栖川有栖　虹果て村の秘密

有栖川有栖　闇の喇叭（らっぱ）
有栖川有栖　真夜中の探偵
有栖川有栖　論理爆弾
有栖川有栖　名探偵傑作短篇集 火村英生篇
浅田次郎　勇気凜凜ルリの色
浅田次郎　霞町物語
浅田次郎　ひとは情熱がなければ生きていけない〈勇気凜凜ルリの色〉
浅田次郎　シェエラザード(上)(下)
浅田次郎　歩兵の本領
浅田次郎　蒼穹の昴 全四巻
浅田次郎　珍妃の井戸
浅田次郎　中原の虹 全四巻
浅田次郎　マンチュリアン・リポート
浅田次郎　天子蒙塵（てんしもうじん） 全四巻
浅田次郎　天国までの百マイル
浅田次郎　地下鉄（メトロ）に乗って〈新装版〉
浅田次郎　おもかげ
浅田次郎　日輪の遺産〈新装版〉
青木玉　小石川の家

天樹征丸　画・さとうふみや　金田一少年の事件簿 小説版〈オペラ座館・新たなる殺人〉
天樹征丸　画・さとうふみや　金田一少年の事件簿 小説版〈雷祭（いかづちまつり）殺人事件〉
阿部和重　アメリカの夜
阿部和重　グランド・フィナーレ
阿部和重　A B C〈阿部和重初期作品集〉
阿部和重　ミステリアスセッティング
阿部和重　IP/NN 阿部和重傑作集
阿部和重　シンセミア(上)(下)
阿部和重　ピストルズ(上)(下)
阿部和重　アメリカの夜 インディヴィジュアル・プロジェクション〈阿部和重初期代表作Ⅰ〉
阿部和重　無情の世界 ニッポニアニッポン〈阿部和重初期代表作Ⅱ〉
甘糟りり子　産む、産まない、産めない
甘糟りり子　産まなくても、産めなくても
赤井三尋　翳（かげ）りゆく夏
あさのあつこ　NO.6〔ナンバーシックス〕#1
あさのあつこ　NO.6〔ナンバーシックス〕#2
あさのあつこ　NO.6〔ナンバーシックス〕#3
あさのあつこ　NO.6〔ナンバーシックス〕#4
あさのあつこ　NO.6〔ナンバーシックス〕#5

講談社文庫 目録

講談社文庫 目録

新井見枝香 本屋の新井
碧野 圭 凜として弓を引く
碧野 圭 凜として弓を引く〈青雲篇〉
赤松利市 東京棄民
五木寛之 ソフィアの秋
五木寛之 狼のブルース
五木寛之 海峡物語
五木寛之 風花のひと
五木寛之 鳥の歌(上)(下)
五木寛之 燃える秋
五木寛之 真夜中の望遠鏡〈流されゆく日々'78〉
五木寛之 ナホトカ青春航路〈流されゆく日々'79〉
五木寛之 旅の幻燈
五木寛之 他力
五木寛之 こころの天気図
五木寛之 新装版 恋歌
五木寛之 百寺巡礼 第一巻 奈良
五木寛之 百寺巡礼 第二巻 北陸
五木寛之 百寺巡礼 第三巻 京都I

五木寛之 百寺巡礼 第四巻 滋賀・東海
五木寛之 百寺巡礼 第五巻 関東・信州
五木寛之 百寺巡礼 第六巻 関西
五木寛之 百寺巡礼 第七巻 東北
五木寛之 百寺巡礼 第八巻 山陰・山陽
五木寛之 百寺巡礼 第九巻 京都II
五木寛之 百寺巡礼 第十巻 四国・九州
五木寛之 海外版 百寺巡礼 インド1
五木寛之 海外版 百寺巡礼 インド2
五木寛之 海外版 百寺巡礼 朝鮮半島
五木寛之 海外版 百寺巡礼 中国
五木寛之 海外版 百寺巡礼 ブータン
五木寛之 海外版 百寺巡礼 日本・アメリカ
五木寛之 青春の門 第七部 挑戦篇
五木寛之 青春の門 第八部 風雲篇
五木寛之 青春の門 第九部 漂流篇
五木寛之 親鸞 青春篇(上)(下)
五木寛之 親鸞 激動篇(上)(下)
五木寛之 親鸞 完結篇(上)(下)

五木寛之 五木寛之の金沢さんぽ
五木寛之 海を見ていたジョニー 新装版
井上ひさし モッキンポット師の後始末
井上ひさし ナイン
井上ひさし 四千万歩の男 全五冊
井上ひさし 四千万歩の男 忠敬の生き方
井上ひさし 司馬遼太郎 新装版 国家・宗教・日本人
池波正太郎 私の歳月
池波正太郎 よい匂いのする一夜
池波正太郎 梅安料理ごよみ
池波正太郎 わが家の夕めし
池波正太郎 新装版 緑のオリンピア
池波正太郎 新装版 殺しの四人〈仕掛人・藤枝梅安(一)〉
池波正太郎 新装版 梅安蟻地獄〈仕掛人・藤枝梅安(二)〉
池波正太郎 新装版 梅安最合傘〈仕掛人・藤枝梅安(三)〉
池波正太郎 新装版 梅安針供養〈仕掛人・藤枝梅安(四)〉
池波正太郎 新装版 梅安乱れ雲〈仕掛人・藤枝梅安(五)〉
池波正太郎 新装版 梅安影法師〈仕掛人・藤枝梅安(六)〉
池波正太郎 新装版 梅安冬時雨〈仕掛人・藤枝梅安(七)〉

池波正太郎　新装版 忍びの女(上)(下)
池波正太郎　新装版 殺しの掟
池波正太郎　新装版 抜討ち半九郎
池波正太郎　新装版 娼婦の眼
池波正太郎　近藤勇白書(上)(下)〈レジェンド歴史時代小説〉
井上　靖　楊貴妃伝
石牟礼道子　新装版 苦海浄土〈わが水俣病〉
いわさきちひろ　ちひろのことば
いわさきちひろ／松本　猛　いわさきちひろの絵と心
いわさきちひろ／絵本美術館編　ちひろ・子どもの情景〈文庫ギャラリー〉
いわさきちひろ／絵本美術館編　ちひろ・紫のメッセージ〈文庫ギャラリー〉
いわさきちひろ／絵本美術館編　ちひろの花ことば〈文庫ギャラリー〉
いわさきちひろ／絵本美術館編　ちひろのアンデルセン〈文庫ギャラリー〉
いわさきちひろ／絵本美術館編　ちひろ・平和への願い〈文庫ギャラリー〉
石野径一郎　新装版 ひめゆりの塔
今西錦司　生物の世界
井沢元彦　義経幻殺録
井沢元彦　光と影の武蔵〈切支丹秘録〉
井沢元彦　新装版 猿丸幻視行

伊集院　静　乳房
伊集院　静　遠い昨日
伊集院　静　夢は枯野を〈競輪躁鬱旅行〉
伊集院　静　野球で学んだこと ヒデキ君に教わったこと
伊集院　静　峠の声
伊集院　静　白秋
伊集院　静　潮流
伊集院　静　冬の蜻蛉
伊集院　静　オルゴール
伊集院　静　昨日スケッチ
伊集院　静　あづま橋
伊集院　静　ぼくのボールが君に届けば
伊集院　静　駅までの道をおしえて
伊集院　静　受け月〈野球小説アンソロジー〉
伊集院　静　坂の上のμ
伊集院　静　ねむりねこ
伊集院　静　新装版 三年坂
伊集院　静　お父やんとオジさん(上)(下)
伊集院　静　ノボさん(上)(下)〈小説 正岡子規と夏目漱石〉

伊集院　静　機関車先生〈新装版〉
伊集院　静　ミチクサ先生(上)(下)
いとうせいこう　我々の恋愛
いとうせいこう　「国境なき医師団」を見に行く
いとうせいこう　「国境なき医師団」をもっと見に行く〈ガザ、西岸地区、アンマン、南スーダン、日本〉
井上夢人　ダレカガナカニイル…
井上夢人　プラスティック
井上夢人　オルファクトグラム(上)(下)
井上夢人　もつれっぱなし
井上夢人　あわせ鏡に飛び込んで
井上夢人　魔法使いの弟子たち(上)(下)
井上夢人　ラバー・ソウル
池井戸　潤　果つる底なき
池井戸　潤　架空通貨
池井戸　潤　銀行狐
池井戸　潤　仇敵
池井戸　潤　空飛ぶタイヤ(上)(下)
池井戸　潤　鉄の骨
池井戸　潤　新装版 銀行総務特命

講談社文庫 目録

池井戸 潤　新装版 不祥事
池井戸 潤　ルーズヴェルト・ゲーム
池井戸 潤　半沢直樹 1〈オレたちバブル入行組〉
池井戸 潤　半沢直樹 2〈オレたち花のバブル組〉
池井戸 潤　半沢直樹 3〈ロスジェネの逆襲〉
池井戸 潤　半沢直樹 4〈銀翼のイカロス〉
池井戸 潤　半沢直樹 アルルカンと道化師
池井戸 潤　花咲舞が黙ってない〈新装増補版〉
池井戸 潤　ノーサイド・ゲーム
池井戸 潤　新装版 BT'63 (上)(下)
石田衣良　LAST[ラスト]
石田衣良　東京DOLL
石田衣良　てのひらの迷路
石田衣良　40(フォーティ) 翼ふたたび
石田衣良　sex
石田衣良　逆島断雄〈進駐官養成高校の決闘編1〉
石田衣良　逆島断雄〈進駐官養成高校の決闘編2〉
石田衣良　逆島断雄〈本土最終防衛決戦編1〉
石田衣良　逆島断雄〈本土最終防衛決戦編2〉

石田衣良　初めて彼を買った日
井上荒野　ひどい感じ―父・井上光晴
稲葉 稔　椋鳥の影〈八丁堀手控え帖〉
いしいしんじ　プラネタリウムのふたご
いしいしんじ　げんじものがたり
伊坂幸太郎　チルドレン
伊坂幸太郎　サブマリン
伊坂幸太郎　魔王〈新装版〉
伊坂幸太郎　モダンタイムス(上)(下)〈新装版〉
伊坂幸太郎　PK〈新装版〉
絲山秋子　袋小路の男
石黒 耀　死都日本
石黒 耀　忠臣蔵異聞〈家老 大野九郎兵衛の長い仇討ち〉
犬飼六岐　筋違い半介
犬飼六岐　吉岡清三郎貸腕帳
石川大我　ボクの彼氏はどこにいる?
石松宏章　マジでガチなボランティア
伊東 潤　国を蹴った男
伊東 潤　峠越え

伊東 潤　黎明に起つ
伊東 潤　池田屋乱刃
石飛幸三　「平穏死」のすすめ〈口から食べられなくなったらどうしますか〉
伊藤理佐　女のはしょり道
伊藤理佐　また！女のはしょり道
伊藤理佐　みたび！女のはしょり道
石黒正数　外天楼
伊与原 新　ルカの方舟
伊与原 新　コンタミ 科学汚染
稲葉圭昭　恥さらし〈北海道警 悪徳刑事の告白〉
稲葉博一　忍者烈伝
稲葉博一　忍者烈伝ノ続
稲葉博一　忍者烈伝ノ乱〈天之巻〉〈地之巻〉
伊岡 瞬　桜の花が散る前に
石川智健　エウレカの確率〈経済学捜査と殺人の効用〉
石川智健　60(ロクジュウ)〈誤判対策室〉
石川智健　20(ニジュウ)〈誤判対策室〉
石川智健　第三者隠蔽機関
石川智健　いたずらにモテる刑事の捜査報告書

2023年12月15日現在